Terre des hommes

고려대학교 청소년문학시리즈 014

Terre
des hommes

생텍쥐페리
송태효 옮김

사람들의 땅

고려대학교출판부
KOREA UNIVERSITY PRESS

앙리 기요메 나의 벗,

이 책을 네게 바치노라

차례

사람들의 땅

땅은 그 모든 책들보다 우리 자신에 관해 더 많은 것을 우리에게 일러 주고 있다. 왜냐하면 땅은 우리들에게 그렇게 호락호락하지 않기 때문이다. 인간은 장애물에 자신을 가늠해 볼 때 자신을 발견한다. 하지만 이에 가 닿기 위해서는 인간에게 어떤 도구가 있어야 한다. 대패나 쟁기가 인간에게 있어야 하는 것이다. 농부는 자신의 농사일을 해 가는 가운데 자연으로부터 조금씩 몇몇 비밀들을 들추어 낸다. 그리고 농부가 이끌어 낸 진실에는 보편성이 담겨 있다. 마찬가지로 항로의 도구인 비행기는 인간을 예로부터의 모든 문제들과 뒤섞이게 한다.

내게는 아직도 아르헨티나로의 나의 첫 야간 비행이, 평원에 띄엄띄엄 흩어져 있는 불빛들만이 별들처럼 반짝이던 그 어둠의 밤이 눈에 선하다.

이 어둠의 망망대해 속에서 그 불빛 하나하나는 어떤 기적 같은 의식을 알리고 있었다. 저 불빛이 발하는 집에서는 책을 읽고 있었고, 생각에 잠겨 있었고, 연신 속내 이야기를 나누고 있었다. 또 다른 저 집에서는, 추측건대, 우주를 헤아리는 데 여념이 없었고, 안드로메다 성운을 측정하는 데 자신을 소모하고 있었다. 거기에는 사랑이 흐르고 있었다. 드문드문 들판의 그 불빛들은 저마다의 식량을 달라고 요구하며 빛나고 있었다. 자신의 목소리를 최대한 낮춘 불빛들까지, 시인의 불빛, 교사의 불빛, 목수의 불빛. 그런데 저 살아 있는 별들 가운데는, 얼마나 많은 창문들이 닫혀 있을지, 얼마나 많은 별들이 꺼져 있을지, 얼마나 많은 사람들이 잠들어 있을지…

어찌 되든, 서로 다시 만나려는 노력을 기울여야 한다. 어찌 되든, 드문드문 들판에서 타오르는 저 불빛들 가운데 몇몇 불빛들과 소통하려는 노력을 기울여야 한다.

I. 항로

1926년이었다. 당시 나는 아에로포스탈[1](현 에어프랑스[2])의 전신으로 툴루즈[3]-다카르[4] 항로를 운항하던 라테코에르 사[5]에 젊은 비행사로 갓 입사한 터였다. 나는 거기서 비

1 1919년 설립된 제네럴 항공우편사Compagnie Générale Aéropostale.

2 Air France. 1933년 설립.

3 Toulouse. 프랑스 미디피레네 주州/Région 오트가론 도道/Département의 도시. 항공 산업의 중심지로 국립항공학교와 우주공업연구소가 이 도시에 설치되었다. 가론 강 좌안에도 공장이 많이 세워져서 그 남서쪽에 위성 도시 르 미라이가 건설되었다.

4 Dakar. 아프리카 서쪽 끝 베르데 곶에 있는 무역항으로 세네갈 수도.

5 Latécoère. 메르모즈와 생텍쥐페리 사이의 우정으로 항공 낭만주의를 꽃피운 프랑스 항공사. 1917년 설립. 수상비행기로 유명하였으며, 현재에도 에어버스와 보잉을 비롯한 주요 항공기 제작에 참여하고 있다.

행 일을 배웠다. 나 역시 동료들처럼 항공 우편기를 조종하는 명예를 얻기에 앞서, 젊은이들이 그 회사에서 힘들게 헤쳐 나가야 했던 수습 기간을 힘들게 헤쳐 나갔다. 시험 비행을 해 가며, 툴루즈와 페르피냥[6] 사이를 오가며, 싸늘한 격납고 구석에서 침울한 기상 관련 수업을 들어 가며. 아직까지 우리가 잘 모르고 있던 스페인의 여러 산맥들에 대한 두려움 속에서, 그리고 선임자들에 대한 존경심 속에서 우리는 살아갔다.

식당에서 마주치곤 하던, 무뚝뚝한 데다 약간은 쌀쌀맞기까지 한 이 선임자들은 대단한 고자세로 우리에게 충고를 늘어놓곤 하였다. 그리고 이들 가운데 알리칸테[7]나 카사블랑카로[8]부터 귀환한 어떤 선임자가 비에 젖은 가죽옷을 걸친 채 뒤늦게 우리와 합석하기라도 하는 기회가 생겨,

---

6 Perpignan. 프랑스 랑그도크루시용 피레네조리앙탈 주의 주도州都. 스페인 국경에 근접해 있고, 지중해 연안 근처 테강 주위의 평원에 자리 잡고 있다.

7 Alicante. 스페인 발렌시아 자치 지역에 있는 알리칸테 주의 주도. 지중해에 면한 스페인 주요 항구로, 마드리드 남동쪽 약 400킬로미터 지점에 위치해 있다.

8 Casablanca. 모로코의 대서양 연안에 있는 항만 도시.

우리들 중 누군가가 머뭇거리며 그에게 비행이 어떠했었는지를 물을라치면, 폭풍우 몰아치는 날마다의 그 짤막한 답변과 더불어 덫으로, 함정으로, 불쑥 솟아오르는 절벽으로, 삼나무를 뿌리째 뽑아 버릴 회오리바람으로 가득한 경이로운 세계가 우리에게 펼쳐지는 것이었다. 골짜기 입구마다 검은 용이 지키고 있고, 능선마다 번갯빛들이 왕관을 씌우고 있는 세계. 이 선임자들은 우리의 존경심을 유지시켜 나가는 데 이골이 나 있었다. 하지만 때때로, 영원히 존경받을 만한 이 선임자들 가운데는 영영 돌아오지 못한 이도 있다.

나는 뷔리[9]의 귀환을 이렇게 기억하고 있다—이후 그는 코르비에르 산악 지대[10]에서 죽음을 맞이하였다. 이 늙은 조종사는 우리들 한가운데 자리를 잡고 앉았다 싶더니, 노고로 여전히 짓눌려진 어깨를 늘어트린 채 아무런 말없이 식사하는 것마저 버거워하였다. 이 일이 있었던 것은, 항

9 알렉상드르 뷔리Alexandre Bury. 1925년 2월 라테코에르 사에 입사함.

10 les Corbières. 프랑스 남부 오즈 주의 피레네 남쪽 건조한 산악 불모지.

로 전 구간에 걸쳐 하늘이 썩을 대로 썩어 있고 또 모든 산들이 조종사에게는 마치 예전의 범선의 갑판을 엉망진창으로 만들어 놓는 밧줄 끊긴 그 대포들처럼 오물 속에서 굴러다니고 있는 듯 보이는 그런 악천후의 날들 가운데 어느 날 저녁이었다. 나는 뷔리를 지켜보았다. 나는 침을 삼키고 있다가 마침내 용기를 내어 그에게 힘든 비행이었는지 물어보았다. 뷔리는 내 말을 듣지 못하였다. 잔뜩 찌푸린 이마를 접시에 떨군 채. 악천후 속에서 무개 비행을 하는 조종사는 더 나은 시야를 확보하기 위하여 바람막이 창 밖으로 몸을 내미는 것이 예사였고, 그럴 때면 세찬 바람소리는 오랫동안 귓속을 파고들며 윙윙거렸다. 이윽고 뷔리는 고개를 쳐들었다. 내 말을 들었는지 무언가 기억에 떠오르는 것이 있는 듯 보였다. 그러더니 갑자기 어떤 환한 웃음 속으로 떠나가는 것이었다. 이 웃음에 나는 경탄을 금치 못하였다. 웃는 적이 별로 없는 뷔리, 이 짤막한 웃음은 그의 고단함을 환히 비추고 있었다. 그는 자신이 거둔 승리에 대해 여타 설명은 생략한 채 고개를 숙이더니 다시금 침묵 속에서 씹어 먹기 시작하였다. 그렇지만 식당의 잿빛 분위기 속에서, 그날의 보잘것없는 고단함을 여기서 풀고 있는 말단 공무원들 사이에서, 힘겨워하는 어깨의 이 동료는 어떤 기이한 고결함에 속한 존재처럼 비쳐졌다. 그의 거친 용모를 뚫고, 용을 물리친 천사가 내비치고 있었다.

드디어 내 차례가 되어 소장실에 불려 갈 저녁이 왔다. 그는 내게 간단하게 말하였다.

"내일 떠나게."

소장실에 가만히 선 채 그가 나를 내보내기만을 기다리고 있었다. 그런데 잠시 말을 멈추더니 한마디 덧붙이는 것이었다.

"수칙은 제대로 숙지하고 있겠지?"

그 시절 엔진들은 오늘날의 엔진들이 제공해 주고 있는 그런 안정성을 전혀 제공해 주지 못하고 있었다. 느닷없이 갑자기 엔진이 와장창 그릇 깨지는 소리를 내면서 우리들을 저버리기 일쑤였다. 그러면 대피처도 거의 제공해 주지 않는 스페인의 바위로 뒤덮인 지표 쪽으로 비행기를 내맡길 수밖에 없었다. 우리는 이렇게 말하곤 하였다.

"여기서 엔진이 파열되면 말이야, 아! 불행히도 비행기는 바로 끝장나 버리지."

하지만 비행기는 교체하면 그뿐이다. 무엇보다 중요한 것은 시야가 없는 상태에서는 바위산에 접근하지 말아야 하는 것이었다. 그래서 우리에게는 산악 지대 상공의 구름바다 비행이 금지되어 있었고, 비행하는 경우 최고 중징계감이었다. 엔진 사고를 당한 조종사가 빽빽이 얽힌 하얀 구름 덩어리 속에 파묻혀 버리면 미처 산봉우리들을 보지 못하고 들이받을 수도 있는 것이다.

그 때문에, 그날 저녁, 느릿한 목소리는 마지막으로 수칙을 강조하였다.

"하기야 스페인에서 구름바다 위를 나침반 하나에만 의지해 비행하는 것은 매우 근사한 일이지. 군계일학감이지. 하지만…."

그러고는 한층 더 느릿느릿 말하는 것이었다.

"…하지만 명심하게. 그 구름바다 밑은 말이야… 영원이거든."

이렇듯 돌연, 구름을 뚫고 솟아오를 때 발견하게 되는 고요한 이 세계는, 그토록 일치되고 그토록 단순한 이 세계는 내게 어떤 미지의 가치를 품고 있었다. 이 온화함은 함정으로 바뀌었다. 나는 이 거대한 흰 함정이 여기 내 발치 아래로 펼쳐져 있다고 생각하였다. 아래에 군림하고 있는 것은, 흔히 생각할 수도 있듯이 사람들의 동요도, 혼잡도, 도시라는 그 생동적 실어 나름도 아니고, 한층 절대적인 침묵, 한층 결정적인 평화였다. 내게 이 하얀 유혹의 끈끈이는 실재와 비실재 사이의 경계로, 알고 있는 것과 알 수 없는 것 사이의 경계로 다가왔다. 그리고 나는, 하나의 광경이란 어느 한 문화, 어느 한 문명, 어느 한 가지 직업을 통하지 않고서는 아무런 의미도 지니지 못하리라는 것도 간파하게 되었다. 산 사람들 역시 구름바다를 알고는 있었다. 하지만 그들이 구름바다에서 이 경이로운 장막을 발견한 것은 아니다.

그 방을 나오면서 어린애처럼 우쭐거리고 있다는 느낌이 들었다. 동이 트면 내 차례가 되어 승객 운송과 아프리카행 우편물을 책임지게 됐으니 말이다. 하지만 겸허함을 절감하게 된 것 또한 사실이다. 제대로 준비가 된 것 같지 않았다. 스페인에는 대피 시설도 취약하였다. 위험 수위 높은 기체 고장을 일으켜 비상 착륙장을 찾지 못하고 헤맬 것을 생각하니 걱정이 태산 같았다. 원하던 정보도 도통 캐내지 못한 채 나는 무미건조하기만 한 지도와 씨름하고 있었다. 그래서 소심함과 자만심으로 뒤얽힌 아주 착잡한 심정으로 나의 벗 기요메[11] 집으로 가서 출항 전야를 보내기로 하였다. 기요메는 나보다 앞서 이 길들을 섭렵해 온 터였다. 기요메는 스페인의 요지들을 인계해 주는 요령을 터득하고 있었다. 도리 없이 기요메로부터 전수받는 수밖에 달리 방도가 없었다.

기요메 집에 들어서니 그가 미소로 나를 맞았다.

"소식 알고 있어. 만족스럽나?"

그는 포트 와인과 컵들을 가지러 벽장 쪽으로 갔다가 다

---

11 앙리 기요메Henri Guillaumet. 1902년 프랑스 부이 출생, 에어프랑스의 안데스 노선 개척자로 1940년 11월 27일 지중해 상공에서 사고로 사망. 메르모즈와 함께 당대 최고 비행사로 추앙됨. 아에로포스탈 사장 디디에 도라는 그를 '최고의 위인'이라 칭송하였다. 말년의 생텍쥐페리가 가장 존경한 선배이자 벗이기도 하다.

시 내게로 왔다. 그는 여전히 미소를 머금고 있었다.

"마시자고. 두고 보면 알겠지만, 잘 풀릴 거야."

램프가 빛을 발하듯 그는 신뢰감을 발하고 있었다. 이 벗은 훗날 안데스 산맥 횡단 및 남대서양 횡단 우편 비행 기록을 갱신하게 된다. 몇 년 전 그날 밤, 기요메는 램프 아래서 셔츠 바람으로 팔짱을 낀 채 더할 나위 없이 호의에 찬 미소를 머금고 아무 스스럼없이 말해 주는 것이었다.

"이따금 폭풍우니, 안개니, 눈 따위에 난감해지기도 할 거야. 그럴 땐 자네보다 먼저 그걸 겪은 사람들을 죄다 떠올리는 거야. 그리고 간단하게 생각하라고. 남들이 해낸 것이라면 늘 해낼 수 있는 것이거든." 그래도 나는 내 지도들을 펼쳤다. 그래도 한 번만 더 함께 비행에 대해 조금만 훑어봐 줄 것을 부탁하였다. 램프 아래 몸을 숙인 채, 선임 어깨에 기대어서야 나는 학창 시절의 안도감을 되찾은 것이다.

하지만 거기서 나는 얼마나 기이한 지리 수업을 받았던가! 기요메는 내게 스페인을 가르쳐 주지 않았다. 그는 스페인을 여자 친구로 만들어 주었다. 수로망이니, 인구니, 가축이니 하는 것에 대해서는 일언반구도 없었다. 과디스[12]에 대해서는 말이 없이, 과디스 근처 밭 주위에 둘러서 있는 세 그루의 오렌지 나무에 대해 언급하는 것이었다. "이 나무들을 조심하라고, 자네 지도에 표시해 놓게…." 그러자 이 세 그루의 오렌지 나무가 지도에서 시에라네바다 산맥[13]보다 더 넓은 공간을 차지해 버렸다. 로르카[14]에 관해서도 일절 말이 없었다. 다만 로르카 근처의 어느 보잘것없는 농가 얘기를 꺼내는 것이었다. 그 살아 숨 쉬는 농가에 관해서 말이다. 그리고 그 농부, 또 그 안주인에 관해서. 그러자 우리로부터 1,500킬로미터나 멀리 떨어진 공간 속에 묻혀 있는 이 부부의 입지가 어마어마하게 부각되었다. 자신들의 산비탈 위에 정착한 이들이야말로 자신들의 별들 아래서 등대지기처럼 사람들을 구조할 채비를 갖추고 있었다.

---

12 Guadix. 스페인 그라나다 주의 도시, 과디스 강의 좌안에 위치함.

13 Sierra Nevada. 안달루시아 지방에 있는 그라나다를 굽어보는 산악 지대. 스페인어로 시에라네바다는 눈으로 덮인 산자락을 뜻한다.

14 Lorca. 스페인 남동부 무르시아 주 무르시아 지방에 있는 도시.

이렇게 우리는 잊혀진 그 존재들로부터, 그 믿기지 않을 만큼의 엄청난 거리로부터, 세계의 지리학자들 모두가 무시해 버린 세부 사항들을 끌어냈다. 지리학자들의 관심은 오직 대도시들에 물을 대 주는 에브로 강[15]에 있을 뿐이다. 이 서른 포기나 되는 풀들에게는 양분 공급원 역할을 하는, 모트릴[16] 서부 풀숲을 은밀하게 흘러가는 이 개울은 관심 밖이다. "조심해, 이 개울 말이지. 착륙장을 아수라장으로 만들어 놓거든… 이것도 지도에 표시해 두게나." 아아! 모트릴에서 본 뱀 기억이 날 듯 말 듯하다. 녀석은 하찮아 보였다. 기껏해야 꽤나 날렵하게 살랑거리면서 개구리 몇 마리를 홀리고 있을 뿐이었다. 하지만 쉬고 있던 것은 녀석의 한쪽 눈뿐이다. 놈은 비상 착륙장 낙원에서 풀숲 아래 엎드린 채, 여기서 2천 킬로미터나 떨어진 그곳에서 나를 노리고 있던 것이다. 기회만 오면 단번에 녀석이 나를 화

15 Ebro. 스페인 북동쪽 칸타브리아 산맥에서 발원하는 강. 길이 910킬로미터. 피레네 남쪽 기슭을 거쳐 동쪽으로 흐른 다음 지중해로 흘러든다. 이베리아 반도의 오대 강 중의 하나이며, 스페인 국토의 1/6에 가까운 유역 일대에 피레네의 풍부한 물을 공급해 준다.

16 Motril. 스페인 그라나다 주의 지중해안 제2의 도시.

염에 휩싸이게 할지도 모르는 일 아닌가…

자리를 뜨지 않은 채 나는 저기 저 언덕 비탈에서 공격 태세를 갖추고 늘어선 서른 마리의 싸움 양을 기다리기도 하였다.

"자넨 이 초원을 널널하게 여기고 있겠지. 그런데 휙! 자네의 양 떼 서른 마리가 바퀴 아래쪽으로 자네를 향해 달려 내려온단 말일세…." 그래서 나는 이 허풍스럽기도 한 위협에 대한 응답으로 경탄해 마지않는 미소를 지어 보였다.

그러자 램프 아래 놓인 내 지도 위의 스페인은 점차 동화의 나라가 되어 갔다. 나는 대피소들마다 함정들마다 십자가 표시를 하였다. 그 농부, 그 서른 마리 양 떼, 그 실개울도 표시를 해 두었다. 지리학자들이 무시해 온 양치기 소녀를 그 정확한 위치에 표시해 두었다.

기요메와 작별을 고하고 나니 이 얼어붙은 겨울 밤거리를 좀 걸어야 될 것 같은 기분이 들었다. 외투 깃을 세워 보았다. 그리고 낯선 행인들 사이에 끼여 젊은 혈기를 발산

시켜 보았다. 가슴에 비밀을 부여안은 채 알 수 없는 행인들에 부대끼며 스쳐 지나간다는 사실에 자부심을 느꼈다. 이 몰지각한 인간들이 나를 알 턱이 없겠지. 하지만 날이 밝으면 이들은 내 손에 근심과 열정 가득한 그들의 우편물을 내맡기겠지. 이들의 기대감 성취 여부는 내 손에 달려 있다. 이렇게 나는 외투로 몸을 두르고 이들 사이로 보호자로서의 발걸음을 내딛었다. 하지만 이들은 내 염려 따위는 전혀 모르고 있었다.

더욱이 밤이 전달하는 메시지들도 전달받지 못하는 이들과 달리 나는 밤의 메시지를 수령하고 있었다. 호시탐탐 휘몰아칠 기세로 내 첫 비행을 골치 아프게 할지도 모를 그 거센 눈보라는 내 신상과도 무관하지 않기 때문이었다. 별들은 하나둘씩 자취를 감추어 가건만, 이 산책자들이 이를 어찌 알 수 있었으리오? 오직 나만이 비밀을 알고 있었다. 전투 개시 전부터 나는 적진의 상황을 통보받고 있었으니 말이다…

하지만 그토록 무거운 부담을 내게 안겨 주는 이 암호들을 수령하고 있던 곳은 불빛 환한 쇼윈도 바로 옆이었는데,

그곳은 크리스마스 선물들로 번쩍거리고 있었다. 한밤중 쇼윈도에는 지상의 재화란 재화는 모조리 다 전시되어 있는 듯하였다. 그래서 나는 희생으로부터 유래하는 오만스러운 도취감을 음미하고 있었다. 나는 위협을 무릅쓴 전사가 되어 있었다. 그러니 번쩍거리는 야연용 크리스털 그릇들이, 이 전등갓들이, 이 서적들이 내게 무슨 상관인가. 이미 나는 희뿌연 안개 속에 몸을 맡긴 채, 조종사로서 비행의 밤들이 맺어 놓은 쓰디쓴 과육을 깨물고 있던 것이다.

누군가 나를 깨웠을 때는 새벽 3시였다. 나는 대번 덧문을 열어젖히고 시내에 비 내리는 모습을 살피고는 두툼하게 옷을 껴입었다.

반 시간 후 나는 내 조그만 트렁크 위에 쭈그려 앉은 채 빗물 반짝거리는 보도 위에서 나를 싣고 갈 합승버스를 기다리고 있었다. 나를 앞서 간 그 많은 벗들 역시 비행 승인이 떨어진 날이면, 조금씩은 마음을 졸여 가며 이와 똑같은 기다림의 경험을 감수해 왔다. 이윽고 고철 꾸러미 소리를 울려 대며 고물 버스가 길모퉁이로 모습을 드러냈다. 그런데 이번에는 내게도 차례가 돌아와 벗들처럼, 잠이 덜 깬 세관원과 몇몇 관리들 틈을 비집고 들어가 좌석에 비비고 앉을 권한을 갖게 된 것이다. 이 합승버스에서는 곰팡내, 먼지투성이 관공서 냄새, 인간의 삶이 파묻혀 가는 낡은 사무실 냄새가 풍기고 있었다. 버스는 500미터마다 가다 서다 하면서 서기 한 사람과 세관원을 하나씩 더 태우더니 이윽고 감독관을 태웠다. 버스 안에서 잠들어 있던 사람들이 간신히 자리를 비집고 앉은 새로 도착한 사람의 인사말에 모호한 중얼거림으로 답하고 나면, 이번에는 그 사람도 이내 잠에 빠져 버리곤 하는 것이었다. 버스는 툴루즈의 울퉁불퉁한 포도 위를 굴러가는 일종의 서글픈 수레였다. 게다가 언뜻 보기에는 이 공무원들과 그 틈바구니에 낀 항공 노선 조종사는 거의 구분도 되지 않았다… 하여튼 가로등들은 줄지어 스쳐 지나가고, 하여튼 공항은 다가오고, 하여튼 이 흔들거리는 고물 합승버스는 사람들을 변신시켜 내보낼 잿빛 번데기에 불과하였다.

벗들은 저마다, 이렇게, 그렇고 그런 아침을 맞으며 그

감독관의 역정에 꼼짝달싹 못하는 아무런 힘도 없는 부하 직원 신분에도 불구하고, 자신 내부에 스페인-아프리카 노선 우편항공기 책임자가 탄생하고 있음을, 세 시간 후면 번갯불이 내리치는 와중에도 '오스피탈레'[17]의 용과 대적할 인물이 탄생하고 있음을… 네 시간 후면 그 용을 때려잡고 완전한 자유를 만끽하는 전권을 장악한 채 바다로 선회할 것인지 아니면 알코이[18] 산악 지대를 직접 공략할 것인지를 결정할 인물이, 폭풍우, 산, 대양과 한 판 붙을 인물이 탄생하고 있음을 감지해 왔던 것이다.

벗들은 저마다 이렇게 툴루즈의 어두컴컴한 겨울 하늘 아래 이름 없는 무리에 섞여 그렇고 그런 아침을 맞으며, 다섯 시간 후면 북방의 비와 눈을 뒤로 한 채 겨울을 떠나며 엔진 회전수를 줄여 갈 준엄한 존재, 그리하여 한여름 알리칸테[19]의 찬란한 태양 속으로 하강을 펼칠 준엄한 존

---

17 Hospitalet-Près-L'Andorre. 안도라와 이웃한 고도 1,450미터의 스페인 피레네 산악 도시. 프랑스의 툴루즈와 함께 파리-바르셀로나 철도의 축을 이룬다.

18 Alcoy. 스페인 남동부 발렌시아 지방 알리칸테 주에 있는 도시.

19 Alicante. 스페인 남동부 발렌시아 지방 알리칸테 주의 주도로 마드리드

재가 성장하고 있음을 느껴 왔던 것이다.

그 고물 합승버스는 사라지고 없지만 그 근엄함과 거북스러움은 내 기억 속에 생생히 남아 있다. 버스는 진정 우리 직업에 따르기 마련인 가혹한 환희에 필수불가결한 도제 과정을 상징하고 있었다. 버스 안에서는 모든 것이 놀라울 정도로 절제되고 있었다. 그래서인지 3년의 시간이 흐르고 나서, 대낮이었던가 안개 낀 밤이었던가 구분은 안 가지만, 버스에 올라타 채 열 마디가 오갈 겨를도 없이, 항공노선의 백 명의 벗들 가운데 한 사람으로서 영원한 은퇴를 맞이한 조종사 레크리뱅의 죽음을 알게 된 일이 떠오른다.

그렇게 시간은 새벽 3시였고, 똑같은 침묵이 흐르고 있었다. 어둠 속에 가려 보이지도 않는 소장이 감독관을 향해 언성을 높이는 것을 들었을 때 말이다.

"레크리뱅이 오늘 밤 카사블랑카에 착륙하지 않았다네."

"아! 아!"

감독관이 대답하였다.

의 무역항으로 이용되는 도시.

그리고 꿈에서 갓 깨어난 감독관은 정신을 차리고 자신의 열의도 보일 겸 애를 쓰며 이렇게 덧붙였다.

"아, 그래요? 그리로 통과할 수 없었나 보죠, 뭐? 되돌아왔나요?"

이 물음에 대한 답으로 들려온 것은 합승버스 안쪽으로부터 흘러나오는 그저 '아니'라는 한마디뿐이었다. 우리의 기대와는 달리 단 한 마디도 이어지지 않았다. 그리고, 매순간 시간이 흘러갈수록, 이 '아니'에 이어질 다른 말은 전혀 없으며, 이 '아니'라는 말이 다시 돌이킬 수 없는 말이며, 레크리뱅은 카사블랑카에만 착륙하지 못한 것이 아니라, 이제 그 어디에도 결코 착륙하지 못하리라는 사실이 점점 더 굳어져 가고 있었다.

그날 아침은 그렇게, 내 차례가 되어 첫 우편 비행을 시작하는 새벽을 맞아 직업에 임하는 성스러운 의례를 치르고 있었다. 그리고 창밖을 통해 반사된 가로등 불빛이 반짝거리는 마카담 포도를 응시하면서 내게 결여된 자신감을 실감하고 있었다. 거기 물웅덩이에는 바람이 스치고 지나가는 커다란 종려나무 잎의 모습이 어른거리고 있었다.

그래서 나는 생각하였다. "첫 우편 비행치고는… 정말이지… 운이 따라 주지 않는군." 나는 감독관을 올려다보며 물었다.

"기상이 좋지 않죠?"

감독관은 지친 시선으로 유리창을 바라보며 이렇게 중얼거렸다.

"전혀 장담할 수 없지."

그러자 도대체 어떤 조짐을 근거로 악천후를 판정하는지 궁금한 생각이 들었다. 전날 저녁 기요메는 미소 하나만으로도 선임들이 우리에게 잔뜩 부담을 안겨 준 불길한 징조들을 단방에 날려 보냈었다. 하지만 그 징조들이 다시 고개를 들고 있었던 것이다.

"조약돌 하나하나까지 항공 노선을 훤하게 꿰차고 있지 못한 작자에게 눈보라라도 덮치면, 딱한 노릇이지… 아무렴! 거참 딱한 노릇이고말고!…" 그들로서는 진정 위엄을 유지해야 하였다. 그래서 그런지 우리에게 약간은 성가심 어린 동정의 눈길을 보내며 고개를 끄덕거리는 것이었다. 마치 우리 속에 자리 잡고 있는 천진난만한 순수함에 측은

지심을 보내기라도 하듯.

말이야 바른 말이지, 이미 우리들 가운데 얼마나 많은 사람들이 이 버스를 자신의 마지막 안식처로 삼았었던가? 예순이던가, 여든이던가? 비 내리는 아침, 매일같이 그 무뚝뚝한 기사가 모는 차에 실려 온 이들 말이다. 나는 주위를 둘러보았다. 여러 점들이 어둠 속에서 반짝반짝 빛나고 있었는데, 담뱃불로 저마다의 성찰에 마침표를 찍어 대고 있었던 것이다. 늙다리 직원들의 보잘것없는 성찰 말이다. 우리들 사이에서 이 동료들이 베풀어 주는 최후의 장례 행렬을 선사받은 자가 얼마나 많았던가?

나는 그들이 소곤거리며 주고받는 속내 이야기들을 엿듣기도 하였다. 질병, 돈, 서글픈 살림살이 걱정에 관한 것이었다. 속내 이야기들은 그들 스스로 자신을 가둔 암울한 감방 벽들을 그려 보이고 있었다. 그러자 느닷없이 운명이 내게 그 얼굴을 드러내는 것이었다.

여기 있는 나의 벗, 늙수그레한 관리여, 아무도 자네를 해방시킬 수 없었지. 그러니 이 점에 관해서 자네는 전혀 책임질 바 없다네. 흰개미들이 그러듯 자네는 빛으로 나가는 모든 출구를 시멘트로 꽁꽁 막아 놓음으로써 자네의 평화를 구축한 셈이지. 자네의 부르주아적 안정 속으로, 자네의 타성 속으로, 벽촌 생활의 숨 막히는 관습 속으로 말려 들어가, 바람과 조수와 별에 대항해 이 천박한 담벼락을 쌓아 올린 것이지. 자네는 중대한 문제들에 대해서는 의도적으로 신경을 끄고, 자네의 인간 조건을 떨치려 만만치 않은 노력을 기울였지. 자네는 결코 떠돌이 행성의 주민도 아니요, 결코 대답 없는 질문을 던지는 법도 없지. 다시 말하자면 자네는 툴루즈의 소시민이란 말이지. 아직 시간이 있었을 때는 아무도 자네의 어깨를 감싼 바 없지. 이젠 자네 몸을 이루는 점토조차 말라붙고 급기야는 딱딱하게 응고해 버리고 말았지. 그러니 자네 안에 잠들어 버린 음악가나 시인 혹은 아마도 맨 처음 자네 속에 살고 있었던 천문학자를 일깨울 수 있는 사람은 아무도 없는 게지.

이제는 폭풍우를 탓하지 않는다. 직업의 마술이 내게 열어 보이고 있다. 두 시간도 안 되어 흑룡들과 푸른 번개 갈퀴를 두른 산봉우리들을 만나게 될 세상을, 산봉우리에 밤이 오면 거기서 벗어나 별들 사이에서 나의 길을 읽어 낼 세상을.

이렇게 우리 직업상의 세례 의식을 거행하고 나면 곧 우리의 여행이 시작된다. 대개의 경우 이 여행에 특별한 문제는 발생하지 않았다. 마치 전문 잠수부처럼 우리는 조용히 우리 영역으로 깊숙이 하강해 갔다. 오늘날에는 이 영역에 관한 탐사가 제대로 이루어져 있다. 이제 조종사, 기관사, 무선사는 더 이상 모험을 시도하지 않는다. 이들은 연구실 안에 스스로를 가둔다. 이들은 계기 바늘들의 동작을 따를 뿐, 더 이상 펼쳐지는 풍경을 따르지는 않는다. 창밖 어둠 속으로 산이 잠겨 있다지만, 이제 산은 더 이상 산이 아니다. 산은 보이지 않는 세력으로 이제 그 접근거리를 측정해야 하는 대상이다. 무선사는 램프 아래서 신중하게 숫자를 기입해 넣고, 기관사는 지도에 점을 찍는다. 그리고 만약 산의 방향이 틀어져 있다거나, 좌편으로 비행하려던 봉우리들이 군사 작전을 방불케 하듯 아무 소리 없이 은밀하게 정면으로 펼쳐질 지경에 이르러서야 조종사는 항로를 수정한다.

지상에서 밤샘하는 무선사들은 무선사들 나름대로 같은 시각에 동료들이 기입해 넣는 것과 동일한 내용을 수첩에 신중하게 기입한다. "0시 40분. 항로 230도. 기내 이상 무."

오늘날 승무원들은 이렇게 비행한다. 이들은 자신이 이동하고 있음을 전혀 감지하지 못한다. 바다에 깔린 밤처럼 이들은 모든 목표 지점으로부터 요원한 거리에 있다. 그런데 엔진들이 환한 이 방을 진동으로 가득 채워 그 실체마저 바꾸어 놓는다. 그럼에도 시계는 돌아간다. 그래도 이 눈금판들에는, 이 무선 램프들에는, 이 바늘들에는 보이지 않는 각각의 연금술이 통하고 있다. 시시각각 이 은밀한 손짓들이, 이 말 없는 말들이, 이 긴장이 기적을 마련해 가고 있다. 그래서 때가 익어서야 비로소 조종사는 안심하고 유리창에 머리를 갖다 댈 수 있다. 무로부터 황금이 탄생한 것이다. 황금은 착륙장의 신호등 속에 빛나고 있다.

그럼에도 불구하고 우리 모두는 착륙지로부터 두 시간 거리에서, 특이한 각도에서 비치는 불빛을 보고 마치 인도

제국에 있었다 해도 느끼지 못했을 그런 거리감을 느끼고는, 귀환하리라는 기대를 접고 만 비행 경험들을 가지고 있다.

이처럼 메르모즈[20]는 수상 비행기를 몰고 처음으로 남대서양을 횡단할 당시 해넘이 무렵, 블랙홀[20] 지역에 빠져들어 간 적이 있다. 정면을 바라보니, 마치 차곡차곡 쌓여 올라가는 담벼락을 보기라도 하듯 토네이도 꼬리들이 시시각각 조여들어 오고 있었다. 그러더니 이 전초전 상황 위로 밤이 내려앉으면서 이들을 덮어 버렸다. 그리고 한 시간이 경과해서 구름 속으로 날아드는 순간 메르모즈는 환상의 왕국에 들어서고 만 것이다.

거기에는 해수 기둥들이 겹겹이 늘어서 있었는데 마치

---

20 Jean Mermoz(1901-1936). 아에로포스탈 소속 전설적 조종사, 별명 천사장Archange.

21 le Pot-au-Noir. 항해사들이 가장 두려워하는 해상 재앙을 나타내는 은어. 해상 토네이도가 발생하여 항해가 불가능할 정도의 험난한 해상 지역을 일컫는다. 기상 예보를 혼란스럽게 하고 신경을 불안하게 하기에 문제가 된다.

신전의 검은 열주들마냥 요지부동으로 버티고 있었다. 물기둥들은 부풀어 오를 대로 부풀어 올라 폭풍우 속 어두컴컴하고 낮게 깔린 하늘을 떠받치고 있었다. 하지만 그 하늘의 벌어진 틈들을 가로지르며 빛줄기가 쏟아지고 있었고, 열주들 사이로 바다 표면 위에 깔린 차가운 타일 조각 위로 보름달이 빛나고 있었다. 그래서 메르모즈는 이 인적 없는 폐허를 건너, 이 빛 물줄기에서 저 물줄기로 비스듬히 돌며, 틀림없이 솟아오르는 바닷물로 으르렁거리고 있었을 법한 거대한 열주들을 우회해 가며, 달의 흐름을 좇아 신전의 비상구를 향해 무려 네 시간 동안이나 진군하는 비행을 계속한 것이다. 그런데 그 광경이 하도 압권인지라 블랙홀을 일단 건너고 나서야 비로소 그것이 겁 없는 행동이었음을 깨달을 수 있을 지경이었다.

나 역시 현실 세계의 변경을 넘어가 버렸던 시간들 가운데 하나가 생각난다. 사하라 착륙장으로부터 날아오는 무선방위측정 지점이 그날 밤 내내 어긋나 무선전화수 네리와 내가 무척 헤매고 있던 참이었다. 안개 틈 사이 냉떠러지로 바닷물이 반짝거리는 것을 보고 순식간에 해안 쪽으로 진로를 바꾸었을 때는 우리가 얼마나 오랫동안 먼바다 쪽으로 진입해 가고 있었는지조차 모를 정도였다.

이제는 더 이상 해안가에 다다를 수 있을지조차 확신할 수 없었다. 어쩌면 휘발유도 바닥날지도 모르는 일이기 때문이다. 하지만 일단 해안에 이른다 하더라도 우리로서는 또다시 착륙장을 찾아내야만 했으리라. 그런데 당시는 달이 넘어가고 있던 무렵이었다. 이미 귀머거리 신세가 된 우리는, 각도에 대한 아무런 정보도 받지 못한 채 점점 장님 신세로 전락해 가고 있었다. 눈밭 같은 안개 속에서, 사위어 가는 잉걸불처럼 달빛은 결국 완전히 사라지고 말았다. 그러자 이번에는 우리 위에 있던 하늘이 구름으로 뒤덮였다. 그래서 우리는 이제 모든 빛과 모든 물체가 치워져 버린 세상 속, 저 구름과 안개 사이를 비행하고 있었다.

우리에게 응답해 오던 착륙장조차 우리에 관한 정보 제공을 포기해 버리고 말았다. "방위 측정 불가⋯ 방위 측정 불가⋯." 왜냐하면 그들로서는 우리 목소리가 도처에서 들려오니 결국 아무 데서도 들리지 않는 셈이었기 때문이다.

그런데 느닷없이, 이미 우리가 절망하고 있었던 그 순간, 반짝거리는 점 하나가 전방 좌측 지평선 위로 모습을 드러내는 것이었다. 혼돈의 환희가 느껴졌다. 내게 몸을 숙이고 있는 네리가 부르는 노랫소리가 들리는 것 아닌가! 그것이 착륙장일 수밖에 없으며, 그것이 그 관제등일 수밖에 없는 것은, 밤이 되면 사하라 전체가 어둠에 쌓여 거대한 죽음의 영토를 이루기 때문이다. 하지만 불빛은 잠시 조금 반짝거리더니 곧 꺼져 버렸다. 우리는 단지 몇 분 동안, 안개 층과 구름 사이 지평선 위로 지면서 모습을 드러냈던 별 하나를 향해 날아가고 있었던 것이다.

그때, 우리는 다른 별빛들이 솟아오르는 것을 보았다. 그래서 우리는 막연한 기대감으로 그 빛 하나하나를 향해 차례차례 기수를 돌려 보았다. 그리고 불빛이 계속 켜져 있으면 목숨을 건 시도도 우리는 불사할 태세였다. "불빛이 보임. 관제등을 끄고 계속 세 번 깜박거려라"라고 네리가 시스네로스[22] 착륙장에 명령을 내렸다. 실제로 시스네로스 착륙장은 관제등을 껐다가 다시 켰었다. 하지만 우리가 지켜보고 있던 그 빛, 그 변할 줄 모르는 별빛은 깜빡거리지 않았다.

휘발유가 바닥나고 있었지만 우리는 매번 황금 불빛 미끼에 걸려들었던 것이다. 매번 그것은 관제등이 발하는 진짜 빛이었으며, 착륙장이자 생명이었다. 그래서 매번 우리는 별을 바꾸는 수밖에 도리가 없었다.

이후 우리는 유일하게 친근한 우리 풍경들, 정다운 우리 집들, 우리의 애틋함을 품고 있던 단 하나의 진정한 행성을 찾아, 도달 불가능한 백 개의 행성들 사이의 허공에서 길을 잃고 헤매고 있음을 느꼈다.

저 홀로 그 무엇인가를 품고 있던 행성에 관해서… 눈앞에 펼쳐진 그 모습을 당신들에게 들려주겠노라. 그리고 당신들은 그 모습을 유치하게 여길지도 모르겠다. 하지만 위험의 와중에도 인간으로서의 근심거리는 남아 있는 법이다. 그도 그럴 것이 목도 마르고 배도 고팠다. 시스네로스

---

22 Villa Cisneros. 모로코의 리오 데 오로 에스파뇰 지역에 위치한 도시. 현재 이름은 다클라Dakhla. 북으로는 자주 언급될 카프 쥐비Cap Juby, 남으로는 모리타니의 포르테티엔Port-Etienne(현재의 누아디부), 세네갈의 다카르가 위치함.

를 찾아낸다면야 비행은 계속될 것이고, 일단 휘발유를 가득 채운 뒤, 새벽의 상큼함을 만끽하며 카사블랑카에 착륙하리라. 업무 종료인 것이다! 네리와 나는 시내에 들러 새벽부터 이미 문을 연 선술집을 찾아내리라… 네리와 나는 안전한 상태에서 편안히 테이블에 앉아 따끈따끈한 크루아상과 카페오레를 마주한 채 간밤의 일들에 관해 웃음을 머금으리라. 네리와 나는 삶이 주는 아침 선물을 받을 것이다 늙은 촌부조차도 그렇게 그림 하나, 소박한 목걸이 하나, 염주 하나를 통해서만 자신의 신을 만난다. 그러나 우리의 이해를 받기 위해서라면 우리에게 순박한 언어로 말을 건네야 한다. 이렇게 내게 살아가는 기쁨이란 이 향기롭고 뜨거운 첫 한 모금 속에, 함께 드는 우유와 커피와 빵으로 수렴되고 있었다. 이를 통해 평온한 목장들, 이국 농장들 그리고 추수와 소통하는 것이며, 이를 통해 온 지구와 소통하는 것이다. 이 많은 별 가운데, 우리에게 다가서기 위해, 새벽 식사가 담긴 향기로운 사발을 차려 주는 별은 단 하나뿐이었다.

하지만 뛰어넘을 수 없는 간극들이 우리 비행기와 사람

들이 살고 있는 사이에 누적되어 가고 있었다. 세상의 모든 보화가 별자리들 사이에서 길을 잃고 헤매는 먼지 한 알에 머물러 있었다. 그리하여 그 낟알을 인지하려 애쓰는 천문가 네리는 계속 별들에게 염원하고 있던 것이다.

갑자기 네리가 주먹으로 내 어깨를 두드렸다. 주먹에 떠밀려서 보게 된 종이쪽지에서 나는 다음과 같은 글을 읽어 냈다. "다 잘돼 가고 있어. 끝내주는 메시지를 수신하였다니까…." 두근거리는 가슴으로 나는 기다렸다. 그가 우리를 구원해 줄 대여섯 마디를 잘 마무리해서 전달해 주기를. 결국 나는 이 하늘의 선물을 받아내고 말았다.

발신지는 전날 밤 우리의 출발지 카사블랑카였다. 전송이 지연되었던지 2천 킬로미터나 멀리 떨어진 구름과 안개 사이, 바다에서 헤매고 있는 우리에게 느닷없이 메시지가 전달된 것이다. 이 메시지는 카사블랑카 공항 주재 국가 대표부로부터 날아든 것이었다. 그래서 읽어 보았다. "생텍쥐페리 씨, 귀하는 카사블랑카 출발 시 격납고 주위를 너무 근접 선회한바 저로서는 필히 파리에 귀하의 징계를 요구할 수밖에 없음"이라고 쓰여 있었다. 격납고 근처를 너무 근접 비행한 것은 사실이었다. 또한 이 친구가 성화를 부리고 있음에도 자신의 직무를 수행하고 있다는 것 또한 사실이었다. 공항 사무실에서였더라면 이 비난을 달게 받았으리라. 하지만 이 비난이 우리에게 도달해서는 안 될, 바로 이 비행기로 날아든 것이다. 이 비난이 너무도 성근 이 별들, 이 안개 층, 바다가 내뿜는 이 위협적인 향취 속에서 솟구친 것이다. 우리 자신의 운명, 우편물의 운명, 우편 비행기의 운명이 우리 손에 달려 있었다. 살아남기 위해서는 넘어야 할 산이 정말 많았다. 그런데 이 친구는 우리에게 그 하찮은 앙심을 토로하는 것이었다. 하지만 네리와 나는 짜증을 내기는커녕 거창하고도 급작스러운 환희를 맛보았다. 여기에서는 우리가 주인이었으며, 그가 이 사실을 발견하게 해 준 셈이다. 그러니 그 하사는 우리 소매를 보고도 우리가 대위로 진급한 것을 몰랐던 것인가? 그는 우리 꿈속으로 날아 들어와 우리를 성가시게 하고 있었다. 하필이면 큰곰자리와 사수자리 사이를 힘들게 오락가락 하고 있는 이 시점에, 우리 처지에서 오직 유일한 골칫거리, 그리고 우리가 목맬 만한 유일한 골칫거리가 저달의 배반인 지금 이 시점에…

직면한 과제란, 이 인간이 모습을 드러내고 있던 행성의 유일한 과제란, 별들 사이에서 정확한 측정이 가능하도록 우리에게 정확한 수치를 제공해 주는 것이었다. 그런데 이 수치들에 오류가 있었다. 그 이외에는 당분간 행성이 침묵을 지켜야 한다는 것뿐이었다. 그래서 네리가 내게 이렇게 써 보였다. "이런 멍청한 짓거릴랑 때려치우고 그들이 우리를 어디로든지 데려가 주는 게 더 나은데 말이야…." 네리에게 있어 "그들"이란 세상 모든 사람들, 그들의 의회, 그들의 상원, 그들의 해군, 육군 그리고 그들의 황제들을 싸잡아 하는 말이었다. 그러고 나서, 우리에게 볼일이 있는 양 벼르고 있는 이 맛이 간 친구의 메시지를 읽으며 우리는 기수를 수성 쪽으로 돌렸다.

우리가 구조된 것은 우연의 극치의 산물이었다. 언젠가 시스네로스에 다시 착륙할 수 있으리라는 희망을 접은 채, 기수를 수직으로 꺾어 해안 쪽으로 향하면서 연료가 다 떨어질 때까지는 일단 기수를 고정하기로 작정한 시간이 도래하였다. 그래서 나는 스스로 바닷속으로의 침몰을 방지할 만한 자구책을 몇 개 마련해 두었다. 불행히도 눈가림에 불과한 내 전조등은 나를 아무도 모르는 낯선 곳으로 인도해 갔다. 불행히도 최선의 경우라 해도 어둠의 심연으로 떨어질 수밖에 없는 상황으로 우리를 몰아넣을 짙은 안개 역시 아무 안전사고를 일으키지 않고 우리가 착륙할 기회를 보장해 주지 않고 있었다. 하지만 나로서는 선택의 여지가 없었다.

상황이 그토록 명료하여 침통하게 어깨를 으쓱거리자, 네리는 내게 딱 한 시간 전에만 수신했더라면 우리의 구조를 가능하게 했었을 메시지 하나를 내게 넘겨주는 것이었다. "시스네로스 우리 위치 측정 결정 내림. 시스네로스 측정 결과, 확실치 않으나 216도…." 이제 시스네로스는 더 이상 어둠에 묻혀 있지 않았다. 시스네로스는 이제 여기, 손에 닿을 듯 우리 좌편에 모습을 드러내고 있었다. 그래, 그렇긴 하지만 얼마만큼 멀리 떨어져 있는 것인지? 네리와 나는 짤막한 대화를 나누었다. 시간이 너무 늦은 것이다. 우리끼리 합의를 보았다. 시스네로스로 날아간다면, 해안에도 이르지 못할 위험이 더욱 커진다. 그래서 네리가 응답하였다. "휘발유가 한 시간 정도 분량만 남은 관계로 이제 기수를 93도로 유지하겠음."

그런데 착륙장들이 하나둘 모습을 드러내는 것이었다. 우리가 주고받는 대화에 아가디르,[23] 카사블랑카, 다카르로부터 들려오는 목소리가 끼어들고 있었다. 도시 소재 각각의 무선국들이 모든 공항에 이 급보를 알리고 있었다. 공항 책임자들은 책임자들대로 동료들에게 이 급보를 날렸던 것이다. 그리고 이들은 마치 환자의 침대 주위로 몰려들 듯 차츰 우리 주위로 몰려들고 있었다. 부질없는 열정이지만 그럼에도 열정은 열정 아닌가. 부질없는 충고이긴 하지만, 그 얼마나 정겨운 충고이던가!

그러다 불쑥 툴루즈가 출현한 것이다. 항공로의 출발점인 툴루즈가, 4천 킬로미터 저쪽에서 놓쳐 버린 툴루즈가. 툴루즈는 단박에 우리 사이로 자리를 잡고 들어섰다. 그러

23 Agadir. 모로코 남서쪽에 위치한, 인구 70만 정도의 도시. 겨울에도 20도 정도의 마일드한 기후로 유럽 사람들의 겨울 관광처로 유명하다.

고는 느닷없이 이렇게 말하는 것이다.

"당신들 몰고 가는 비행기 그거 F… 기종 아닌가?(기종 등록 번호는 기억이 나지 않음)"

"그렇다"

"그렇다면 아직 두 시간 이상 비행할 수 있는 연료가 남아 있다. 그 비행기 연료 탱크는 표준형이 아니다. 시스네로스로 기수를 돌려라."

*

이렇게, 직업이 부과하는 필수 조항들이 세상을 변형시키고 풍요롭게 한다. 정기 항로 조종사가 낡은 풍경 속에서 새로운 의미를 발견하도록 하는 데 굳이 이와 같은 밤이 필요한 것도 아니다. 승객들을 지루하게 하는 단조로운 풍경도 승무원들에게는 이미 또 다른 풍경인 것이다. 지평선을 가로지르는 이 떼구름은 승무원들에게 더 이상 장식품으로 존재하지 않는다. 떼구름은 이들의 근육에 영향을 미쳐 문제를 일으킬 수도 있다. 이들은 이미 이러한 사실을 명심하고 있기에, 떼구름을 측정하게 되며, 진정한 말이 오가며 구름과 승무원은 하나가 되는 것이다. 저기 봉우리 하나가 출현한다. 아직 저 멀리 있긴 하지만 말이다. 봉우리는 어떤 모습을 드러낼 것인가? 달빛 아래에서 봉우리는 적절한 지표가 될 수도 있다. 하지만 만약 조종사가 시계 제로 상태에서 비행하는 경우라면, 바람으로 인한 수평 항로 이탈을 바로잡기 힘들고, 그로 인해 자신의 위치를 확신할 수 없으므로, 이 봉우리는 폭탄으로 변할 수도 있는 법이며, 그날 밤을 온통 위협에 휩싸이게 할 것이다. 마치 조류에 실려 물결치는 대로 떠다니는 수중 기뢰 하나가 바다 전체를 쑥대밭으로 만들어 놓듯이.

이렇게 대양들마저 변해 간다. 평범한 승객에게 태풍은 모습을 드러내지 않은 채 도사리고 있다. 저토록 높은 곳에서 관찰한 파도는 아무런 부조감도 드러내 보이지 않는다. 물안개 무리들도 역시 움직이지 않는 듯 보인다. 다만, 잎맥들과 얼룩이 새겨진 크고 하얀 종려나무 잎사귀들만이 일종의 얼음에 굳어 버린 채 펼쳐져 있을 따름이다. 하지만 승무원들 판단에 이곳으로의 착륙은 일절 금지되어 있다. 그들에게는 이 종려나무 잎사귀들이 독성을 품은 거대한 꽃들처럼 보이는 것이다.

또한 즐거운 비행이 되더라도, 항로 어느 구간을 비행하는 조종사는 단순한 풍경 하나도 그냥 관망하는 법이 없다. 대지와 하늘의 저 빛깔들, 바다에 새겨진 바람의 저 흔적들, 황혼의 저 금빛 구름들, 조종사는 이들에 탄복하는 것이 아니라 이들을 성찰한다. 마치 자신의 영역을 둘러보고 천태만상의 징후로 봄의 도래, 결빙의 위협, 강우를 예측하는 농부처럼, 직업 조종사 또한 흰눈의 징후들, 안개의 징후들, 지복한 밤의 징후들을 판독해 낸다. 처음에는 자연이 일으키는 거대한 문제들과 조종사를 격리시키는 것처럼 보이던 기계도 이제는 더욱 꼼짝달싹 못하도록 조종사를 이 문제들에 연루시킨다. 태풍 휘몰아치는 하늘이 자신에게 여는 광활한 법정 한복판에 홀로 서서 조종사는 우편항공기를 걸고, 산과 바다와 폭풍우라는 세 가지 기본 신성과 맞서는 것이다.

II. 벗들

I

메르모즈를 포함한 벗들 몇몇은 비투항 지역 사하라 사막을 횡단하는 카사블랑카-다카르 간 프랑스 노선을 개척하였다. 당시 엔진은 내구성이 열악한지라 메르모즈가 사고를 당해 무어인들에게 넘겨진 적이 있다. 무어인들은 메르모즈를 학살하지는 못하고 주저주저하며 2주 동안 그를 포로로 억류하다 되팔아 버렸다. 그래서 메르모즈는 같은 지역 상공에서 다시 우편물을 배달하게 되었다.

미주 노선이 개설되었을 당시 여전히 전위를 담당하던 메르모즈는 부에노스아이레스-산티아고 구간 탐사를 담당하고, 사하라 사막 교량 설치에 이어서 안데스 산맥 위를 통과하는 교량 설치를 담당하게 되었다. 그에게는 최고 상승 한도 5천 미터의 비행기가 제공되었다. 코르딜레라[24]의 고도는 7천 미터에 이른다. 그래서 메르모즈는 산맥 사이의 협로들을 찾아내려 이륙을 감행한 것이다. 모래를 섭렵한 뒤 그가 직면한 것은 산이요, 바람이 불면 저마다 눈자락을 휘날리는 그 봉우리들이요, 폭풍우 전야 사물들의 창백함이요, 두 암벽 사이에서 당하는 경우 조종사를 일종의 검투로 내몰 정도로 그토록 험난한 역류였다. 메르모즈는 대적할 상대에 관한 경험도 전혀 없이, 이러한 포위망으로부터 살아 나올지조차 전혀 알 수 없는 상황에서 그 전투들에 뛰어든 것이다. 메르모즈는 자신이 아닌 남들을 위해 "시도해 본 것이다".

결국 어느 날 그 "시도" 덕분에 메르모즈는 결국 안데스 산맥의 포로 신세가 된 자신을 발견하고 만다.

고도 4천 미터, 사방 깎아내린 절벽의 고원에 불시착한

24 la Cordillère des Andes. 안데스 산맥. 남아메리카 대륙의 태평양 연안을 따라 베네수엘라 · 콜롬비아 · 에콰도르 · 페루 · 볼리비아 · 칠레 · 아르헨티나의 7개국에 걸쳐 남북으로 뻗어 있다. 아에로포스탈은 부에노스아이레스-산티아고(칠레)를 관통하는 미주 노선을 개척하였다.

메르모즈와 기관사는 이틀에 걸쳐 탈출을 시도하였다. 이들은 갇혀 있었다. 그래서 마지막 운을 걸고 허공을 향해 비행기를 몰아 울퉁불퉁한 땅 위를 세차게 용솟음치며 벼랑 끝까지 나아가서는 아래로 곤두박질치기 시작하였다. 비행기는 추락하면서 제법 조종 가능한 속도를 회복하였다. 다시 한 봉우리 정면으로 기체를 상승시켜 메르모즈는 그 봉우리에 이르렀다. 그리고 비행한 지 7분이 지나자, 이미 고장나 있던, 밤새 얼어붙은 관들이 모두 녹아 물이 새어 나오는 와중에, 메르모즈는 자신의 눈 아래에 펼쳐진 약속의 땅 같은 칠레 평원을 발견하였다.

이튿날 메르모즈는 다시 시작하였다.

안데스 탐사가 순조롭게 진척되어, 일단 횡단 기술이 궤도에 이르자 메르모즈는 이 구간을 그의 벗 기요메에게 일임하고 밤의 탐사에 나섰다.

우리 착륙장 조명 시설 설치는 아직 요원한 상태였다. 그래서 칠흑 같은 밤이면 착륙장에 휘발유로 밝힌 세 개의 빈약한 조명불을 메르모즈 전방으로 죽 늘어놓았다.

메르모즈는 이러한 문제를 원만하게 해결하고 항로를

개설하였다.

밤이 제법 길들여지자 메르모즈는 대양을 시도하러 나섰다. 그리하여 1931년부터 최초로 툴루즈로부터 부에노스아이레스까지의 우편물 배송이 나흘 안에 가능하게 된 것이다. 귀환 길에 남대서양 한복판, 높은 파도가 이는 해양에서 메르모즈는 연료 사고를 당하였다. 배 한 척이 메르모즈와 그의 우편물 그리고 그의 승무원을 구조해 주었다.

이렇게 메르모즈는 모래, 산, 밤 그리고 바다를 개간하였다. 그는 이미 여러 번 모래, 산, 밤 그리고 바다에 빠진 적이 있었다. 그리고 그의 귀환은 늘 재출발을 위한 것이었다.

마침내 12년간의 복무를 마감하고 다시 한 번 남대서양 상공을 비행하던 중 그는 후미 우측 엔진을 끈다는 짤막한 메시지를 보내왔다. 그러고는 침묵이 흘렀다.

이 소식이 불안하게 여겨진 것은 아니다. 하지만 10분간의 침묵이 흐르자 파리로부터 부에노스아이레스에 이르기까지 모든 무선국들은 불안에 떨며 철야근무에 돌입하였다. 왜냐하면, 일상생활에서 10분간의 지체라면 그 의미가 극히 미미하다 해도, 우편 비행의 경우는 심각한 의미를 지니기 때문이다. 이 사장된 시간 한복판에 아직 미지의 사건이 숨겨져 있다. 무의미하건 불행하건 간에 사건은 저질러진 것이다. 운명이 판결을 내렸으며, 이 판결에 대해서는 항소의 여지도 없다. 큰 사고 없이 수면에 착륙하건 난파되어 버리건 가혹한 운명의 손이 승무원들을 장악하고 있었다. 하지만 대기자들에게 이 판결이 통보되는 것은 아니다.

우리들 가운데 누가 점차 나약해져 가는 그 희망을 몰랐겠으며 또한 시시각각 치명적인 질병처럼 악화 일로를 걷는 그 침묵을 몰랐으리요? 우리는 기대를 걸고 있었다. 그리고 시간이 흘러갔다. 그리고 점차 시간이 지체되어 갔다. 우리는 깨달아야만 하였다. 우리 벗들이 결코 돌아오지 못하리라는 것을, 그들이 그토록 자주 길을 닦아 온 하늘 아래 펼쳐진 남대서양 해저에서 안식을 취하고 있음을. 결국 메르모즈는 짚단을 꽁꽁 묶고 나서는 자기 밭에 드러누워 버리는 추수꾼처럼 자신의 작품 뒤로 몸을 숨기고 만 것이다.

이렇게 벗이 세상을 뜨고 나면 그 죽음은 역시 직업이 하달하는 명령에 포함된 행위처럼 여겨졌다. 그리고 우선은 아마도 다른 죽음보다 그 상처가 덜할지도 모른다. 분명히 메르모즈는 마지막 기항지로의 이동을 감수하다 영영 멀리 떠나 버렸다. 하지만 아직 그의 존재라는 것이 우리가 빵을 아쉬워하게 될 만큼 처절하게 아쉬워지지는 않는다.

실제로 우리는 서로의 해후를 오래 참고 기다리는 데 익숙하다. 이유인즉, 서로 대화가 거의 없을 듯한 경계근무자들처럼 약간 고립된 상태의 벗들이 파리로부터 칠레의 산티아고에 이르기까지 세계 곳곳에 분산되어 있기 때문이다. 방대한 직업상의 가족을 이루는 분산된 구성원들이 여기저기 모이려면 여행들이 빚어 내는 우연이 따라야 한다. 카사블랑카에서, 다카르에서, 부에노스아이레스에서, 수년간의 침묵이 흐른 뒤 어느 저녁 식탁에 둘러 앉아 우리는 그 단절된 대화를 다시 나누고, 옛 추억담으로 서로의 관계를 부활시킨다. 그러고는 저마다 떠나가는 것이다. 땅은 이렇듯 삭막하면서도 풍요롭다. 은밀하게, 숨어 있어, 다가가기 어려운 정원들로, 하지만 언젠가는 직업이 우리를 인도해 줄 정원들로 풍요로운 것이다. 아마도 삶이 우리를 벗들로부터 떼어 놓거나, 벗들에 대한 많은 생각을 방해할지도 모른다. 하지만 벗들이 그 어딘가에 있는 것은 확실하다. 그 어디 있는가에 관해서는 너무 모르고 있긴 하지만, 조용히 잊힌, 그토록 충실한 벗들이여! 그래서 그들이 가는 길을 막아서기라도 한다면 이들은 아름다운 환희의 불꽃을 튀기며 우리의 어깨를 밀치는 것이다! 당연히 우리는 기다리는 데 익숙해져 있으니…

그럼에도 불구하고 우리는 점차 그 벗의 해맑은 웃음소리를 다시 들을 수 없으리라는 사실을 발견해 간다. 하지만 바로 그 정원이 정작 우리에게는 영원히 금지되어 있음을 발견하는 것이다. 그러면서도 결코 비통할 정도는 아니라도 약간은 쓰라린, 우리의 진정한 슬픔이 시작되는 것이다.

사실 잃어버린 동료를 대신할 수 있는 것은 아무것도 없으리라. 오랜 벗들을 스스로 만들어 낼 수는 없는 노릇이다. 함께 나눈 그토록 풍요로운 추억이라는 보물, 함께 누린 그 많은 고난의 시간이라는 보물, 그 많은 불화, 화해, 심정의 흐름이라는 보물만큼의 가치를 지니는 것은 아무것도 없다. 다시는 이 우정들을 일으킬 수 없다. 떡갈나무를 심어 놓았다 해서, 곧바로 그 잎사귀 아래로 몸을 피하려는 것은 헛된 짓이다.

이렇게 인생은 간다. 우선 우리는 돈을 벌어 몇 년 동안 나무를 심었다 해도, 때가 되면 수년에 걸쳐 이 작업을 훼손하고 숲을 베어 내는 것이다. 벗들은 하나둘씩 우리들에게서 숲의 그림자를 앗아 간다. 그리고 이제부터 우리의 슬픔에는 늙어 가고 있다는 은밀한 회한이 섞여 든다.

이러한 것이 메르모즈와 다른 벗들이 우리에게 가르쳐 준 교훈이다. 아마도 하나의 직업이 지닌 위대함이란 무엇보다도 사람들을 하나로 맺어 주는 것이리라. 사치스러움 가운데 딱 하나 진실한 것도 있으니, 그 진실된 사치란 바로 인간관계라는 사치이다.

우리는 그저 물질적인 재화를 얻으려 일한답시고 스스

로 우리의 감옥을 쌓고 있다. 겪어 볼 만한 가치라곤 전혀 제공하지 못하는 우리의 잿더미 화폐와 부대끼며 고독 속에 자신을 감금해 간다.

만일 기억 속에 지속될 만한 안목을 내게 남겨 준 사람들을 헤아려 보면, 내게 의미 있었던 시간들을 결산해 보면, 확실히 재화로는 내가 얻을 수 없던 시간들을 발견하게 된다. 메르모즈와 같은 사람의 우정을 살 수 없으며, 함께 나눈 시련으로 우리와 영원한 관계를 맺은 동료와의 우정을 살 수 없는 일이다.

그 비행의 밤, 그 밤에 빛나던 10만 개의 별들, 그 몇 시간 동안의 평온함, 그 절대성, 이러한 것들을 돈으로 살 수는 없는 노릇이다.

험난한 단계를 거치고 난 후 눈에 들어오는 세상의 새로운 모습, 그 꽃송이들, 그 여인들, 새벽녘 우리에게 막 다시 찾아온 온 삶이 신선하게 물들여 놓은 그 미소들, 우리에게 보답하는 그 사소한 것들의 콘서트, 돈으로 이것들을 살 수 없다.

비투항 지역에서 보낸 그날 밤도 그렇다. 그리고 그 밤의 추억이 되살아난다.

우리 아에로포스탈 소속 승무원 셋이 해넘이 무렵 리오 데 오로 해안[25]에 불시착한 적이 있다. 맨 처음 내 벗 리귀엘이 제일 먼저 크랭크암 파열로 불시착하였었다. 또 다른 벗 부르가가 이 승무원을 구조하기 위해 착륙하게 되었다. 그런데 대단한 것도 아닌 파손으로 인해 그도 그만 꼼짝달싹 못한 채 지상에 묶이고 말았다. 마지막으로 내가 착륙했지만, 불시에 내가 도착했을 때는 밤이 깔려 있었다. 우리는 부르가의 비행기를 구하기로 결정을 내리고, 수리에 성공을 기하고자 날이 새기를 기다리기로 하였다.

앞서 1년 전에 여기에서 사고를 당했던 우리 벗들 구르프와 에라블이 비투항 원주민들에 의해 가차 없이 학살당한 바 있다. 오늘 밤도 보자도르[26] 어딘가에 소총 300정을 구비한 무장 공격 단체가 캠프를 치고 있다는 사실을 우리

25 Rio de Oro. 서북 아프리카 스페인령 사막 지대. 시스네로스도 이 지역에 위치하고 있다.

26 Cape Bojador. 모로코 서사하라 해안의 갑岬. 항해에 큰 위험이 따르기 때문에 아랍어로 아부카타르('위험의 아버지'라는 뜻)라 불리기도 한다.

는 알고 있었다. 멀리서도 세 번이나 착륙하는 모습을 보고 그들은 경계 태세에 들어갔을 것이다. 그래서 우리는 마지막 밤이 될지도 모를 철야 경계 태세에 돌입하였다.

그리하여 우리는 밤에 대비하여 자리를 잡았다. 화물칸에서 대여섯 개의 상품 상사를 내리고 내용물을 비운 뒤 둥글게 늘어세웠다. 그리고 하나하나의 밑바닥에 마치 초소 구덩이에다 켜 두듯 바람 앞에 속수무책인 빈약한 촛불을 켜 놓았다. 이렇게 사막 한복판, 행성의 벌거벗은 지각 위, 세상의 시작 첫 수년간의 고립 속에서 사람들의 마을을 세운 것이다.

밤을 대비해 모인 우리 마을의 이 널따란 광장 위에, 우리 상자들이 희미하게 떨리는 불빛을 발하는 이 모래 자락 위에서 우리들은 기다렸다. 우리를 구해 줄지도 모를 새벽이건, 무어인들이건 우리는 이들을 기다리고 있었다. 그리고 알 수 없는 일이지만 무엇인가 이 밤에 크리스마스 분위기를 띄우고 있었다. 우리는 서로 추억을 이야기하고, 농담을 지껄이기도 하고, 노래를 부르기도 하였다.

우리는 열심히 준비한 축제 한복판에서 맛보는 것과 같

은 그런 상큼한 열정을 맛보았다. 그럼에도 불구하고 우리는 한없이 처량하였다. 바람, 모래, 별들. 트라피스트 수도사[27]들에게나 어울리는 엄격한 양식. 하지만 추억 말고는 세상에 가진 것 아무것도 없는 예닐곱 사내들이 이 어두침침한 테이블보 위로 보이지 않는 풍요를 서로 나누고 있었다.

결국 우린 만났던 것이다. 사람들은 자신의 침묵 속에 갇힌 채 장시간 앞으로 나아가거나, 아니면 전하는 바 아무것도 없는 말들을 주고받거나 한다. 하지만 바로 위험의 순간이 닥쳐오고 있다. 그렇게 되면 서로를 돕는다. 하나의 동일한 공동체에 속한다는 사실을 발견한다. 또 다른 의식들을 발견하면서 스스로를 확장해 간다. 커다란 미소로 서로를 응시한다. 사람들은 바다의 광활함에 경탄하는 구조된 죄수를 닮았다.

27 trappistes. 묵언과 고행 속에 자급자족하는 수도사들의 모임. 일본 홋카이도의 수도원이 유명하다.

Ⅱ

기요메, 자네에 관해 몇 마디 하려 하네. 하지만 어색하게 자네가 지닌 그 용기라든지 혹은 직업의 가치를 우겨 대며 자네를 성가시게 굴지는 않겠네. 자네 모험 가운데 가장 훌륭한 이야깃거리를 꺼내면서까지 내가 묘사하고자 하는 것은 좀 다른 것일세.

아무 이름도 붙일 수 없는 자질이란 것이 있다네. 아마도 "중후함"일지도 모르겠으나, 이 말로 충분하지는 않네. 왜냐하면 이 자질에는 가장 경쾌한 쾌락이 따를 수도 있기 때문이라네. 그것은 자신이 다루는 나무토막과 마주하여 동등한 자세로 오모조모 만져 보고, 측정하고, 그것을 경박하게 다루는 것이 아니라 그 나무에 모든 덕목을 쏟아 붓는 목수의 자질 바로 그것이지.

기요메, 예전에 자네의 모험을 찬탄하는 이야기를 하나 읽은 적이 있지. 그리고 이제나저제나 그 부실한 이미지를 정리할 요량이었지. 이 이야기를 들여다보고 있자니, 마치 용기라는 것이 중학생들의 비웃음을 받아들일 정도로 비굴해지는 것이기라도 하듯 최악의 위험 한복판 그것도 죽음을 맞이하는 순간 "가브로슈"[28]의 독설을 내뱉고 있는 자네의 모습이 비치더군. 자네를 잘 모르고 하는 소리지. 자네는 적들과의 대결에 앞서 그들을 조롱할 필요성을 느끼지 못하지. 모진 폭풍우를 대하면 자네는 "이번에 폭풍우가 좀 모질기도 하군" 하고 판단하지. 자네는 그 심한 폭풍우를 있는 그대로 받아들이고 또 관측하는 사람이지.

기요메 여기에 나는 자네에게 내 추억을 증언하는 바이네.

어느 겨울 안데스 산맥을 횡단하던 자네가 행방불명되고 쉰 시간이나 지나서였어. 파타고니아[29]의 오지로부터 귀환하던 중 나는 멘도사[30]에서 조종사 들레와 합류했었지. 우리 두 사람은 서로 닷새 동안 비행기로 그 첩첩 산중

28 Gavroche. 빅토르 위고의 《레미제라블》에 등장하는 조소적이고 반항적인 인물.

29 Patagonie. 남아메리카의 최남부 남위 40도 부근을 흐르는 콜로라도 강 이남 지역. 아르헨티나와 칠레의 양국에 걸쳐 있다.

30 Mendoza. 아르헨티나 멘도사 주의 주도.

의 봉우리들을 샅샅이 뒤졌으나 아무것도 찾아내지 못했다네. 우리 비행기 두 대로는 역부족이었지. 우리로선 비행중대 100팀이 100년을 비행해도 7천 미터나 되는 봉우리들이 펼치는 이 어마어마한 산악 지대 탐사를 마무리하지는 못할 것 같았다네. 우리는 모든 희망을 접었지. 밀수꾼들, 거기에서 단돈 5프랑에도 범죄를 마다하지 않는 산적들조차 안데스 지맥으로의 구조대 파견을 거절했었지. 그들은 우리에게 이렇게 말했지. "거기다 우리 목숨을 걸 수는 없잖소. 겨울 안데스 산맥은 결코 사람들을 내보내는 법이 없으니까." 들레와 내가 산티아고에 착륙했을 때 칠레 장교들 역시 우리에게 탐사를 중지하라고 충고했다네. "지금은 겨울이라니까. 당신 동료가 추락에서 살아남았다 해도 밤을 버틸 수 없었을 것이오. 저 위에서는 말이오, 밤이 사람을 덮치면 사람은 꽁꽁 얼음 신세로 변하지." 그리고 또다시 안데스 산맥의 거대한 벽과 기둥들 사이로 들어갈 때는 마치 자네를 찾아가는 것이 아니라, 하얀 눈으로 된 성당에서 조용히 자네 시신 곁을 지키고 서 있는 것 같았지.

결국 이레째 되는 날, 다음 비행 대기 중 멘도사의 한 레스토랑에서 점심을 먹고 있는데 누가 문을 열더니 소리 지르는 거야. 아아! 별로 대수로운 일은 아니었지.

"기요메가… 살아 있다네!"

그러자 거기 있던 낯선 사람들 모두 서로를 껴안고 말았지.

10분 후 나는 르페브르와 아브리 두 기관사를 태운 뒤 곧장 이륙했었다네. 40분이 지나서 나는 무엇으로 알아보았는지 확실치는 않으나, 산라파엘[31] 쪽 어딘가 내가 모르는 곳으로 자네를 실어 나르던 자동차 한 대를 알아보고 그 길 따라 비행기를 착륙시켰었지. 아름다운 해후였지. 우리 모두가 울었지 않나. 그리고 살아 있는, 부활한, 자네만이 해낼 수 있는 기적의 주인공인 자네를 으스러져라 품에 안지 않았던가. 바로 그때였지, 그것이야말로 바로 자네가 처음 구사한 지적 문장이었지, 자네가 경탄스러운 자부심을 표현한 것도 말일세. "맹세컨대, 그 어떤 동물도 내가 해낸 그런 건 해낼 수는 없었을 거야."

---

31 San Rafael. 아르헨티나 멘도사 주 남부 도시.

나중에 자네가 우리에게 그 사건에 관해 이야기해 주었지.

안데스 산맥의 칠레 경사면 쪽으로 마흔여덟 시간 동안 두께 5미터의 눈을 퍼부어 대는 폭풍 때문에 공간이란 공간은 죄다 막혀 펜에어 항공 소속 미국인들은 죄다 되돌아가 버린 상황이었어. 그러나 자네는 창공의 틈새를 찾아 이륙하였다네. 자네는 약간 더 남하하다 그 함정을 알아보았었지. 그래서 이제 고도 6,500미터에 도달하여 고도 6천미터밖에 안 되는, 높은 산봉우리들만 솟아 있는 구름 떼를 굽어보면서 아르헨티나로 기수를 돌렸지.

하강 기류는 가끔 조종사들에게 야릇한 불안감을 자아낸다네. 엔진은 순조롭게 돌아가건만 정작 자신은 밑으로 가라앉고 있지. 고도를 유지하려고 급상승해 보나 기체는 속도를 상실하고 무기력 상태에 빠져 버리네. 기체는 계속 가라앉고 있지. 이젠 너무 급상승시켰나 하는 두려움에 핸들을 느슨히 해 보기도 하고, 바람을 받고 있어 점프대 삼기에 좋은 봉우리를 등지고 오르기 위해 오른쪽 혹은 왼쪽으로 항로를 벗어나게 내버려 두기도 하지만 여전히 가라앉아 가고 있네. 마치 하늘 전체가 무너져 내리는 것 같아.

그렇게 되면 일종의 우주적 사건 속에 휘말려 든 자신을 느끼는 거야. 이제는 피난처도 없다네. 기둥처럼 단단하게 꽉 찬 대기가 자네를 떠받쳐 주던 지역으로 되돌아가려고 발버둥쳐 보지만 부질없는 짓이지. 하지만 더 이상 기둥 따위는 없네. 삼라만상이 분해되고 있지. 그리고 자네는 서서히 피어올라 자네에게까지 상승해서는 자네를 삼켜 버리는 구름을 향해 황폐한 우주 속으로 미끄러져 들어가고 있는 거지.

자네는 우리에게 말했어. "이미 꼼짝달싹 못할 상황에 이를 뻔한 거지. 그런데 아직 단정 지을 수는 없었어. 안정되어 보이는 구름 위에서도 하강 기류를 만날 수 있거든. 구름들이 같은 고도에서 끊임없이 다시 만들어진다는 간단한 이유에서 말이지. 고산 지역에서는 모든 것이 그토록 야릇한 법이지…."

그러니 얼마나 대단한 구름들인가!…

"구름 속에 갇히자마자 곧바로 조종간을 놓아 버리고, 밖으로 튕겨나가지 않으려고 시트에 꽉 달라붙지 않았겠나. 충격이 하도 심해 벨트가 내 어깨에 상처를 입히고 끊겨 나갈 판이었네. 게다가 성에 때문에 계기를 통한 시야를 완전히 상실한 채 고도 6천에서 3,500으로 모자처럼 굴러떨어지고 말았지.

3,500에서 수평으로 펼쳐진 어떤 검은 덩어리가 흘깃 보이기에 비행기를 다시 원 상태로 되돌릴 수 있었다네. 무엇인고 하니 내가 알고 있던 라구나 디아만테[32]였지. 나는 이 호수가 화산 구덩이 밑바닥에 자리 잡고 있다는 사실을 알고 있었지. 그 산허리 가운데 하나인 마이푸 화산은 고도가 6,900미터에 달했지. 구름으로부터 벗어나긴 했어도 짙게 몰아치는 눈보라 회오리 때문에 여전히 앞이 안 보이기는 마찬가지였어. 그래도 그 구덩이 옆구리에 받혀 박살나지 않는 한 호수로부터 벗어날 방도가 없었지. 그래서 나는 30미터 고도에서 연료가 떨어질 때까지 라구나 주위를 돌았네. 두어 시간 수작을 부리다 착륙은 했지만 곧 비행기는 전복되고 말았지. 비행기로부터 빠져나왔을 때는 태풍에 쓰러져 버렸지. 발을 딛고 다시 일어나면 태풍이 나를 또 쓰러트리더군. 기체 밑으로 기어들어 가

32 Laguna Diamante. 멘도사의 산 카를로스San Carlos에 있는 산 정상의 호수.

눈구덩이를 파는 수밖에 도리가 없었어. 눈구덩이 안에서 우편 배낭으로 몸을 감싸고 마흔여덟 시간을 기다렸다는 것 아닌가.

그 뒤 태풍이 잦아들자 나는 걷기 시작했지. 사박 오일을 걸었어."

하지만 기요메. 자네에게 남은 것은 무엇이란 말인가? 우리야 물론 자네와 재회했네만 하지만 검게 그을린 자네, 하지만 몸이 굳어 버린 자네, 하지만 노파처럼 왜소해진 자네였으니! 그날 저녁, 나는 자네를 비행기에 태워 다시 멘도사로 데려갔지. 거기에는 자네를 덮고 있던 하얀 시트들이 마치 향료처럼 자네 위를 감싸고 흐르고 있었지. 그러나 시트들로 자네를 치료할 수는 없는 일이었지. 자네는 녹초가 된 몸 때문에 불편해하며 잠에 몸을 내맡기지도 못한 채 이리저리 뒤척거렸지. 자네 몸은 바위도 눈도 잊지 못하고 있었어. 자네 몸에 이들이 자국을 남긴 것이지. 나는 타격을 받은 농익은 과실처럼 검게 부어오른 자네 얼굴을 살피고 있었지. 그 훌륭한 작업 도구를 사용하지 못하게 된 자네는 몹시 흉측한 데다 비참하기까지 했지. 손은 계속 마비 상태였지. 그리고 한숨 돌리려 침대 가장자리에 걸터앉았을 때 동상에 걸린 두 다리는 마치 두 무거운 짐짝처럼 늘어져 있었지. 자네는 아직 여행을 마감하지 못한 채 여전히 숨을 가쁘게 몰아쉬고 있었지. 그래서 안정을 취하고자 베개 위에서 이쪽저쪽 몸을 뒤척여 봐도 자네로서는 통제 불가능한 이미지들의 어떤 행렬이, 은연중 안절부절못하던 어떤 행렬이 자네 두뇌 속에서 즉각 이동하기 시작하는 것이었지. 그 행렬이 줄지어 지나갔지. 자네는 재로부터 다시 살아나는 이 적들에 대항하여 스무 번이나 싸움을 되풀이해 대더군.

나는 자네 탕약을 다시 채워 주었지.

"마셔 보게, 친구!"

"나를 가장 놀라게 한 건 말이야… 자네도 알지…."

승리에도 불구하고 엄청 두드려 맞은 탓에 상처투성이 복서가 된 자네에게 자네의 그 기이한 모험이 되살아났지. 그러다 단편적으로 거기에서 벗어나곤 했지. 그리고 자네가 들려주는 밤 이야기를 듣다 보니 언뜻 피켈도, 로프도,

먹을거리도 없이 행군하다, 4,500미터나 되는 협로를 기어오르고, 혹은 영하 40도 추위에 발, 무릎, 손에 피를 흘리며 수직 암벽을 따라 전진하는 자네가 보이더군. 피도, 체력도, 이성도 점점 소진되어 갔지만 자네는 개미처럼 억척스럽게 앞으로 진군해 갔지. 장애물을 우회하기 위해 가던 걸음을 되돌리기도 하고, 엎어지면 다시 일어나고, 혹은 심연으로만 이어지는 경사면의 끝자락을 다시 기어오르곤 하면서. 끝까지 단 한 번의 휴식도 취하지 않더군. 눈 침대로부터는 결코 다시 일어날 수 없었을 테니.

그리고 실제로 미끄러졌을 때는 돌덩이로 변하지 않으려 재빨리 몸을 일으켜 세워야 했지. 추위는 시시각각 자네를 화석화시키고 있고, 그래서 쓰러져서 단 1분이라도 여유를 부리다가 일어나려고 하면 꼼짝 않는 근육을 움직이게 하는 수밖에 도리가 없었네.

자네는 모든 유혹에 맞서고 있었지. 자네는 내게 이렇게 말했어. "눈 속에서는 모든 생존 본능을 잃고 말지. 이틀, 사흘, 나흘을 걷고 나면 오직 잠만 자고 싶어지지. 내가 그러고 싶더군. 허나 생각해 보았지. '만일 집사람이 내가 살아 있다고 생각한다면, 내가 걷고 있다고 생각하겠지. 동료들도 내가 걷고 있다고 생각하겠지. 그들 모두가 나를 신뢰하고 있어. 그러니 나는 걷지 않으면 나쁜 놈이 되는 거야.'"

그리고 자네는 걸어갔지. 그리고 뾰족한 칼끝으로 날마다 조금씩 더 구두 안쪽을 잘라내 갔어. 얼어 부어오른 자네 발이 버티도록 말이야.

자네는 내게 이런 기이한 속내 이야기를 털어놓더군.

"이틀째부터는 말이지, 자네도 알겠지만, 내게 가장 중차대한 일이란 게 생각이 일어나지 못하도록 막는 거였지 뭔가. 너무 고통이 심한지라 내 처지는 너무도 절망적이었지. 그래서 걸을 용기라도 낼 요량이면 내 처지 따위는 아랑곳하지 말아야 했어. 안된 일이지만 내 머리를 통제하기가 힘들었지. 마치 터빈처럼 작동해 대는 거야. 그래도 여전히 머릿속에 이미지들을 골라 넣을 수 있었네. 나는 영화와 책에 몰입했지. 그러자 한 편의 영화나 책이 내 안에서 전속력으로 돌아가는 거야. 그러다가는 이전 상황으로 되돌아가고 말았어. 어김없더군. 그러면 다른 추억거리로 머리를 굴리기 시작했지…."

하지만 한번은 자네가 미끄러져서 눈 속에 배를 깐 채 다시 일어나기를 포기해 버린 적이 있었지. 자네는 마치 결정타 한 방에 무너져 마지막 열을 셀 때까지 매초마다 낯선 세계 속으로 떨어져 가는 카운트다운을 듣고 있는 복서 같았어.

"할 수 있었던 걸 한 것이고, 기대하는 바도 하나 없는데, 내가 이 순교를 고집하는 이유가 무엇이란 말인가?" 세상에서 안식을 취하려 한다면야 자네로서 할 일이라곤 두 눈을 감는 것으로 충분했지. 이 세상으로부터 바위, 얼음과 눈을 지워 버리려면 말이야. 그 불가사의한 눈꺼풀을 감아 버리자마자, 타격도, 추락도, 찢겨진 근육도, 타는 듯 쓰리는 동상도, 소처럼 건장할 때 끌고가야 하는 삶의 무게도 이젠 사라지고 없었어. 이미 자네는 모르핀처럼 이제 자신을 지복으로 가득 채워 주는 독이 되어 버린 그 추위를 음미하고 있었던 게야. 자네의 생명은 심장 주위로 피신해 버렸지. 달콤하고도 애착이 가는 그 무엇이 자네 자신 한가운데로 몸을 숨긴 거지. 자네 의식은 조금씩 그때까지 고통을 삼키고 있던, 이미 대리석처럼 무감각해져 버린 짐승으로서의 그 몸뚱이 끝 부위들을 포기해 갔고.

자네의 불안감조차도 가라앉고 있었어. 그대를 부르는 우리의 목소리도 더 이상 자네에게 이르지 못했지. 더 정확하게 말해서 자네를 향해서는 꿈결의 부름으로 변하고 만 것이야. 자네는 꿈결의 행보로 만족스럽게 응답했지. 별 어려움 없이 자네에게 평원의 희열을 열어 주는 성큼성큼 내딛는 크고 편한 발걸음으로 말이지. 그토록 자네에게 다정스러워진 세계 속으로 스스로 얼마나 편하게 미끄러져 들어갔던가! 기요메여, 야박한 사람아, 자네는 우리에게 자네의 귀환을 거부하기로 결정 내렸지.

자네 의식의 가장 깊숙한 곳으로부터 회한이 밀려왔지. 명확한 세부조항들이 갑자기 꿈에 섞여 들었던 거야. "내 아내 생각을 했지. 내 보험증권이라면 아내를 빈곤으로부터 보호해 줄 거라고. 그래, 하지만 보험증권이란…."

실종의 경우 법정 사망 판정은 4년 정도 연기되는 법이지. 이 세부조항이 자네에게 명백히 드러나면서 다른 이미지들은 모두 지워져 버렸지. 마침 그때 자네는 가파른 눈 비탈에 배를 깔고 늘어져 있었지. 자네 몸뚱이는 여름이 되면 이 진창에 묻혀 안데스 산맥의 수많은 크레바스 가운데 하나를 향해 굴러 떨어지고 말겠지. 자네가 그 사실을 파악한 거야. 하지만 전방 50미터 되는 곳에 바위 하나가 우뚝 솟아 있는 것도 파악했지. "나는 생각했어. '다시 일어서면 필시 저기는 도달할 수 있겠지. 그리고 내 몸을 돌에 고정시키면, 여름이 왔을 때 내 시신을 발견할 거라고.'"

일단 일어서더니 자네는 이박 삼일을 걸었지.

그런데 자네는 멀리 갈 생각을 못 했어.

"많은 조짐으로 최후를 예견했어. 그 가운데 하나를 말해 보지. 거의 두 시간마다 멈추어야 했다네. 구두를 약간 더 찢어 벌리고, 부어오른 발을 눈으로 문지르거나, 아니면 그저 심장을 좀 쉬게 하려고 그랬지. 그런데 마지막 며칠 무렵은 기억이 나지 않아. 다시 출발하고 이미 꽤 오랜 시간이 흘렀을 때, 기억이 되살아났지. 번번이 무엇인가 내버려 두고 온 거야. 처음에는 장갑을 두고 왔는데, 그런 추위에서는 심각하지! 장갑을 앞에 벗어 놓고는 줍지 않고 그냥 다시 출발하지 않았겠나. 그리고 나선 내 시계, 다음은 칼, 다음엔 또 나침반을 두고 왔지. 매번 쉴 때마다 가난해진 셈이지….”

“생명을 구하는 길은 한 발자국이라도 걷는 거야. 다시 또 한 발자국 걷고. 다시 시작하는 것은 언제나 똑같은 발자국이지….”

“맹세컨대, 그 어떤 동물도 내가 해낸 그런 건 해낼 수는 없었을 거야.” 내가 아는 한 가장 고상한 이 한마디, 인간의 자리를 잡아 주고, 인간을 영예롭게 하고, 진정한 서열을 복원해 주는 이 한마디가 내 기억에 다시 살아나는 것이었어. 결국 자네는 잠들어 버리고. 자네 의식은 사라져 버렸지. 망가지고, 거덜 나고, 그을린 그 의식은 깨어나면서 다시 살아나 한 번 더 몸을 지배하게 되겠지. 이쯤 되면 몸이란 것은 훌륭한 도구에 다름 아니지. 몸이란 것은 훌륭한 하인에 다름 아니고. 그리고 기요메 자네 또한 이 훌륭한 도구에 대한 자부심을 표현할 줄 알았지.

“그래 자네도 상상이 가겠지만, 식량이 떨어진 채 걸은 지 사흘째 되는 날 말이야… 이젠 매우 강하게 뛰던 심장에 기력이 떨어지더군… 그런데 이런! 깎아지른 경사면을 따라 허공에 매달려 주먹을 쑤셔 넣을 구멍을 파 가면서 앞으로 나가고 있는데, 심장이 삐걱거리다니 이게 웬일인가. 멈칫하더니 다시 뛰더군. 심장박동이 불규칙한 상태였지. 1초만 더 멈칫거려도 손을 놓치고 말리라는 것을 직감했지. 동작을 멈추고 내 안의 소리에 귀를 기울였어. 결코 말이야, 내 말 알아듣겠나? 결코 비행기에서는 그 몇 분간 심장에 매달린 나를 느끼는 만큼 그렇게 가까이 엔진에 다가갔다고 느낀 적이 없었다니까. 내 심장에게 말해 보았어. '자 힘 좀 써 봐! 다시 뛰어 보라고….' 헌데 괜찮은 심장이더란 말일세! 멈칫멈칫하다가도 여전히 곧 다시 뛰곤 하는 거야… 이 심장을 얼마나 자랑스러워했는지 좀 알아주면 좋겠군!"

내가 자네를 밤새워 보살피던 멘도사의 방 안에서, 마침내 자네는 가쁜 숨을 내쉬며 잠에 빠져 들었지. 나는 이렇게 생각해 봤어. "만일에 사람들이 기요메에게 그 용기를 말해 준다면 기묘메 본인은 어깨를 으쓱거릴지도 모르겠군. 하지만 그의 겸손을 찬양하는 것이 오히려 그를 배신하는 일일 수도 있지. 기요메는 이런 일반적 품위 따윈 초월해 있지. 만일 그가 어깨를 으쓱거리면 그건 그의 총명함에서 그런 거야. 일단 사건에 휘말리게 되면 인간은 더 이상 그걸 두려워하지 않는다는 사실을 그는 알고 있어. 오직 미지의 존재만이 사람들을 두렵게 하는 법이거든. 그러나 그 사건에 과감히 맞서는 사람이라면 누구에게나 그 사건은 이미 더 이상 미지의 존재가 아니지. 통찰력을 지닌 그 근엄함으로 사건을 관찰한다면 특히 그렇지. 무엇보다도 기요메의 용기는 그의 올곧은 성품의 결과인걸."

여기에 그의 참다운 자질이 있는 것은 아니다. 그의 위대함은 스스로 책임을 느끼는 데 있다. 자신에 대해, 우편물에 대해, 그리고 희망을 걸고 있는 동료들에 대해 책임을 지는 것이다. 그들의 고통이나 희열을 자신이 품는다. 그는 저기, 산 자들이 새롭게 지어 가고 있는 것에 책임을 지며, 그 일에 동참해야만 한다. 자기 일의 한도 내에서 사람들의 운명에 대해서도 약간은 책임을 지는 사람인 것이다.

기요메는 자신의 잎사귀로 광활한 지평선을 덮어 버리

기를 수락한 대범한 존재들의 부류에 속한다. 인간으로 존재한다는 것은 엄밀히 말해 책임진다는 것. 그것은 자신에 속하는 것이 아니라고 여겨지던 비참함을 마주하고 부끄러움을 느끼는 것. 그것은 동료들이 이루어 놓은 승리에 대해 긍지를 갖는 것. 자신의 돌을 갖다 놓으면서 세계 건설에 이바지하고 있음을 느끼는 것.

사람들은 이런 인간들을 투우사나 도박사들과 뒤섞어 보려고 안달이다. 사람들은 이들이 죽음을 경시하는 것을 높이 산다. 하지만 나는 정말 이런 죽음에 대한 경멸을 비웃는다. 자신이 인정한 책임에 근거하지 않는 한 그것은 빈곤의 표시이거나 청춘 과잉의 표시에 지나지 않는다. 나는 자살한 청년 하나를 알고 있었다. 사랑의 슬픔이 어느 정도이기에 조심스럽게 자신의 심장에 탄환을 발사했는지 이제는 알 수 없는 노릇이다. 흰 장갑을 손에 낀 채 어떤 문학적 유혹에 무릎을 꿇고 말았는지 알 수 없지만, 이 서글픈 자기 과시적 사건을 마주하고 고상하기보다는 비참한 인상을 받은 사실이 기억난다. 이렇게, 그 사랑스러운 얼굴 뒤, 그 두개골 속은 텅 비어 있었던 것이다. 나머지 소녀들을 쏙 빼닮은 어리석은 소녀의 이미지 말고는.

이 변변치 못한 운명을 마주하자 인간으로서 진정한 죽음 하나가 내게 떠올랐다. 한 정원사의 죽음인데, 그는 이렇게 말하였다. "아시다시피… 삽질을 하면 이따금 땀이 흘러내리곤 했죠. 류머티스 때문에 다리를 절며 싸질러 돌아다니다 보니 그 노예 상태에 저주를 퍼부어 댔죠. 그런데 말이죠, 지금은 정말 땅을 파고, 또 파고 싶어지네요. 땅 파는 일이 그렇게 좋아 보일 수 없어요! 땅을 팔 때면 그렇게 자유로울 수 없죠! 게다가 내 나무들 가지치기는 누가 해 준답니까?" 그는 미개간지를 남기고 갔다. 미개간지로서의 별 하나를 남기고 간 것이다. 그는 이 모든 땅, 이 땅의 모든 나무들과 사랑으로 맺어져 있었다. 관대한 인간, 아낌없이 베푸는 인간, 위대한 영주는 바로 그였던 것이다! 자신의 '창조'를 내걸고 죽음에 대항하여 싸우던 때의 기요메처럼 그는 용감한 사람이었다.

III. 비행기

무슨 상관이겠는가, 기요메여, 설령 자네의 밤낮을 기압계를 점검하고, 자이로스코프로 평형을 유지하고, 엔진의 잡음을 청진하고, 15톤 중량의 쇳덩어리에 어깨를 삐끗거리면서 소일한다 한들 말일세. 자네에게 주어지는 문제들이라는 것이 결국 인간의 문제이고, 그러니 자네는 단번에 아무 문제없이 산악인들의 숭고함에 이르는 셈이지. 자네는 시인만큼이나 훌륭하게 새벽의 전조를 음미할 줄 알지. 힘들게 보낸 밤마다 자네는 그 심연 밑바닥에서 그토록 자주 기원했었지, 이 희뿌연 빛줄기들이 출현하기를. 어둠의 땅 동쪽으로부터 솟아오르는 이 광채가 출현하기를. 그 기적의 샘은 가끔씩 자네 앞에서 서서히 녹아내려, 자네가 죽어 가는 줄로만 여기고 있을 때 자네를 진정시켰지.

현란한 연장을 사용한다 해서 자네가 감정이 메마른 기술자가 된 것은 아니지. 지나치게 우리 기술의 진보에 겁먹은 이들은 목적과 수단을 혼동하는 것 같아. 물질적인 재화를 유일한 희망 삼아 싸움을 벌이는 자라면 어느 누구나 실제로 살아 볼 만한 가치를 지닌 것은 아무것 하나 거두지 못하고 있지. 그런데 기계는 목적이 아니란 말이지. 비행기는 목적이 아니지. 그것은 하나의 연장이야. 쟁기처럼 하나의 연장이란 말일세.

기계가 사람을 망친다고 생각하는 것은, 어쩌면 우리가 겪어 온 변화만큼 빠르게 진행되는 변화의 효과들을 판단하는 데 필요한 약간의 뒷걸음질이 모자라기 때문인지도 모른다. 인류 역사 20만 년에 비해 기계의 역사 100년이 도대체 무엇이란 말인가? 우리는 이제 겨우 광산과 전기 발전소 풍경에 자리 잡은 것인데. 이제 겨우 새집에 살기 시작한 것이라 해도, 우리는 채 공사 마무리도 하지 않은 셈이다. 우리를 둘러싼 만물 즉 인간관계, 노동 조건, 관습들은 그토록 엄청난 속도로 변화해 왔다. 우리의 심리 자체는 가장 내밀한 바닥에서부터 뒤엉켜 버렸다. 별리, 부재, 사이, 되돌아감의 개념도 말 자체는 그대로 남아 있지만 더 이상 동일한 실재성을 담고 있지 않다. 오늘의 세계를 포착하기 위해 우리는 어제의 세계를 위해 정립된 언어를 사용한다. 그리고 과거의 삶이 우리의 본성에 더욱 잘 상응하는 것처럼 보이는 유일한 이유는 그것이 우리들의 언어에 더욱 훌륭하게 상응하기 때문이다.

진보란 진보는 우리가 겨우 터득한 관습 밖으로 우리 자신을 좀너 멀리 몰아내 버렸으니, 진정 우리는 여태껏 자신들의 나라도 세우지 못한 이주자들인 셈이다.

우리 모두는 아직도 새로 사 온 장난감에 경이로워하고 있는 야만의 아동들이다. 우리 항공 운행 역시 별다른 의미를 지니지 않는다. 비행기는 더 높이 떠올라, 더 빨리 질주한다. 그런데 왜 비행기를 질주시키는지는 잊고 있다. 잠정적으로 질주가 질주의 목적에 선행하고 있다. 그리고 사정은 언제나 똑같다. 제국을 건설하는 식민지군에게 삶의 의미란 정복하는 것이다. 군인은 식민지 주민을 경멸한다. 하지만 이 정복의 목적이란 것이 그 식민지 주민을 안착시키는 데 있지 않았던가? 이렇게 해서 우리들이 이룬 진보에 열광하며 우리는, 사람들을 철도를 깔고, 공장을 세우고, 유정을 파는 데 종사시켰다. 그러면서 이러한 시설물들을 세우는 이유가 사람들을 섬기기 위한 것임을 우리는 조금 간과해 왔다. 정복이 지속되는 만큼 우리의 도덕은 군인의 도덕이었다. 그렇긴 해도 지금 우리는 식민지를 건설해야 한다. 아직 얼굴 모습마저도 채 갖추지 못한 이 새로운 집을 살려내야 한다. 어떤 이에게는 집을 짓는 것이 진실이었고, 다른 이에게는 거주하는 것이 진실이었던 것이다.

우리가 사는 집은 아마도 점점 더 인간다워질 것이다. 기계의 완성도가 높아질수록 기계 자체는 제 역할 뒤로 더욱 자신을 숨겨 간다. 인간이 기울인 산업화 노력 모두는, 그 계산 모두는, 설계도와 씨름하며 지새운 그 밤들 모두는, 가시적인 징후들이 그러하듯, 결국 오로지 하나의 간결함에 이르고 마는 것 같다. 마치 기둥 하나, 유선형 기체 한 대, 비행기 동체 하나로부터 조금씩 곡선을 끌어내어 이들에게 젖가슴과 어깨 곡선에 담긴 본질적 순수성을 돌려주기까지는 반드시 여러 세대에 걸친 경험이 요구되듯이 말이다. 기사나, 제도사나, 연구실 계산원들의 작업 또한 이렇게 외견상으로는 더 이상 날개라는 것을 알아차릴 수 없을 때까지, 이 날개가 동체와 혼연일체가 될 때까지, 접합부를 반들반들하게 닦고, 문지르고, 날씬하게 깎아, 날개에 균형을 잡는 일에 다름없는 듯하다. 하지만 이 작업은 마침내 원석에서 빠져나와 완벽하게 만개한 형태, 신비롭게 이어진 자연발생적인, 그러면서도 시와 동일한 품위를 지닌 일종의 총체인 것이다. 완성에 도달하는 것은, 더 이상 추가할 것이 없을 때가 아니라 제거할 것이 남아 있지 않을 때 가능하다. 발전의 궁극에 이르러 기계는 자신을 숨기고 마는 것이다.

발명의 완성은 이렇게 발명의 부재에 가깝다. 그리고 도구 내에서도, 가시적인 기계 장치는 점차 다 지워진 것과 같이, 바닷물에 씻겨 반들반들거리는 조약돌만큼 자연스러운 물건 하나가 우리에게 전해지는 것과 같이, 기계를 사용하면서 점차 기계를 잊어 간다는 사실 또한 경탄스럽다.

이전에 우리는 복잡한 공장과 인접해 있었다. 하지만 지금 우리는 엔진이 돌아가고 있음을 간과하고 있다. 정작 엔진은 심장이 뛰듯, 회전이라는 자신의 기능을 수행하게 되었는데, 우리는 더 이상 우리 심장에 전혀 주의를 기울이지 않는다. 더 이상 도구는 주의를 끌지 못한다. 도구 너머로 그리고 도구를 가로질러 우리가 발견하는 것은 오래된 자연, 정원사의 자연, 항공사의 자연 혹은 시인의 자연인 것이다.

수상비행기가 날아오를 때 조종사가 마주하게 되는 것은 물과 대기이다. 엔진에 시동이 걸리고 기체가 벌써 바다를 가를 지경이면, 세찬 출렁거림 소리에 비행기 동체가 징처럼 울리고, 사람은 허리의 진동을 겪으면서 그 작업을 이어갈 수 있다. 시시각각 속력을 냄에 따라 조종사는 수상기에 부가되는 힘을 감지한다. 그는 15톤짜리 질료 속에 비상을 가능케 하는 그 완숙함이 마련되어 가고 있음을 느낀다. 조종사는 조종간을 두 손으로 꽉 잡고 마치 선물을 받듯 점차 이 힘을 자신의 손바닥에 받아들인다. 조종사에 이 선물이 인도됨에 따라 조종간의 금속성 기관들은 자신이 지닌 힘의 전달자로 변신하게 된다. 이 힘이 무르익으면, 조종사는 꽃송이를 딸 때의 동작보다 더 유연한 동작으로 비행기를 물 위로 부상시켜 대기 속으로 진입시키는 것이다.

Ⅳ. 비행기와 지구

I

비행기가 기계인 것은 틀림없는 사실이다. 그러나 얼마나 대단한 분석적 도구인가! 이 도구 덕분에 우리는 땅의 진정한 모습을 발견하였다. 사실 우리는 수세기 동안 길에 속아 왔다. 우리는 휘하의 백성들을 방문하여 이들이 자신의 통치에 즐거워하는지 알아보고자 했던 그 여왕을 닮았다. 그의 신하들은 여왕을 속이려고 지나가는 길 위에 적당한 장식물을 세우고 사람들을 사서 들러리로 거기에서 춤을 추게 하였다. 자신이 통치하는 왕국에서 그녀는, 사람들이 인도하는 좁다란 길에서 벗어나 있는 그 어느 것도 볼 수 없었으며, 또한 넓은 들판에서 자신을 저주하며 굶어 죽어 가는 자들에 관하여 아무것도 알아낼 수 없었다.

이렇게 우리는 구불구불한 길을 전전해 왔다. 길은 황폐한 땅, 바위, 사막을 피하고, 인간의 요구에 부합하여 샘에서 샘으로 이동한다. 길은 촌부들을 그들의 곳간으로부터 밀밭으로 인도하고, 외양간 문턱에서는 가축들을 맞아들이고 새벽녘이면 개자리 밭에 풀어 놓는다. 길은 이 촌락과 저 촌락을 이어 준다. 왜냐하면 촌락 사이에 혼인이 성사되니까. 그리고 이 가운데 길 하나가 사막 횡단 모험을 감행하는 경우, 여기 이 길은 오아시스를 만끽하기 위해 스무 번의 우회도 마다하지 않는다.

마치 그토록 흔한 관대한 거짓말에 속아 넘어가듯, 그렇게 길의 굴곡에 속아, 우리 여정에서 그토록 많은 비옥한 토지들, 그 많은 과수원들, 그 많은 초원을 섭렵해 온 우리는 오랫동안 우리 감옥의 이미지를 미화시켜 왔다. 이 지구를 촉촉하고 부드러운 것으로 믿어 온 것이다.

하지만 우리 시력도 예리해졌다. 그리고 우리는 잔인한 진보를 이룩하였다. 비행기와 더불어 직선도 터득하였다. 이륙하자마자 우리는 물 먹이는 곳과 축사 쪽으로 기울어진 길이나, 마을에서 마을로 구불구불하게 이어지는 길을 포기해 버린다. 이후 연연해 오던 예속 상태로부터 벗어나고 샘의 필요성으로부터 풀려나 우리는 저 먼 우리의 목적지를 향해 기수를 돌린다. 그때서야 비로소 우리들은 직선 궤도 저 높은 곳으로부터 지층의 기본 지반인 바위층, 모래층, 소금층을 발견하게 되는데, 이곳에서는 삶이 이따금 폐허의 웅덩이에 낀 이끼처럼 여기저기서 우연히 꽃을 피우기도 한다.

그리하여 우리는 계곡들을 장식하는, 그리고, 때로는, 기후가 보살피는 바로 그곳에서 공원처럼 기적적으로 피어난 이 문명을 관찰하는 물리학자, 생물학자로 변신한다. 그리하여 우리는 실험실 도구를 통해서 그렇게 하듯 우리의 현창을 통해 인간을 판단한다. 이렇게 우리는 우리의 역사를 다시 읽고 있는 것이다.

II

마젤란 해협을 향해 가는 조종사는 잠시 리우 갈레고스[33] 남쪽 상공에서 용암이 깔린 지대를 비행하게 된다. 이 잔해들은 20미터 두께로 들판을 누르고 있다. 이어서 조종사는 두 번째, 세 번째 용암 지대를 만난다. 이제부터 땅에 솟은 둔덕, 200미터의 원구들 각각은 자신의 허리에 분화구를 달고 있다. 거만한 베수비오 화산[34]의 자태는 전혀 아니며, 평원에 그대로 놓여 있는 화포 주둥이들인 것이다.

하지만 현재는 평온이 깃들어 있다. 이 변해 버린 풍경 속에서 이 평온은 놀라움으로 받아들여진다. 이곳에서 화산들이 불을 뿜을 당시에는, 천 개의 화산이 거대한 지하 파이프 오르간으로 서로 화답하고 있었다. 그리고 사람들은 이젠 검은 얼음으로 덮인 침묵의 대지 상공을 비행한다.

---

33 Rio Gallegos. 아르헨티나의 남단 지역. 근해에 포클랜드 섬이 위치하고 있다.

34 서기 79년 폭발. 두께 6미터나 되는 화산재로 인하여 로마 제국의 고대 도시 폼페이가 완전히 매몰됨.

그렇지만, 저 멀리, 더 오래된 화산들에는 벌써 금잔디가 깔려 있다. 낡은 단지 속에 핀 한 송이 꽃처럼 가끔씩 나무는 그 웅덩이에 싹을 내린다. 일몰 무렵의 석양 빛 아래 평원은 키 작은 풀로 다듬어진 공원처럼 화려해졌고, 또 그 거대한 목 주위만 그저 볼록 솟아나 있을 뿐이다. 산토끼 한 마리가 도망치고, 새 한 마리가 날아오르고, 생명은 결국 대지의 훌륭한 회반죽으로 뒤덮인 새로운 별을 소유하게 되었다.

마침내, 푼타아레나스[35] 약간 못 미친 지점, 마지막 분화구들이 자리를 메우고 있다. 평탄한 잔디가 화산들이 이루는 굴곡과 잘 어울린다. 이제부터는 화산들이 그저 온화하기만 하다. 갈라진 각각의 틈새는 부드러운 아마실로 다시 꿰매어져 있다. 땅은 매끈매끈하고, 경사는 완만하다. 그래서 우리는 그들의 시원을 망각하고 있다. 그 잔디가 산허리로부터 그 어둠의 표상을 지워 내고 있다.

---

35 Punta Arenas. 칠레 최남단 도시이자 남아메리카 최남단 도시. 중국인들의 상어 지느러미 요리에 쓰이는 상어 불법 포획으로 유명했던 곳이기도 하다.

그리고 여기 최초의 용암과 남극의 빙하 사이, 우연히 약간의 점토가 허락한 세상 최남단 도시가 있다. 시커먼 용암 그렇게 가까이에서 인간의 기적을 실감하다니! 참으로 기이한 조우로다! 어떻게 그리고 왜 이 나그네가 그토록 짧은 기간 동안만 거주 가능한 이 준비된 정원들을, 지질학상의 어느 한 시대, 그것도 많은 나날들 가운데 축복받은 날 방문하게 되었는지 알 수 없다.

나는 저녁이 안겨 주는 포근함 속에 착륙하였다. 푼타아레나스여! 나는 분수대에 등을 기댄 채 소녀들을 바라보았다. 이들의 매력으로부터 두 걸음 떨어져 있는 나는 더욱더 인간의 신비를 실감하게 된다. 삶과 삶이 그렇게도 제대로 조화를 이루고, 꽃들과 꽃들이 바람의 흐름 속에서도 제대로 원융을 이루고, 백조들이 백조들 모두를 잘 알고 있는 세계에서, 인간만이 그들의 고독을 쌓아 가고 있다.

사람들 사이 어떤 공간에 인간의 정신적인 몫이 남겨져 있을까? 소녀의 꿈 때문에 나로부터 소녀가 고립되어 가는데 어떻게 내가 거기에서 소녀를 만날 수 있을까? 천천히 걸으며 시선을 낮추고 스스로 미소를 머금은 채, 그리고 이미 근사하게 꾸며 낸 이야기와 거짓말로 자신을 가득 채우고 집으로 돌아가는 소녀에 관해 무엇을 알아낼 수 있으랴? 그녀는 잡다한 생각, 사랑하는 사람의 목소리와 침묵으로 하나의 왕국을 형성할 수 있었다. 이때부터 이 소녀에게는 그를 제외한 모두가 야만인이다. 다른 혹성에서보다는 더욱 자신의 비밀 속에, 자신의 관습 속에, 자신의 기억으로부터 울리는 메아리 속에 갇힌 그녀가 느껴졌다. 화산으로부터, 잔디로부터, 해수로부터 이제 갓 탄생한 이 소녀는 이미 반쯤은 신성을 품고 나타난 것이다.

푼타아레나스여! 나는 분수대에 등을 기대고 있다. 노파들이 물을 길러 오고 있다. 이들의 비극적 삶을 통해 내가 알게 될 것은 하녀들의 그 몸짓뿐이리라. 어린애 하나가 목덜미를 벽에 대고 침묵의 눈물을 쏟아내고 있다. 이 아이에 관해서는 결코 위로할 수 없는 귀여운 아이라는 사실만이 내 기억 속에 남게 될 것이다. 나는 이방인이다. 아는 것도 전혀 없다. 그네들의 제국으로 들어갈 수도 없다.

얼마나 보잘것없는 무대에서 사람들의 증오, 우정, 환희의 광대한 유희가 벌어지고 있는 것인지! 채 식지 않은 용암 위에 실려 떠다니듯 위태로운 사람들, 또 벌써부터 미래의 사막에 위협당하고 있는 사람들, 이들은 어디로부터 그 영원에 대한 취향을 끌어내고 있는 것인가? 이들의 문명은 쉽게 벗겨지는 도금에 지나지 않는다. 새로운 바다, 모래 바람은 화산에 지워지고 마는 것이다.

이 도시는 보스[36] 지역의 토지처럼 그 속 깊이까지 풍요롭게 여겨지는 진정한 땅 위에 세워져 있다. 다른 곳처럼 여기에서도 삶은 사치이며, 인간이 디디고 선 발 아래 깊이를 지닌 땅이라고는 그 어디에도 없다는 사실을 사람들은 잊고 있다. 그러나 나는 푼타아레나스로부터 10킬로미터 떨어진 곳에 이러한 사실을 우리에게 증명해 줄 못이 있음을 알고 있다. 이해할 수 없는 것은, 제대로 크지 못한 나무들과 낮은 집으로 둘러싸이고, 농가의 마당에 있는 늪처럼 보잘것없는 이 못이 조수의 간만에 영향을 받고 있다는 것이다. 이 많은 평화스러운 현실들, 이 갈대들, 노는 아이

36 Beauce. 샤르트르를 중심으로 한 외르Eure 강변의 프랑스 곡창지대.

들 사이에서 그 느린 호흡을 계속하는 이 못은 또 다른 법칙들을 따르고 있는 것이다. 평탄한 표면 아래로, 움직이지 않는 얼음 아래로, 단 한 척의 낡은 배 아래로 달의 힘이 작용한다. 해저 난류가 그 깊숙한 곳 그 검은 덩어리에 영향을 주고 있다. 그 주변 그리고 마젤란 해협에 이르기까지, 가벼운 풀과 꽃들의 보금자리 아래 기이한 소화 작용들이 계속되고 있다. 사람들 저마다 제 집에서 자신은 사람들의 땅 위에 제대로 정착하고 있다고 여기고 있는 도시의 관문에 자리한 폭 300미터 정도의 이 늪이 바다의 맥박으로 고동치고 있다.

III

우리는 떠돌이 행성에 살고 있다. 비행기 덕분에 떠돌이 행성은 가끔씩 우리에게 자신의 시원을 내보이기도 하고, 늪은 달과 교류하면서 숨겨진 친족관계들을 드러내기도 한다. 그러나 나는 이 관계들에 담긴 또 다른 징후들을 간파해 냈다.

이따금 카프 쥐비[37]와 시스네로스 사이의 사하라 사막 해안 상공, 원뿔대 형상의 고원 위로 비행하는 경우가 있는데, 그 폭이 대략 수백 보에서 30킬로미터에 이른다. 그런데 놀라운 것은 그 높이가 천편일률적으로 300미터를 유지하고 있다는 사실이다. 그런데 이 천편일률적인 높이 말고도 이 고원지대가 보여 주는 색조, 토양의 결, 절벽 면에 새겨진 무늬 모두가 한결같다. 모래 위에 홀로 모습을 드러낸 사원의 원주들이 무너져 내린 식탁의 잔재를 보여 주고 있는 것과 마찬가지로, 외롭게 서 있는 이 열주들은 예전에 이들을 하나로 결속시켜 주던 고원을 보여 주고 있다.

카사블랑카-다카르 항로 개설 당시 초기 수년간, 장비가 빈약했던 시절에는, 고장이니, 수색이니, 구조 작업이니 해서 비투항 지역에 착륙할 수밖에 없었던 경우가 우리에게 빈번하게 닥쳤었다. 그런데 모래가 속임수를 쓴다. 모래를 단단한 것으로 믿으면 그 속에 파묻혀 버린다. 아

37 Cap Juby. 아랍어로 라스쥐뷔Ra's Juby라 불림. 모로코 남쪽 해안 도시 웨스턴 사하라와 카나리안 군도를 접하고 있다.

스팔트의 견고함을 드러내는 듯한, 그리고 발뒤꿈치 밑에서 딱딱한 소리가 나는 오래된 염전의 경우도 이따금 바퀴의 무게에 눌려 내려앉고 마는 경우가 있기 마련이다. 그러면 시커먼 습지의 악취 위로 하얀 표면이 터지며 갈라진다. 그래서 사정이 허락하면 고원지대의 반들반들한 표면을 선택하게 된다. 이 표면들은 결코 함정을 감추는 법이 없었다.

이러한 사실을 보장할 수 있는 근거는 자잘한 작은 조개껍데기로 이루어진 거대한 퇴적물인, 묵직한 낱알의 탄탄한 모래의 존재에 있다. 고원의 표면에선 조개 껍데기들이 아직 처음 그대로 모습을 간직하고 있지만 능선을 따라 내려가 보면 이들이 분쇄된 상태로 응고되어 있음을 발견할 수 있었다. 언덕 기슭 가장 오래된 퇴적층에서는 이미 순수 석회암이 형성되어 가고 있었다.

그런데 벗들인 렌과 세르가 비투항인들에게 포로로 잡혀 있던 무렵 무어인 전령 한 사람을 내려놓으려고 안전지대 가운데 한 곳에 착륙하여 그 전령과 헤어지기 전, 그가 내려갈 만한 길이 있는지 함께 둘러본 적이 있다. 그러나 걸어서 따라가 본 모래 단구는 어느 방향으로 향하건 나사의 주름처럼 바닥으로 몹시 가파르게 무너져 내리는 절벽에 이르는 것이었다. 탈출은 일절 용납되지 않았다.

그럼에도 불구하고 나는 달리 다른 지역을 찾아 이륙하지 않고 시간을 지체하고 있었다. 여태껏 짐승이건 사람이건 그 어느 것도 결코 훼손시킨 적 없는 지역에 내 발자국들을 남긴다는 사실에 대해 어쩌면 유치할지도 모를 환희를 느꼈다. 그 어느 무어인일지라도 이 견고한 성을 공격하려 들지 못했을 것이다. 그 어느 유럽인도 결코 이 지역을 탐사한 적이 없었다. 나는 한없이 순결하기만 한 모래 위를 걸어갔다. 나는 이 조개 껍데기 가루를 귀중한 황금처럼 한쪽 손에서 다른 쪽 손으로 따라 본 최초의 인간이었다. 그 정적을 깨뜨린 최초의 인간이었다. 영원토록 단 한 싹의 풀잎도 맺어 본 적 없는 일종의 북극 빙산 위에서, 나는 바람에 실려 온 한 알의 씨앗 같은, 최초의 생명의 증인이었다.

벌써 별 하나가 반짝거리고 있었다. 그 별을 바라보았다. 이 하얀 표면은 수십만 년 전부터 오로지 별들에게만 그

자리를 제공해 왔었다는 생각이 들었다. 순수한 하늘 아래 펼쳐진 순결무구한 테이블보, 그래서 이 테이블보 위, 15미터 내지 20미터 전방에서 까만 조약돌 하나를 발견했을 때 나는 마치 위대한 발견의 문턱에 서 있기라도 하듯 충격에 휩싸였었다.

나는 두께 300미터의 조개 껍데기 층 위에서 숨을 고르고 있었다. 마치 하나의 결정적인 증거이기라도 하듯, 이 거대한 모래층이 돌멩이 전체의 현존과 대립하고 있었다. 지구의 더딘 소화 작용으로 생겨난 규석들이 아마도 땅속 깊이 잠들어 있을지도 모른다. 그런데 어떤 기적으로 이들 중 하나가 너무도 새로운 이 지표에까지 다시 올라오게 되었을까? 그래서 나는 가슴 두근거리며 나의 발굴물을 주워 들었다. 단단하고, 까맣고, 주먹만 하고, 금속처럼 무거운 데다, 눈물 형태로 주조된 이 조약돌을.

사과나무 아래 펼쳐 놓은 테이블보는 사과만 받을 수 있고, 별 아래에 펼쳐 놓은 테이블보는 별 가루만 받을 수 있다. 그 어떤 운석도 결코 그러한 명백한 사실로 자신의 근원을 보여 준 적이 없다.

그래서 지극히 당연하게도 나는 고개를 들어 올리며 이렇게 생각하였다. 이 천상의 사과나무에서 다른 과일들도 떨어졌을 것이라고. 그것들이 추락한 바로 그 지점에서 찾아낼 수 있으리라. 수십만 년 동안 아무것도 이들을 건드릴 수 없었기에. 다른 물질들과는 조금도 뒤섞일 이유가 없었기에 말이다. 그래서 곧바로 나는 내 가설을 검증하기 위해 탐사에 들어갔다.

내 가설은 검증되었다. 대략 헥타르당 돌 하나의 비율로 내 발굴물들을 주워 모았다. 한결같은 그 반죽된 용암의 형상. 한결같은 그 검은 다이아몬드의 견고함. 이렇게 나는 인상적으로 응축된 지로 속, 별빛 측우기 위로 쏟아져 내리는 그 더딘 빛줄기들을 목격한 것이다.

IV

그러나 가장 경이로웠던 것은, 이 자기를 띤 천과 행성들 사이, 지구의 둥근 등 위에 우뚝 서 있는, 마치 거울처럼 이

비를 비출 수 있는 인간의 의식이 존재한다는 것이다. 광물이 이룬 층 위에서 꾸는 꿈은 기적이다. 그러고 보니 떠오르는 어떤 꿈이 하나 있다…

그렇게 한 번은 어느 두터운 모래사막에 불시착해 동이 트길 기다리던 적이 있다. 황금빛으로 빛나는 언덕들은 달을 향해 그 빛나는 경사면을 내주고 있었고, 어둠의 경사면들은 어둠의 경사면대로 빛과 어우러지는 접점을 향해 솟아오르고 있었다. 그림자와 달이 어울린 이 황량한 작업장에 휴식이 서려 있고, 또 함정 같은 침묵이 그곳을 지배하고 있었는데 그 침묵 한복판에서 내가 잠이 들어 버린 것이다.

잠에서 깨었을 때 눈에 들어오는 것이라곤 오직 밤하늘에 떠 있는 연못뿐이었다. 팔짱을 낀 채 저 별들의 양어장을 마주하고 모래 능선에 누워 있었던 탓이다. 여전히 그 깊이를 가늠조차 하지 못한 채, 매달릴 뿌리도 없이, 지붕도 없이, 이 깊이와 나 사이에 나뭇가지도 하나 없이 이미 내팽개쳐진 채 잠수부처럼 추락에 몸을 내맡긴 나는 현기증에 사로잡혀 있었다.

그러나 나는 결코 추락하지 않았다. 목덜미에서부터 발뒤꿈치까지 땅에 묶여 있는 나를 발견한 것이다. 나는 내 무게를 땅에 내맡기면서 일종의 안도감을 느꼈다. 인력이 사랑만큼이나 지고하게 보였다.

땅이 내 허리를 받쳐 주고, 나를 지탱하고, 들어 올려, 밤의 공간 속으로 날라다 주는 것을 느꼈다. 커브 길에서 당신을 마차에 밀착시키는 만큼의 무게로 지구에 달라붙어 있는 자신을 발견하였다. 나는 그 경탄스러운 경사면, 그 견고함, 그 안정감을 맛보았으며, 몸 아래로 내 함선의 그 구부러진 갑판을 감지하고 있었다.

내가 실려 가고 있다는 사실을 그토록 분명히 의식하고 있었기에 별로 놀라지도 않고, 대지 밑바닥으로부터 올라오는, 힘들게 다시 조립되고 있는 기재들이 내뱉는 탄식, 쉴 곳을 찾는 오래된 범선들이 내는 신음, 역풍 맞은 범선들의 길고 날카로운 울음소리를 듣고 있었다. 하지만 대지 깊숙한 곳에서는 침묵이 지속되고 있었다. 그럼에도 그 무게는 지속적으로 조화를 이루며, 영원토록 변함없이 내 어깨 위로 드러나고 있었다. 납이 채워져 바다 밑바닥에 널려 있는 도형수의 시신들마냥 나는 진정 이 고향에서 살고 있었다.

그래서 나는, 사막에서 길을 잃고 위협당하며, 모래와 별들 사이에서 발가벗은 채, 과도한 침묵으로 내 삶의 극점들로부터 멀리 떨어진 채, 나의 상황에 관해 성찰해 보았다. 만약에 그 어떤 비행기도 나를 찾아내지 못하고, 내일이 와도 무어족이 나를 학살하지 않는다면 이 삶의 극점들과 다시 조우하는 데 여러 날, 여러 주일, 여러 달을 소모하리라는 것을 내가 알고 있었기 때문이다. 여기 있는 나는 이제 세상에 아무것도 가진 것 없다. 나는 그저 호흡의 그윽함만을 의식하며, 모래와 별들 사이에서 헤매다 죽을 목숨에 지나지 않았다…

그럼에도 불구하고 나는 꿈들로 가득한 내 자신을 발견하였다.

꿈들은 샘물처럼 소리 없이 내게로 왔다. 그런데도 맨 처음에는 나를 엄습하는 그 그윽함을 이해할 수 없었다. 거기에는 목소리도 형체도 없었다. 하지만, 그저 어떤 존재, 매우 가깝게 느껴지고 이미 절반 정도는 짐작하고 있던 우정이 있는 것이었다. 이윽고 나는 깨달았다. 그리고 눈을 감고 황홀한 내 기억 속으로 빠져들어 갔다.

어디엔가 검은 전나무들과 보리수들을 심어 놓은 공원과 내가 좋아하던 고가가 한 채 있었다. 이 지점에서 꿈의 역할로 축소된 그 집이 멀리 있건 가까이 있건, 지금의 내 몸을 따뜻하게 해 주건 말건, 나를 감싸 주건 말건 그런 것은 아무 상관도 없었다. 그 집이 있어 내 밤을 그 생각으로 채우고 있다는 사실로도 충분하였다. 나는 이제 모래 위에 불시착한 몸이 아니었다. 나는 내가 어디에 위치하고 있는지 알았다. 나는 그 향기의 추억으로 가득한, 그 현관의 시원함으로 가득한, 집에 활기를 불어넣는 목소리들로 가득한 그 집에 사는 어린아이였다. 그리고 늪에서 노래하던 개구리들의 울음소리마저 나를 다시 만나러 이리로 왔으니. 나 자신을 알기 위해서는 도대체 그 무엇의 결핍이 이 사막의 맛을 이루고 있는지 알아내기 위해서는, 천 개의 침묵들이 이루는 이 침묵에서 어떤 의미를 알아내기 위해서는, 천 개나 되는 기준이 필요했던 것이다. 개구리들조차 침묵을 지키던 이 사막에서는 말이다.

이제 결코 모래와 별들 사이에서도 나는 이곳에 머무는 것이 아니었다. 이 경관으로부터 달랑 차디찬 메시지나 하나 받고 있었을 뿐이다. 그리고 이 경관으로부터 받아 온 것이라 여기던 영원에 대한 취향 자체, 나는 지금 영원에 대한 취향 그 기원을 발견해 낸 것이다. 그 집의 으리으리하게 큰 장롱들이 내게 보였다. 장롱들은 눈처럼 하얀 시트들을 드러낸 채 반쯤 열려 있었다. 반쯤 열린 장롱들 틈으로 흰 눈처럼 층층이 쌓인 시트들을 드러내 보이고 있었던 것이다. 늙은 가정부는 이 장롱 저 장롱 사이를 생쥐처럼 종종걸음으로 쏘다녔다. 항상 빨래한 옷들을 하나하나 살펴보고, 펴 보고, 다시 접고 하며, 집안의 영구성을 위협하는 마모의 조짐을 대할 때마다, '아아! 저런, 이런 불상사가 있나' 하고 외치고는 곧바로 달려가 램프 불 아래 눈을 데면서까지, 그 제단보의 실올을 손보고, 세 돛 달린 범선의 돛들을 꿰매고 하는 것이, 마치 자기보다 위대한 그 무엇, 즉 어떤 신이나 어떤 배를 섬기려는 것이었다.

아아! 당신에게는 정말 한 쪽 분량의 글 정도는 할애해야겠지. 내가 처음 몇 차례 비행을 마치고 돌아올 때마다,

할멈, 언제나 손에 바늘을 쥐고, 무릎까지 흰 겉옷에 파묻힌 채, 또한 해가 갈수록 조금씩 주름살은 늘고 조금씩 백발이 성성해진 얼굴로, 우리 잠자리를 위한 구김살 없는 그 시트들과 우리의 저녁 식사를 위해 이음매 없는 그 테이블보들과 그 화려한 크리스털 그릇과 등불들을 그 두 손으로 마련하는 당신을 다시 만나곤 했었지. 나는 내의들을 쌓아 두던 할멈 방을 찾아가 당신을 마주하고 앉아, 죽을 뻔했던 위험한 고비를 들려주며 할멈을 감격시키고, 세상에 눈뜨게 하고, 할멈을 타락시키려 했었지. 할멈은 내가 해 놓은 것이 별로 없다고 했지. 어려서부터 셔츠에 구멍을 내고—아아! 정말 불행한 일이었지!—무릎을 깨 먹곤 했지. 그러곤 마치 오늘 저녁처럼 집으로 돌아와서 붕대로 감아 달라고 했지. 하지만 절대 그런 것이 아니었어, 아무렴 아니고말고! 할멈, 정원에서 돌아오던 참이 아니라, 세상 끝에서 돌아오는 길이었지. 쓰라린 고독의 향기와 모래 회오리바람과 열대 지방의 아름다운 달그림자를 몰고 오는 길이었어! 그러자 할멈이 말했지. "그럼, 사내아이들은 달리고 뼈가 부러지고 하면서 스스로 아주 강하다고 여기지." 그렇지 않아. 아니라니까 할멈, 나는 그 정원보다 더 멀리 본 거야! 그 정원의 나무 그늘들이 얼마나 하찮은 건지 할멈이 알았으면 해! 그 나무 그늘들은 사막과 화강석과 처녀림과 대지의 늪 사이에선 정말 그 흔적도 없는 것 같은 걸! 우리를 만나는 사람들이 바로 카빈 총을 겨누는 지역이 있다는 사실만이라도 할멈이 알고 있는지? 얼어붙은 어둠 속에서 지붕도, 침대도, 이불도 없이 사람들이 잠드는 사막이 있다는 것을 할멈은 아는지…

그러자 할멈은 말했지. "아아! 저런 야만인이라니."

성당 하녀의 신앙에 변화를 줄 만큼조차 할멈의 신앙을 흔들어 놓지 못하였다. 그래서 나는 그녀를 장님과 귀머거리로 만드는 그의 미천한 운명을 측은히 여겼었다.

하지만 사하라에서의 오늘 밤, 모래와 별들 사이에서 발가벗은 채 나는 인정하고 말았다. 할멈이 옳다는 것을.

나는 내 안에서 무슨 일이 벌어지고 있는지 모른다. 그처럼 많은 별들이 자기를 띠고 있는 터에, 이 인력은 나를 땅으로 연결시킨다. 또 다른 인력은 나를 내 자신에게로 도로 데려간다. 내 무게가 나를 그토록 많은 사물 쪽으로 끌어 가고 있음을 느끼는 것이다! 내 꿈은 이 언덕, 저 달, 이 현존하는 것들보다도 더욱 현실적이다. 아아! 집의 경이로움은 그대를 보살펴 준다거나 따뜻하게 해 준다는 그런 것이 절대 아니며, 담이 둘러싸고 있다는 것도 아니다. 진정 그 경이로움이란 그 집이 우리 속에 서서히 즐거움의 양식을 마련해 주고 있었다는 점이다. 마치 샘물처럼 마음속 깊은 곳에서 꿈을 흘려보내는 그 알 수 없는 숲을 형성하고 있다는 그 점이다…

나의 사하라여, 나의 사하라여, 이제 완전히 양모 물레를 돌리는 여인의 마술에 홀린 그대여!

V. 오아시스

이미 사막에 관해 이야기를 많이 한 만큼, 사막 이야기를 다시 꺼내기 전에 오아시스에 관해 짚고 넘어가고 싶다. 지금 그 모습이 떠오르는 오아시스라는 것이 저 사하라 깊숙한 곳에 있는 것은 아니다. 하지만 비행기가 일으키는 기적 가운데 하나는 비행기가 당신을 곧바로 신비의 한복판으로 빠져들어 가게 한다는 것이다. 당신은 항공기 창문을 통해 개미집 같은 인간의 군락을 연구하는 그 생물학도였다. 사방팔방으로 별빛처럼 퍼져 나가 동맥처럼 도시들에 전원의 양분을 공급하는 그 길 한복판에서, 당신은 그들의 평원에 자리 잡은 도시들을 냉정한 마음으로 주시하고 있었다. 그런데 압력계 바늘이 한 번 진동하자 저 아래 푸른 숲이 우주가 되어 버리고 말았다. 당신은 잠들어 버린 공원 안 잔디밭의 포로인 것이다.

사이라는 것이 서로 떨어져 있는 거리로 측정되는 것은 아니다. 프랑스 정원의 담이 저 중국의 만리장성보다 더 많은 비밀을 간직할 수도 있다. 그리고 두꺼운 모래가 사하라 사막의 오아시스들을 보호하고 있는 것 이상으로 침묵은 소녀의 영혼을 보호하고 있다.

이 세상 어디엔가 잠깐 내렸던 이야기를 하련다. 아르헨티나의 콩코르디아[38] 부근의 일이었건만 세상 아무 데서건 가능했을 것이다. 신비로움은 그렇게 도처에 널려 있는 법이니까.

어느 평원에 착륙한 적이 있다. 게다가 동화를 체험하게 될 줄은 전혀 몰랐다. 내가 타고 가던 그 고물 포드 자동차나, 나를 맞아 준 그 조용한 가정도 특이한 점이라곤 하나도 보이지 없었다.

"주무시고 가세요…."

그런데 어떤 길모퉁이에 이르니 달빛 아래 나무숲이 하나 펼쳐졌다. 그리고 이 나무들 뒤로 그 집이 펼쳐지는 것

---

38 Concordia. 아르헨티나 북동부 엔트레리오스 주 북동부에 있는 도시.

이었다. 정말 기이한 집이로거니! 크지는 않아도 견고하고 우람한 것이 거의 성채나 다름없었다. 전설의 성은 현관을 넘어서면서 수도원만큼이나 평화롭고, 듬직하고, 방비가 양호한 피난처를 제공해 주는 것이었다.

그러자 소녀 둘이 나타났다. 그들은 금지된 왕국의 입구를 지키는 두 심판관처럼 심각하게 내 얼굴을 빤히 쳐다보았다. 어린 동생은 입을 삐죽 내밀며 푸른 나무 막대기로 땅을 살짝 두드리더니 이어서 소개를 마치고는 이상하게 도전적 호기심 어린 태도로 아무 말도 없이 내게 손을 내밀곤 이내 사라져 버렸다.

즐거우면서도 매혹당한 상태였다. 그 모든 것이 비밀의 첫 마디가 새어나올 때처럼 소박하고 소리 없이 은밀한 것이었다.

"저런! 저런! 원 애들이 버르장머리도 없이." 아버지는 짤막하게 한마디 하였다.

그리고 우리는 안으로 들어갔다.

파라과이에서는 수도의 포석들 틈바구니로 코를 삐죽이 내민 풀이 마음에 들었다. 눈에 보이지 않아도 분명히 존재하는, 처녀림으로부터 파견된 이 풀들은 아직도 사람들이 도시를 장악하고 있는지, 도시의 돌들을 온통 뒤집어 놓아야 하는 시기가 온 것은 아닌지 염탐하러 오는 것이다. 그렇지만 여기에서 나는 경이로움에 사로잡혔다.

왜냐하면 여기에선 모든 것이 낡아 버렸는데, 그것도 아주 경이롭게, 마치 나이를 먹더니 약간 틈이 벌어진, 이끼 낀 고목처럼, 열 세대에 걸쳐 연인들이 와서 앉았을 나무 벤치처럼 낡아 버렸기 때문이다. 내장제는 다 닳아 버렸고, 덧문들은 낡아 좀이 쓸고, 의자들은 건들거렸다. 그런데 수리한 것은 하나 없어도, 공을 들여 이곳을 청소해 온 것이다. 모든 것이 단아하고 왁스칠로 빛나고 있었다.

그 거실은 주름살투성이 노파의 얼굴처럼 비범한 강렬함을 지니고 있었다. 벽은 금이 가고 천정은 찢겨 있었지만 모든 것이 경탄스러웠다. 그러나 그 무엇보다도, 여기는 푹 꺼져 들어가 있고, 저기는 비행기 트랩처럼 휘청거리긴 하지만 여전히 광택이 남아, 윤이 나고, 반들거리는 그 마루가 그랬다. 기묘한 집은 티끌만큼도 소홀함이나 태만함을 일깨우기는커녕 오히려 비범한 존경심을 일깨웠다. 아마도 이 매력에는, 그 복잡한 모습에는, 그 친밀한 분위기에 담긴 열정에는, 더욱이 거실로부터 식당으로 지나가기 위해 감수해야 했던 이동에 따르는 위험에도 그렇듯, 해마다 그 무언가가 누적되어 온 듯하였다.

"조심하세요!"

구멍이 하나 뚫려 있었다. 그런 구멍에 빠지면 다리 골절쯤은 식은 죽 먹기라는 경고가 주어졌다. 그 구멍에 대한 책임은 누구에게도 없었다. 그것은 세월의 산물이었다. 위대한 영주다운 자태를 드러내는 그는 변명 따윈 일절 아랑곳않는 근엄함을 지니고 있었다. "이 구멍 모두를 우리가 막을 수도 있지요. 우린 부자니까요. 하지만…" 하고 내게 말하는 것도 아니었다. 다음과 같은 말도 없었다 — 하지만 그것은 사실이었다. "이 집을 시 당국에 30년 동안 임대해 왔거든요. 보수는 시의 몫이지요. 모두들 제 주장에 급급하니…." 설명 따윈 무시해 버리는 그 여유 만만함이 나를 사로잡았다. 기껏 내게 알려 준다는 말이 이러하였다.

"이런! 이런! 집이 좀 낡아서…."

그런데 그 말투조차 매우 경쾌한 것으로 미루어 내 친구들이 그 일로 너무 섭섭해하지는 않으리라는 생각이 들었다. 미장이, 목수, 가구세공사, 석고세공사들이 한 팀이 되어 그와 같은 과거 속에 그들의 불경스러운 연장들을 벌여 놓고, 그대가 알아 볼 수 없을 집, 그대가 손님들을 찾아온 듯한 인상을 줄 집을 일주일 안에 당신에게 만들어 놓는 모습이 눈에 들어오는가? 신비로움도, 은밀함도, 발 아래 문 뚜껑도, 함정도 없는—일종의 시청 응접실 같은 그런 집을.

이 감추기 요술 상자 같은 집에서 소녀들이 사라지고 없었다는 것은 극히 자연스러운 일이었다. 거실이 벌써 창고만큼 재물로 가득한 마당에, 창고는 또 어떠할 것인가! 이미 그점에서 반쯤 열린 코딱지만 한 작은 벽장으로부터 누렇게 바랜 편지 다발이며, 증조부의 영수증들이며, 집에 있는 자물쇠 수보다 더 많은, 그러면서도 그 어느 자물쇠에도 맞지 않을 열쇠 꾸러미가 쏟아져 나올 듯한 모습을 점치게 될 때면 말이다. 이성을 혼란케 하고, 지하 보물 창고와 거기에 숨겨진 보물 상자와 옛 금화를 연상시키는, 기이하게도 쓸모없는 그런 열쇠들을.

"식탁으로 자리를 옮기시죠?"

우리는 식탁으로 자리를 옮겼다. 나는 이 방 저 방 옮겨가며 향처럼 실내에 퍼진, 세상 모든 향수만큼의 가치를 지니는 오래된 서재가 뿜어내는 냄새를 들이마셨다. 그리고 특히 램프를 들고 다니는 것이 나는 좋았다. 가장 아득한 내 어린 시절 그랬듯이, 이 방에서 저 방으로 들고 다니던 진짜 무거운 램프들. 그리고 벽에 경이롭게 움직이는 그림자를 비추던 램프들 말이다. 그 램프를 들어 올리면 여러 다발의 빛줄기들과 검은 종려나무 가지들이 어른거리곤 하였다. 그러다 램프들을 제자리에 고정시키면 골고루 밝게 빛나는 부분과 그 주위 전체를 둘러싸고 있는, 넓게 어둠으로 남은 부분이 서로 자리를 굳히고, 거기 있는 나무들이 삐걱거리는 것이었다.

두 소녀는 그들이 사라질 때처럼 신비롭게 그리고 조용히 다시 나타났다. 둘 다 얌전하게 식탁에 앉았다. 소녀들은 틀림없이 자신들이 키우던 개들을 먹이고, 새들을 먹이고, 맑은 밤하늘 향해 창문을 열어 놓고, 저녁바람에 실려오는 풀 냄새를 맡았을 터이다. 이제는 냅킨을 펼치며 조심스럽게 곁눈질로 나를 주시하면서, 한 식구나 다름없는 동물들 수에 나를 포함시킬지 말지 머리를 굴리고 있었다. 왜냐하면 소녀들에게는 이구아나, 몽구스, 여우, 원숭이, 벌들도 있었으니까. 동물들 모두는 지지고 볶아 대며 살면서도, 놀라울 만치 한데 잘 어울리며, 새로운 지상 낙원을 이루고 있었다. 소녀들은 이들을 다스리며, 그 귀여운 두 손으로 천지창조의 동물들 모두를 매료시키고, 먹이며, 마시게 하며, 망구스에서 벌에 이르기까지 모두가 귀 기울이는 이야기들을 들려주었다.

나는 그토록 발랄한 두 소녀가 그들의 모든 비판 정신과 섬세함을 동원하여 자신들이 마주한 남성에 관해 신속하고 은밀하고, 결정적인 판단을 내릴 것을 기대하고 있었다. 어린 시절 내 누이들은 처음으로 우리 식탁을 영광스럽게 해 주는 손님들에게 이렇게 점수를 매기곤 했었다. 그러다 대화가 멈칫해지면 침묵 속에 느닷없이 "11점"[39] 하는 소리가 울려 퍼지는 것이었다. 그 매력을 즐기던 사람은 오

39 프랑스 학점 평가 방식. 20점을 만점으로 10점 이상이 되어야 과목을 이수할 수 있다.

직 내 누이들과 나뿐이었다.

이런 장난을 겪어 본 나는 약간 거북스러워졌다. 그리고 더구나 내 심사위원들이 몹시 이 놀이에 노련하다는 것을 느낀 만큼 더욱 거북스러워지는 것이었다. 속임수를 부리는 놈들과 천진한 놈들을 구별할 줄 알고, 여우 발소리를 듣고서 그놈이 나를 반길 만한 기분인지 아닌지 읽어 낼 줄 알고, 내면의 움직임에 대해서 그만큼 깊은 안목을 지닌 심사위원들이었으니 말이다.

그 날카로운 눈망울하며 그 올곧은 작은 영혼들이 내 맘에 들었다. 하지만 그들이 다른 장난을 했더라면 내가 얼마나 좋았을까. 그럼에도 나는 치사하게 "11점"을 맞을까 두려워 그들에게 소금을 건네주기도 하고, 포도주를 따라 주기도 하였다. 그러나 눈을 들면 매수할 수 없는 그들의 심사위원으로서의 온화한 근엄함을 다시 발견하곤 하는 것이다.

아부도 별 소용없었을 것이다. 아이들이 허영이라는 것을 알았을 턱이 없으니까. 허영을 몰랐어도 이들은 훌륭한 자존심을 지니고 있었던 것이다. 자매는 내 도움 없이도 자신들에 관해 감히 내가 말하고자 했던 것보다도 훨씬 더 많은 선한 것을 생각하고 있었다. 나는 내 직업상의 매력을 끄집어 낼 엄두도 낼 수 없었다. 왜냐하면 플라타너스 꼭대기까지 기어 올라가는 목적이, 그저 새끼 새들의 깃털이 잘 돋아나고 있는지 살피기 위한 것이라거나, 친구들에게 인사나 하기 위한 것이라면 그것은 무척이나 무모한 짓이기 때문이다.

그리고 이 말 없는 내 두 요정들은 식사하는 내 모습을 줄곧 주시하고 있어, 그들의 스쳐 지나가는 눈길과 무척 자주 마주치는 바람에 나는 그만 입을 다물고 말았다. 침묵이 흘렀다. 그 침묵의 순간 무언가가 마루 위에서 가볍게 휘파람 소리를 내면서 식탁 아래에서 부스럭거리다 이내 잠잠해졌다. 나는 당황한 채 시선을 들었다.

그러자마자 아마 자기가 낸 시험에 만족하며, 하지만 마지막 시금석으로 사용할 요량인 듯, 그 야성적인 싱그러운 이로 빵을 베어 물며 누이동생이 내게 간단히 설명해 주었다. 그것도, 만약 내가 야만인이라면, 내 자신인 야만인을 경악시킬 요량으로 천연덕스럽게 한마디했던 것이다.

"저것들 살모사들인데."

그러고는 그렇게 심한 멍청이가 아니라면 그 설명으로 족하리라는 듯 만족한 모습으로 입을 다물었다. 언니가 재빨리 나의 첫 반응을 살폈다. 그리고 둘 다 더할 수 없이 상냥하고 천진한 표정의 얼굴을 하고 접시 위로 몸을 숙였다.

"아아!… 살모사들이라고…."

자연스럽게 이런 말이 튀어나왔다. 내 다리 밑으로 미끄러져 가고 내 종아리를 스치며 지나간 놈들이 있었는데, 글쎄 그것들이 살모사들이라니…

나로서는 다행히도 미소를 지어 보이고 있었다. 게다가 억지로 나온 미소도 아니었다. 두 소녀도 이러한 사실을 감지한 것 같았다. 내가 미소 지은 것은 즐거워서였고, 분명 순간순간 더 이 집이 나의 마음을 사로잡고 있었기 때문이다. 그리고 살모사들에 대해서 더 자세히 알고 싶은 욕망이 일어나고 있기 때문이기도 하였다. 언니가 와서 나를 거들었다.

"식탁 밑에 난 구멍 안에 살모사 집이 있어요."

"밤 10시쯤 해서 집으로 돌아오는데"라고 동생이 덧붙였다. "낮에는 사냥을 하거든요."

이번에는 내가 이 소녀들을 슬쩍 훔쳐보았다. 온화한 얼굴 뒤로 가려진 그 섬세함과 조용한 웃음이 보였다. 그리고 그들이 실천으로 옮겨 보이는 그 왕가의 신분에 찬탄을 보냈다…

오늘 나는 꿈꾸고 있다. 이 모든 것은 매우 아득한 시절의 옛 이야기다.

이 두 요정은 어떻게 되었을까? 아마 결혼이라도 했겠지. 그런데 그렇다고 그녀들이 변했을까? 소녀 상태 신분에서 여인의 신분으로 옮겨 간다는 것은 대단히 심각한 문제이다. 그들은 새 집에서 무엇을 하고 있을까? 두 소녀와 잡초들 그리고 뱀들이 맺고 있던 관계는 어떻게 되었을까? 아이들은 우주적인 그 무엇과 혼재되어 있었는데 말이다. 그러나 어느 날 소녀 안에서 여인이 눈 뜨는 날이 오게 마련이다. 언젠가 19점짜리 남자를 찾아내길 기대해 본다. 19점짜리 남자가 마음속에 자리 잡고 있다. 그때에 어떤 멍청한 놈이 출현한다. 그렇게도 날카로운 눈들이 처음으로 실수를 범하고 그 멍청한 놈을 아름다운 빛깔로 환히 밝힌다. 만일 그 멍청이가 시를 읊기라도 하는 날엔 그를 시인으로 간주해 버리는 것이다. 그가 구멍 뚫린 마루들을 이해하고, 몽구스를 좋아할 것이라 여긴다. 테이블 밑에서 그의 다리 사이로 흔들거리며 돌아다니는 살모사에 대한 신뢰가 그를 기분 좋게 만들어 놓으리라 여겨진다. 정성스레 다듬어 놓은 정원만 좋아하는 그놈에게 야생 공원인 자기의 마음을 내주고 마는 것이다. 그러고는 그 멍청이가 공주를 종으로 데려가 버린다.

VI. 사막에서

I

수주일, 수개월, 수년 동안 사하라 노선 조종사로서 돌아올 기약조차 없이 이 보루에서 저 보루로 비행하는 기간 동안 이러한 즐거움들을 맛본다는 것은 기적 같은 일이었다. 이 사막에서는 그와 유사한 오아시스가 제공되는 법이 없었다. 정원들 그리고 소녀들이라니, 이 무슨 전설 같은 이야기인가? 의심할 것도 없이, 너무 머나먼 곳, 일단 업무를 완수하고 나면 우리가 계속 살게 될지도 모르는 거기에는 늘 소녀들이 우리를 기다리고 있었다. 의심할 것도 없이 거기 몽구스나 그들의 책들 틈바구니에서는 소녀들이 지속적으로 총기 어린 영혼들을 키워 가고 있었다. 확실히 그 아이들은 아름다워져 가고 있었다.

하지만 나는 고독이 무엇인지 알고 있다. 3년간의 사막 경험으로부터 나는 그 맛을 알게 되었다. 거기에서 광물로 이루어진 풍경 속에 시들어 가는 청춘은 하나도 두렵지 않다. 하지만 거기에서는 자신으로부터 멀리 떨어진 세상 전체가 늙어 가고 있다는 사실이 드러난다. 나무는 열매를 맺고, 땅은 자신의 밀을 출하하고, 여인들은 이미 아름다워져 있다. 하지만 세월은 계속 흐르니 귀향을 서둘러야 한다… 그런데 세월은 계속 흐르건만 우리는 먼 곳에 붙잡혀 있고… 땅에서 거둔 수확물은 사구의 모래알처럼 손톱 사이로 새어나가고 있다.

일상적으로 시간의 흐름을 눈치 채는 사람들은 없다. 사람들은 일시적으로는 평화 속에 살아간다. 하지만 일단 착륙장에 도착하고서도 계속 불어오는 무역풍에 시달리고 나서야 비로소 우리는 그 사실을 실감했던 것이다. 우리는 마치 차축 소리 가득한 야간 급행열차 승객을 닮았었다. 창문 밖으로 스러져 가는 몇 줌의 빛으로, 자신이 살고 있는 마을의 들판과 자신을 매료시킨 지역을 지나가고 있다는 사실을 알아차리는 승객 말이다. 마침 여행 중인 승객은 거기에 매달릴 수가 없다. 우리 역시 가벼운 열정에 상기되어, 비행 소음으로 여전히 윙윙거리는 소리가 채 가시지 않은 상황에서는 착륙장의 정적에도 불구하고 아직 비행을 계속하는 것 같은 기분을 느끼곤 하였다. 우리 역시 바람에 관한 생각 너머로 우리 심장의 고동을 통해 낯선 미래로 실려 가는 자신을 발견했던 것이다.

사막의 비투항파가 늘어나고 있다. 카프 쥐비의 밤은 마치 벽시계 소리에 의해 그렇게 되듯이 15분마다의 단절 속에 이어지고 있었다. 보초들대로 저마다 차례차례 규칙적으로 구호를 외치며 경계근무에 임하기 때문이었다. 비투항 지역 깊숙이 자리 잡은, 스페인의 카프 쥐비 요새는 그 얼굴을 드러내지 않는 위협에 대항하여 이렇게 경계를 서고 있었다. 그리고 앞을 못 보는 배에 올라탄 우리에게는 그 군호소리가 허공으로 점점 퍼져 나가 우리 위로 해조들의 행로를 그려 내는 소리가 들리기도 하였다.

그럼에도 불구하고 우리는 사막을 사랑하였다.

사막이 일단 침묵의 공터에 지나지 않는 것은, 사막이 하루살이 사랑에 자신을 내주지 않기 때문이다. 아무리 하찮은 프랑스의 동네라도 이미 몸을 사리고 있다. 만약에 우리가 그 마을을 위하여 나머지 세상 모두를 단념하지 않는다면, 만일 우리가 그 마을의 전통, 그 관습, 그 대립관계 속으로 되돌아가지 않는다면, 끝내 어떤 이들에게는 고향이나 다름없는 마을에 관하여 아는 바 전혀 없는 것이다. 정확히 말해서 바로 우리 곁에, 수도원 경내에 틀어박힌 채, 우리에겐 낯선 규율을 지키며 살고 있는 사람이 있다 치자. 이 사람은 진정 티베트의 고독한 장소에서, 그 어떤 비행기도 우리를 데려다 주지 못할 저 멀리 격리된 곳에서 그 모습을 드러내는 것이다. 무엇하러 그의 방을 방문할 것인가! 방은 텅 비어 있다. 그 사람의 제국은 내면적이다. 이렇게 사막이란 모래로 이루어진 것도 아니고, 투아레그족이나 소총으로 무장한 무어족으로 이루어진 것도 아니다…

그런데 오늘 드디어 갈증을 느꼈다. 그리고 오늘에야 비로소 우리가 알고 있던 그 우물이 광대한 지역에 뻗어 있음을 발견하였다. 이렇게 보이지 않는 여인이 온 가족을 매혹시킬 수 있는 것이다. 우물도 사랑처럼 멀리 퍼져 나갈 수 있는 것이다.

사막은 처음에는 적막하다. 그러다가 아랍 무장 습격대의 접근이 두려워져 그들을 감싸고 있는 거대한 망토의 주름들을 사막에서 읽어 내는 날이 온다. 습격대 역시 모래사막을 변형시키는 것이다.

우리는 경기 규칙을 수용하였고, 경기는 그 모습대로 우리를 형성해 간다. 사하라 사막이 그 모습을 드러내는 것은 우리 내부에서인 것이다. 사막에 다가가는 것은 오아시스를 방문하는 것이 아니라, 하나의 샘을 우리의 종교로 만드는 것이다.

II

나는 처녀비행 때부터 사막의 맛을 음미해 왔다. 리겔과 기요메와 내가 누악쇼트 요새 근방에 불시착한 적이 있었다. 이 작은 모리타니 초소는 바다 한가운데 떨어져 있는 외딴 섬마냥 모든 삶으로부터 고립되어 있었다. 거기에는 늙다리 중사가 열네 명이나 되는 세네갈 병사와 함께 유폐된 삶을 살고 있었다. 그는 우리를 천국의 사자처럼 맞아 주었다.

"아아! 당신과 이야기를 나누다니 감동적이군요… 아아! 이건 감동이라 말입니다!"

그는 감동받고 있었다. 진정 그는 울고 있었다.

"여섯 달 만에 당신네들이 처음 온 거예요. 여섯 달마다 한 번씩 보급이 오죠. 어떤 때는 중위가 오기도 하고 어떤 때는 대위가 오기도 하죠. 지난번에는 대위가 왔었지요…."

우리는 여전히 귀가 멍멍한 상태였다. 아침 식사가 차려지고, 다카르에서 두 시간 거리에서 기관의 연결 부위가 파열되어 운명이 바뀌어 버린 것이다. 우리는 눈물 흘리는 늙다리 중사 곁에서 유령 역할을 하고 있었다.

"아아! 드시구려. 포도주를 대접하니 이렇게 좋을 수가! 생각 좀 해 보시오! 대위가 들렀을 때는 포도주가 떨어져서 그분에게 대접도 못 했지요."

나는 이걸 어떤 책(《남방 우편기》)에 쓴 적이 있다. 그러나 그것은 절대로 지어낸 것이 아니었다. 그는 우리에게 이렇게 말하였다.

"지난번에는 건배도 못 했지요… 하도 창피스러워서 근무 교대를 요청하였다니까요."

건배라니! 땀을 줄줄 흘리며 단봉낙타 등에서 뛰어내리는 다른 사람과 엄청 큰 잔으로 건배하다니! 무려 여섯 달이나 바로 이 순간을 위해 살아온 것이다. 그때 이미 한 달 동안이나 반질반질하게 총기 손질에 매달리고 지하실부터 다락방까지 열심히 닦고 갈며 광을 내 왔는데. 그리고 벌써 며칠 전부터 그 축복의 날이 다가오고 있음을 예감하곤 망루 위에서 끈기 있게 지평선을 상대로 아타르의 이동 전투 소대가 출몰하면서 휘날릴 그 먼지를 발견하고자 경계에 임해 왔던 것이다…

그런데 막상 포도주가 떨어졌으니, 축일을 경축할 수도 없게 된 것이다. 축배를 들 수 없다니. 수치심이 앞서는 것이었다…

"내겐 대위님의 귀환이 시급합니다. 기다리고 있지요…."

"대위가 있는 곳은 어딥니까, 중사?"

그러자 중사는 모래밭을 가리킨다.

"누가 알겠어요? 대위님은 어디에나 계시거든요!"

보루의 망대 위에서 별들에 관한 이야기를 나누며 지새운 그 밤 이야기도 실제로 있었던 일이다. 별 이외에는 경계할 아무것도 없었다. 비행기에서 볼 때처럼 별이란 별은 죄다 보였다. 하지만 별들은 움직이지 않고 고정되어 있었다.

기내에서 바라보는 밤이 너무도 아름다울 때면 비행기가 그냥 날아가는 대로 더 이상 거의 조종을 하지 않는다. 그러면 비행기는 조금씩 왼편으로 기울어진다. 아직 수평을 유지하고 있다고 생각하는 순간 오른쪽 날개 밑으로 마을을 하나 발견한다. 사막에 마을이 있을 리 만무하다. 그렇다면 바다에 떼 지어 떠 있는 어선의 무리겠지. 하지만 광막한 사하라에는 어선이 없다. 그렇다면 어찌 된 일인가? 그제야 착오를 깨닫고 쓴웃음을 짓는 것이다. 천천히 비행기를 원위치시킨다. 그러면 동네도 제자리를 잡는다. 떨어지도록 내버려 두었던 별자리표를 판에 도로 붙여 본다. 마을이라? 그렇지. 별들의 마을. 그러나 보루 위에서 보면 얼어붙은 사막, 움직이지 않는 모랫결밖에 보이지 않는다. 제대로 걸려 있는 별자리들. 중사는 우리들에게 별자리에 관해 이야기를 들려준다.

"자, 보세요! 나는 방향을 제대로 알고 있지요. 기수를 저 별로 향하면 곧장 튀니스가 나오지요!"

"튀니스 출신인가?"

"아뇨, 내 사촌 누이가요."

꽤 오랜 침묵이 흐른다. 그러나 중사는 언감생심 우리에게 그 무엇 하나 감추지 못한다.

"언젠가는 튀니스에 가겠죠."

물론, 그 별을 향하여 곧장 걸어가는 길과는 다른 길로 가게 갈 것이다. 원정을 떠나는 어느 날, 바짝 말라 버린 우물 때문에 헛소리 같은 시에 그가 사로잡히지 않는다면 말이다. 그렇게 되면 별도, 사촌 누이도, 튀니스도 모두 뒤범벅이 될 것이다. 그러면 세속인들로서는 고통스럽게 여겨지는 그 영감 어린 행진이 시작되겠지.

"한번은 대위님께 튀니스에 가게 해 달라 했지요. 그 사촌 누이 문제로 말이지요. 그랬더니 대위님이 대답하길…."

"그랬더니, 대위님 대답이?"

"그랬더니 그의 대답이 이랬어요. '세상은 사촌 누이로 가득하지.' 그리고 좀더 가깝다는 사실을 핑계로 대위님은 절 다카르로 보냈다우."

"그래 당신 사촌 누이 예쁘던가요?"

"튀니스 누이요? 물론 예뻤지요. 금발인걸요."

"아니, 다카르 누이 말이오?"

중사 양반, 우리는 그대의 약간의 분노 어린 서글픈 대답에 당신을 껴안으려 했었다네.

"그 아인 검둥이였어요…."

상사여, 사하라는 당신에게 무엇인가? 그것은 끝없이 당신을 향해 걸어오는 신이었으니. 5천 킬로미터 모래 저쪽에 있는 금발 사촌 누이의 다정함이기도 했었지. 우리에겐 사막이란 무엇인지? 그것은 우리 속에 탄생하고 있던 그 무엇이었다. 우리가 우리 자신에 관해 배우는 바 그것 말이다. 우리 역시 그날 밤 사촌 누이와 대위를 사랑하고 있었던 것이다…

III

비투항 지대의 변경에 위치한 포르테티엔은 도시가 아니다. 거기에 가면 보루 하나, 격납고 하나 그리고 우리 승무원을 위한 목재 바라크 한 채를 볼 수 있다. 그 주위를 둘러싼 사막이 워낙 완벽한지라 그 빈약한 군사력에도 불구하고 포르테티엔은 거의 철옹성이다. 이곳을 공격하려면 모래와 열기를 돌파해야 하기 때문에, 아랍인 무장 습격대가 여기에 도착하는 것은 이미 기력을 소진하고 비축한 물이 고갈되고 난 뒤에야만 가능할 정도이다. 그럼에도 불구하고 사람들의 기억으로는 늘 북방 어딘가에는 포르테티엔을 향해 진군하는 무장 습격대가 있어 왔다. 지휘관 대위는 우리에게 와서 차를 한 잔 마실 때마다, 마치 아름다운 공주의 전설을 이야기하듯, 지도를 펼치고 그 행군 진로를 그려 보이곤 한다. 그러나 이 무장 습격대는 강물처럼 사막의 모래 속에 휩쓸려 버려 결코 이곳에 당도하는 법이 없는지라 우리는 이들을 유령 습격대라 명명한다. 밤이 되어 정부로부터 보급받는 수류탄이나 화약통도 상자 속에 그대로 처박힌 채 우리 침대 발치에서 잠자고 있다. 그러니 무엇보다 우리의 하찮음에 의해 보호받고 있는 우리로서는 침묵 말고 달리 대항할 적군도 없다. 그래서 공항 소장 뤼카가 밤낮으로 돌려 대는 축음기가, 삶의 저 먼 곳으로부터 반쯤은 얼빠진 말을 우리에게 걸어와 희한하게도 갈증을 닮은, 근거도 없는 멜랑콜리를 불러일으키고 있다.

그날 밤 우리는 요새에서 저녁 식사를 했고, 지휘관 대위가 보여 주는 정원에 탄복하고 말았다. 실제로 그는 프랑스로부터 온 진짜 흙으로 가득한 상자 세 개를 가지고 있었는데, 그것들은 그렇게 4천 킬로미터를 건너온 것이다. 상자에는 파란 잎이 세 개가 돋아나 있고, 우리는 그것들을 마치 보석이나 되는 듯 손가락으로 어루만진다. 대위는 이에 대해 언급하면서 이런 표현을 썼다. "내 공원이지요." 그리고 모래바람이 불어오면 모든 것을 건조시키기에 이 공원을 지하실에 내려다 놓는 것이었다.

우리는 요새에서 1킬로미터 떨어진 곳에 살고 있다. 그리고 저녁 식사를 마치면 달빛을 맞으며 집으로 돌아온다.

달 아래에서 모래는 분홍빛을 발한다. 우리 자신의 초라함이 느껴지기는 하나 모래는 분홍빛을 발하고 있다. 하지만 보초들이 주고받는 암구호가 또다시 세상 전체에 비장감을 불러일으킨다. 오히려 사하라 사막 전체가 우리 그림자에 겁을 먹고 우리에게 암구호를 요구한다. 무장 습격대가 진군하고 있기 때문이다.

보초의 외침에 사막 전체가 반응하는 목소리가 울려 퍼진다. 사막은 이제 빈 집이 아니다. 무어족 카라반이 밤을 자석으로 만들어 놓기 때문이다.

우리가 안전하다고 믿을 수도 있을 것이다. 하지만 과연 그런가! 질병이며, 사고며, 습격대며, 얼마나 많은 위협들이 즐비한가! 저격수들에게 인간은 지상의 표적이다. 그런데 세네갈 보초가 예언자라도 되듯이 우리에게 그 사실을 일깨워 주고 있다.

우리는 응답한다. "프랑세!"[40] 하고는 검은 천사 앞을 통과한다. 그러고 나면 호흡이 한결 나아진다. 이런 위협으

40 français=french, 프랑스인.

로 돌아오는 숭고함이란 엄청난 것이다… 아아! 위협은 아직 저 멀리 있고, 그렇게 위급 상황도 아니고, 그 많은 모래 덕분에 상당히 완화되었다. 그럼에도 불구하고 세상은 예전 그대로가 아니다. 이 사막은 도로 호사스러워지고 있다. 그 어디서인가 진군 중인, 그러면서도 결코 목적지에 이르지도 못할 무장 습격대는 신격화되고 있었다.

지금은 밤 11시. 뤼카가 통신대에서 돌아온다. 다카르발 비행기의 자정 도착을 내게 통보한다. 운항 이상 무. 12시 10분이면 우편물을 내리고 새로 실을 것이다. 그리고 나는 북쪽을 향해 이륙할 것이다. 이 빠진 접시 같은 거울 앞에 서서 조심스럽게 면도를 해 본다. 이따금 터키식 타올을 목에 감고 문까지 나가 벌거숭이 모래를 응시한다. 날씨는 맑다. 그런데 바람이 잦아든다. 다시 거울 쪽으로 간다. 생각에 잠겨 본다. 몇 달 동안 꾸준하던 바람이 잦아들면서 이따금 하늘을 온통 엉망으로 만들어 버리는 경우가 있다. 그래서 지금 나는 단단히 채비를 하고 있다. 벨트에 달린 구명등이며, 고도계며, 연필을 챙긴다. 오늘 밤 내

무전사가 되어 줄 네리에게로 간다. 네리 역시 면도를 하고 있다. 그에게 말을 건넨다. "별 일 없지?" 현재로서는 만사형통이다. 이러한 준비 작업은 비행에서 가장 수월한 부분이다. 그런데 잠자리가 한 마리 내 램프에 부딪쳐 지글거리는 소리가 들린다. 이유는 알 수 없으나 이 잠자리 때문에 가슴이 찢어진다.

다시 밖으로 나가 살핀다. 온통 청명하다. 비행장에 닿아 있는 낭떠러지가 아침이 밝을 무렵처럼 창공과 대조를 이룬다. 사막 위로 안정된 집 안에 흐르는 것 같은 거대한 침묵이 깔려 있다. 여기 초록 나비 한 마리와 잠자리 두 마리가 내 램프를 들이받는다. 다시 한 번 은밀해지는 감정이 느껴진다. 어쩌면 기쁨에서 오는 것인지, 어쩌면 근심에서 오는 것인지는 모르겠으나, 내 자신의 심연으로부터 우러나오는 그것은 아직은 매우 어렴풋하게 이제 겨우 조짐을 보일 뿐이다. 누군가 아주 멀리서 내게 말을 걸어오고 있다. 이런 것이 본능이란 말인가? 다시 밖으로 나간다. 바람은 완전히 잦아들었다. 여전히 시원하다. 그런데 어떤 경고가 내게 주어졌다. 나는 내가 기대하는 것을 간파했고, 또 간파한 듯 여기고 있다. 내가 옳기는 한 것인가? 하늘도 모래도 내게 아무런 조짐을 보내지 않았지만, 잠자리 두 마리가 내게 말을 건넨 것이다. 그리고 초록 나비 한 마리도.

사구 위로 올라가 동쪽을 향해 앉아 본다. 만일 내 말이 옳다면 '그놈'이 들이닥치는 데 그리 오래 걸리지 않으리라. 이 잠자리들은 내륙의 오아시스로부터 수백 킬로미터 떨어진 이곳에서 무엇을 찾고 있는 것인가?

해변에 떠밀려 온 하찮은 잔해들은 사이클론이 바다에 맹위를 떨쳤음을 입증하고 있다. 이와 같이 이 벌레들은 모래 폭풍이 진군 중임을 내게 예시한다. 동쪽의 태풍, 그리고 초록 나비가 사는 저 먼 곳의 종려나무 숲을 황폐화시키는 폭풍. 그 거품이 이미 나에게 도달한 것이다. 그리고 하나의 증거이기에 장엄하고, 중대한 위협이기에 장엄하고, 폭풍을 품고 있기에 장엄한, 이 동풍이 올라오고 있다. 그 가냘픈 한 숨결이 이제 막 내게 도달했을 뿐이다. 나는 그 물결이 스치는 한계선이다. 내 20미터 뒤로는 텐트가 미동조차 하지 않는다. 그 열기가 한 번, 오직 단 한 번 죽음인 듯한 애무로 나를 감싸 버린 것이다. 하지만 나는 잘 알고 있다. 곧 얼마 안 가서 사하라가 숨을 들이키고는 자신의 두 번째 한숨을 내뿜게 될 것이다. 그리고 3분도 못 가서 우리 격납고의 통풍관이 요동치기 시작하고, 10분도 못 가서 하늘이 모래로 가득 채워지리라는 것을. 우리는 곧바로 이 불 속에서, 되돌아온 사막의 불꽃 속에서 이륙을 감행하게 되리라.

그러나 내가 이러한 사실에 감동받았다는 것은 아니다. 나를 야만적인 기쁨으로 채워 주는 것은, 다 읽지 않고도 비밀의 언어를 이해하였다는 점이며, 바스락거리는 소리에도 미래 전체에 관한 계시를 받는 원시인처럼 어떤 조짐을 눈치챘다는 점이며, 한 마리 잠자리의 날개의 펄럭거림에서 그 분노를 읽어 냈다는 점이다.

IV

우리는 그 곳에서 비투항 무어족과 접촉하고 있었다. 무어족은 금지된 지역 깊숙한 곳으로부터 출현하는데, 우리는 그곳을 비행기로 횡단한다. 그들은 빵이나 설탕이나 차를 구매하기 위해 카프 쥐비나 시스네로스의 요새에 위험을 무릅쓰고 출현하였다가는 이내 그들의 신비 속으로 다시 잠겨 들곤 하였다. 그래서 우리는 지나가는 길에 그들 가운데 몇몇을 길들여 보려고 시도해 보았다.

입김이 강한 족장들의 경우는 그들에게 세상 구경을 시켜주려 항공사 간부의 동의를 얻어 가끔씩 비행기에 탑승시켜 보기도 하였다. 그들의 자존심을 꺾는 것이 관건이었다. 왜냐하면 무어족들이 포로를 학살하는 것은, 증오보다는 경멸에 따른 부분이 훨씬 더 많기 때문이었다. 심지어 그들은 요새 근처에서 우리와 마주치기라도 하면 욕을 해대는 법도 없다. 그들은 돌아서서 침을 뱉었다. 그런데 이 자존심을 그들은 자기네들의 힘에 대한 환상에서 끌어왔다. 소총 300정으로 무장한 부대에 전투 태세를 갖추게 하고는 그들 중에 얼마나 많은 이가 내게 이런 말을 되풀이했던가.

"당신들 운도 좋아, 100일 이상은 걸어야 하는 거리에 프랑스가 있으니…."

그래서 우리는 그들을 비행기에 태웠고, 또 그 가운데 셋은 그 미지의 프랑스까지 방문했던 것이다. 그들은, 언젠가 나를 따라 세네갈에 갔을 때 나무를 발견하고는 울어 버린 그런 족속인 것이다.

무어족 텐트 아래에서 서로 만났을 때도 그들은 전라의 여인들이 꽃들 사이에서 춤추는 뮤직홀을 경탄하는 것이었다. 여기 이 사람들은 나무 한 그루, 샘 하나, 장미 한 송이도 본 적이 없으며, 코란에만 의거해서야 비로소 스스로 그렇게 천국이라 이름 지은, 여울이 흐르는 정원이 있다는 사실을 접한 것이다. 그들은 이 천국과 그 아름다운 여자 포로들을 얻는다. 30년간의 비참한 생활 끝에 이교도의 총에 맞아 모래 위에서 쓰라린 죽음을 맞이하면서 말이다. 그러나 그들은 신에 기만당하고 있다. 정작 이 보물 모두를 꿰차고 있는 프랑스인들에게는 신이 갈증의 대가도 죽음의 대가도 요구하지 않기 때문이다. 늙은 족장들이 지금 생각에 잠기는 것도 이 때문이다. 텐트 주위로 적막하게 펼쳐져 있으면서도 죽을 때까지 그토록 시시콜콜한 쾌락만을 가져다줄 사하라를 응시하면서, 그들이 곧잘 속내 이야기를 터놓게 되는 것도 바로 이 때문이다.

"그거 알아… 프랑스놈들의 신 말이야… 무어족의 신이 무어족에게 관대한 것 이상으로 프랑스놈들의 신이 프랑스놈들에게 더 관대하잖아!"

몇 주 전에 그들에게 사부아를 유람시킨 적이 있다. 가이드가 일종의 머리 단을 땋은 듯한 물기둥들이 구불구불 흘러내리는 폭포 앞으로 그들을 데려갔는데, 마침 그 폭포가 우렁찬 소리를 내며 떨어지고 있었다.

"마셔 보소." 가이드가 그들에게 권하였다.

그런데 그것은 연수였다. 물이여! 여기서 가장 가까운 우물에 이르려 해도 며칠이나 걸릴 것이며, 또 그것을 찾아냈다 한들 그 속에 차 있는 모래를 퍼내 낙타 오줌이 엉긴 진흙까지 내려가는데도 도대체 몇 시간이나 걸릴 것인가! 물이라! 카프 쥐비, 시스네로스나, 포르테티엔에서는, 무어족 아이들이 돈을 구걸하는 것이 아니라 손에 통조림 깡통을 들고서 물을 구걸하는 것이다.

"물 좀 주세요, 물 좀…."

"얌전히 굴면 주지."

같은 무게의 금만큼이나 가치를 지닌 물, 눈물만큼의 양으로도 모래로부터 파릇파릇 빛나는 새싹을 끌어내는 물. 어딘가 비라도 내리면 거대한 집단의 이주로 사막에 활기가 넘친다. 부족들이 300킬로미터나 멀리 떨어진 곳에서 돋아날 풀을 향해 올라가는 것이다… 그런데 그토록 인색한 이 물이, 포르테티엔에는 10년 동안 단 한 방울도 내린 적 없던 그 물이, 마치 구멍 난 저수탱크로부터 세상을 위해 비축해 놓은 저수가 몽땅 퍼질러 나오듯 거기에서 으르렁거리고 있었다.

안내인이 그들에게 말하였다.

"이제 그만 갑시다."

하지만 그들은 꼼짝하지 않았다.

"좀더 보게 놔 두라니까…."

그들은 침묵하고 있었다. 말문이 막힌 그들은 장엄한 신비를 관망하고 있었다. 산의 내부로부터 그렇게 흘러나오고 있던 것은 생명이요, 사람들의 피 그 자체였다. 1초 동안의 유량만으로도, 목마름에 취해 소금과 신기루의 호수들이 품은 무한 속에 영원히 묻혀 버린 카라반 전체를 소생시킬 수도 있었을 것이다. 신이 여기에 출현해 있었다. 신에게 등을 돌릴 수는 없었다. 신이 그 수문들을 열어 놓고 자신의 권능을 보여 주고 있었다. 세 명의 무어족은 요지부동이었다.

"무얼 더 보겠다는 거요? 그만 갑시다…."

"기다려야 해."

"뭘 기다려요?"

"물줄기가 끝날 때를."

그들은 신이 자신의 광기에 지쳐 버릴 때까지 기다리려는 속셈이었다. 신은 곧 후회하리라. 신은 인색하니까.

"헌데 이 물이 흐른 지는 천 년이나 됐거든요!…"

그래서 그날 밤 그들은 폭포를 고집하지 않는다. 몇몇 기적에 대해서는 침묵을 지키는 것이 낫다. 차라리 그 문제는 아예 생각조차 않는 것이 더 나으리라. 그렇지 않으면 온통 모르는 것 투성이가 될 터이니. 그렇지 않으면 신을 의심하는 것이니..

"그놈의 프랑스 사람들 신 말이야, 자네도 알지만…."

그러나 나는 내 야만인 친구들을 잘 알고 있다. 여기서 신앙 면에서 혼란을 겪으며, 당황해하는 것이 이제 곧 투항이라도 할 태세이다. 그들은 프랑스 관리들이 보리를 보급해 주고, 우리 사하라 부대가 그들의 안전을 보장해 줄 것을 기대하고 있다. 그리고 실제로 일단 투항하기만 하면 물질적인 면에서 많은 이득을 보게 될 것이다.

그러나 이들 셋은 모두 트라르자의 추장 엘맘문 혈통이다(정확한 이름은 아닌 것 같다).

그 친구를 알게 된 것은 그가 우리 휘하에 있을 때였다. 그 공로를 인정받은 그 친구에게 공식 영예를 수여하고, 프랑스 정부가 부를 쌓게 해 주고, 전체 부족들이 추앙하던 그로서는 가시적 풍요로움 면에서 무엇 하나 모자랄 것이 없어 보였다. 그럼에도 어느 날 밤, 미리 눈치챌 만한 어떤 조짐도 내비침 없이, 함께 사막을 횡단하던 장교들을 학살하고는 낙타와 소총을 탈취하여 비투항 부족들에 합류해 버렸다.

그 돌발적 반항들, 이후 사막에서 추방당한 어느 족장의 영웅적이면서 동시에 절망적인 그 도주, 얼마 못 가서 아타르 이동 전투 소대의 탄막 앞에서 불화살처럼 사라질 이 순간적 영광을 일러 배신이라 한다. 그리고 이 광기의 발작에 사람들이 경악하는 것이다.

그런데도 엘맘문의 이야기는 또 다른 많은 아랍인들의 이야기기도 하였다. 그는 늙어 갔다. 늙으면 사람은 명상에 잠기는 법이다. 이렇게 그는 어느 날 밤, 그가 이슬람의 신을 배반하고, 자신의 모든 것을 실추시킨 거래의 조인을 기독교도들의 손에 내맡김으로 인해 자신의 손을 더럽히고 말았음을 깨달은 것이다.

그런데 실제로 그에게 보리와 평화가 무슨 소용이란 말인가? 쇠락하여 목자가 되어 버린 전사, 그가 자기가 살던 사하라의 모습을 회상해 본다. 모래 이랑마다 사막이 감추고 있는 위협이 가득했던 사하라, 야간에 진군하여 설치한 야영지 전방에 초병들을 파견하던 사하라, 적들의 이동을 말해 주는 정보들로 야간 모닥불 주위 사람들의 심장이 두근거리던 사하라. 그는 한번 맛보기만 하면 영원히 잊지 못할 저 먼바다의 맛을 추억하는 것이다.

이렇게 오늘 그는 모든 위엄이 사라진 안정된 공간에서 영예를 상실한 채 방황하고 있다. 오늘에야 비로소 처음으로 사하라가 사막이 된 것이다.

어쩌면 그는 자신이 살해한 장교들을 존경했을 수도 있다. 다만 알라에 대한 사랑이 우선인 것이다.

"편히 주무시오, 엘맘문."

"신의 가호가 있기를!"

장교들은 담요로 몸을 말고는 뗏목 위에서처럼 별을 향한 채 모래 위에 드러눕는다. 이제 별 전체가 천천히 회전하고, 온 하늘이 시간을 표시하고 있다. 이제 달은 모래를 향해 몸을 숙이고, 그 예지에 따라 도로 무로 돌아간다. 기독교도들은 곧 잠들 것이다. 몇 분 지나면 별들만 반짝일 것이고. 그래서, 전락해 버린 부족들에게 지난 시절의 그 화려함을 복원해 주고, 유일하게 사막을 빛나게 하는 그 추격을 속개하기 위해서는, 자신들의 잠 속에 묻혀 버릴 기독교도들의 가냘픈 외마디 비명 소리만으로 족하리라… 몇 초 더 기다리면 돌이킬 수 없는 행위로부터 하나의 세계가 탄생하게 되리라…

그러고는 취침 상태의 멋진 중위들이 학살당하는 것이다.

V

쥐비에서의 오늘, 케말과 그 아우 무얀의 초대를 받았다. 그래서 그들의 텐트에서 차를 마시고 있다. 무얀은 잠자코 나를 바라보고 있다. 남색 모래 베일로 입을 가린 그는 비사교적인지 신중한 모습이다. 유독 케말만이 내게 말을 걸고, 예를 갖춘다.

"내 천막, 내 낙타들, 내 부인들, 내 종들 모두 당신 소유요."

무얀은 잠시도 내게서 눈을 떼지 않은 채, 제 형 쪽으로 몸을 숙여 몇 마디 소곤거린다. 그러고는 다시 침묵에 빠진다.

"뭐라 그러는 거요?"

그가 말하였다.

"보나푸가 에르기바 부족의 낙타 천 마리를 약탈하였다는군요."

아타르의 단봉낙타 부대 장교인 이 보나푸 대위[41]는 나도 모르는 친구이다. 그러나 나는 무어족로부터 이야기를 들어 그가 종족의 위대한 전설적 존재임을 알고 있다. 이들은 그에 관해 분개하며 이야기하면서도 일종의 신이나 되는 듯 떠들어 댄다. 보나푸의 존재가 사막에 가치를 부여한다. 오늘도 막, 쥐도 새도 모르게, 남쪽으로 진군 중인 아랍인 무장 습격대 후방의 허를 찌르고, 그들이 안전하다고 여기던 보물들을 지키기 위해 자신 쪽으로 진격 방향을 선회하도록 만들어 놓고는 낙타 수백 마리를 약탈해 간 것이다. 그래서 대천사처럼 출현하여 아타르를 구하고, 석회암

---

41 Vincent-François-Jean Bonnafous(1896-1978). 《사람들의 땅》을 출간한 갈리마르 출판사조차 실체를 밝혀내지 못한 신비의 존재. 다카르 대학의 일반언어학 및 니그로-아프리카 언어학 교수 프랑시스 강동Francis Gandon의 노력으로 그가 피레네 오리앙탈 바뉠 출신이며 몽펠리에 대학 및 생시르 특수군사학교를 졸업하고 식민지 주둔군에 자원하여 알제리, 튀니지, 세네갈, 모로코, 인도차이나에서의 전공으로 명성을 날린 사실이 확인됨. 사회로 복귀하여 행정가, 인류학자로서 〈모리타니의 모로코 부족 울레드 부 스바Une tribu marocaine en Mauritanie : les Ouled Bou Sba〉(Bullitin trimestriel de la Société de géographie et d'archéologie d'Oran, t. L, sept-déc. 1929, pp. 249-267), 〈사막 지역의 말과 자동차Le cheval et l'automobile en région désertique〉(*Revue militaire d'A.O.F.*, n° 7, oct. 1930) 등의 논문을 남김.

고원 지대 위에 캠프를 치고는, 마치 생포해야 할 표적이라도 되는 듯 당당히 버티고 서 있는 것이다. 그의 위력은 부족들이 어쩔 수 없이 그의 검을 향해 진군할 수밖에 없도록 만들어 놓을 정도이다.

무얀이 더욱 쌀쌀맞게 나를 쳐다보면서 한마디 곁들인다.

"뭐라 그러는 거야?"

"우리 무장 습격대도 내일 출격할 거라고요. 소총 300자루로."

내 예감이 적중했던 것이다. 사흘 전부터 우물가로 끌고 가는 낙타들하며, 부락 회의하며, 캠프의 열기들 말이다. 투명 범선에 돛을 장착하는 듯하였다. 그리고 이미 범선을 몰아갈 큰 바람이 몰아치고 있다. 보나푸 덕택에 남쪽을 향한 한 걸음 한 걸음이 영광으로 가득한 발걸음이 되고 있다. 그래서 지금 나는 이러한 출정에 증오가 담긴 것인지 사랑이 담긴 것인지 판단할 수 없는 지경에 이르렀다.

제거해야만 하는 그토록 멋진 적이 세상에 있다는 것은

엄청난 일이다. 보나푸가 출현하는 곳에서는, 그와 정면으로 마주치는 것을 두려워하는 나머지 근처 부족들은 텐트를 거두고 낙타를 끌어 모아 도주해 버린다. 하지만 가장 멀리 떨어져 있는 부족들은 애정과도 같은 현기증에 휩싸인다. 텐트의 평화로움, 여인들의 포옹, 행복한 잠을 멀리하고, 타는 듯한 갈증을 참으며, 모래바람에 맞서 쭈그린 채 대기하며, 거의 탈진에 가까운 두 달 동안의 남쪽으로의 행군 막바지 날 어느 새벽, 아타르의 이동 부대와 직면하여 다행히 천우신조로 보나푸 대위를 현장에서 사살하는 일보다 더 값진 일은 이 세상에 없으리라는 사실을 깨닫게 되는 것이다.

"보나푸는 강적이지요" 하고 케말이 털어놓는다.

이제야 나는 그들의 비밀을 알았다. 마치 어떤 여인을 갈망하는 남자들이 있어, 산책 중인 그 여인의 무관심한 발걸음을 꿈꾸고, 자신들의 꿈속에서 계속되는 그 무관심한 산책에 상처받고 몸이 달아 밤새도록 이리저리 뒤척이듯이, 저 먼 곳으로부터의 보나푸의 행보가 이들을 괴롭히는 것이다. 이 무어족 의상을 한 기독교도는, 자신을 향해 돌진하는 습격대를 우회하여, 200명의 무어족 해적 부하들의 선두에 서서 비투항 족속들 속으로 파고들었다. 거기에서는 프랑스의 억압로부터 해방된 그의 부하들 가운데 말단 졸병이라도, 아무런 처벌도 없이 예속 상태에서 깨어날 수 있고, 그리하여 자신의 신을 위해 돌 제단 위에서 스스로를 희생시킬 수 있으리라. 거기에서는 보나푸의 위엄만이 그들을 제압할 수 있으며, 또 그의 약점조차 그들을 공포에 떨게 한다. 그래서 이 밤, 선잠이 든 그들 한복판에서 보나푸가 서성거리고 있다. 그리고 그의 발자국이 사막 한복판에까지 울리고 있는 것이다.

무안은 여전히 푸른 화강암 부조처럼 천막 안쪽에 부동의 자세로 생각에 잠겨 있다. 빛나는 것은 그의 두 눈 그리고 이제는 더 이상 장난감이 아닌 은제 단검뿐이다. 습격대에 가담한 이래 그는 얼마나 많은 변화를 겪었던지! 그는 전에 없이 자신만의 고귀함을 깨달아, 그 경멸감으로 나를 압도하고 있다. 보나푸를 향해 진격할 것이기에. 온갖 사랑의 정표를 품은 증오심이 발동하여 새벽 진군을 시작할 것이기에.

그는 한 번 더 형 쪽으로 몸을 숙여 아주 자그마한 목소리로 속삭이더니 내 쪽을 바라본다.

"뭐라 그러는데요?"

"요새 밖 멀리서 당신을 만나면 당신을 쏘겠다는데."

"왜요?"

"이 친구 말이 '당신은 비행기와 무전기도 갖고 있고, 보나푸도 가졌지만 진실은 지니지 않았다'는군요."

무얀은 조각 같은 주름 달린 남색 베일 속에 꿈적도 하지 않은 채 나를 평가하고 있다.

"이 친구 말이 '넌 샐러드는 염소처럼 먹고, 돼지고기는 돼지처럼 먹지. 너희 여편네들은 수치심도 모른 채 얼굴을 드러내고 다닌다'는 거야." 그는 본 적이 있는 것이다. 그는 말한다. "넌 기도하는 적이 없지." 그는 말한다. "네게 진실이 없는데, 네 비행기며, 네 무전기며, 네 보나푸 따위가 도대체 무슨 소용이란 말인가?"

자신의 자유를 지킬 일이 없는 이 무어인을 찬미하노라, 왜냐하면 사막에서는 늘 자유로우니까. 눈에 보이는 보물을 지키는 것도 아닌 이 무어인을 나는 찬미하노라, 왜냐하면 사막은 벌거벗었지만, 은밀한 왕국을 지키고 있으니까. 모래가 일으키는 파도의 침묵 속에 보나푸가 옛 해적처럼 휘하의 부대를 이끌고 오고 있다. 그 덕택에 이 카프쥐비 캠프는 이제 한가로운 목자들의 보금자리가 아니다. 보나푸라는 폭풍이 캠프 허리를 강타하고, 보나푸 때문에 밤이 오면 텐트를 밀착시킨다. 남부의 침묵은 정말 폐부를 찔러 댄다. 그것이 보나푸의 침묵이기에! 그래서 늙은 사냥꾼 무얀은 바람 속을 걷는 그에게 귀 기울인다.

보나푸가 프랑스로 돌아가는 날이 오면, 그의 적들은 반가워하기는커녕 오히려 그에게 통탄의 눈물을 흘리리라. 마치 그가 떠나는 것이 그들의 사막의 중심축 하나를 제거하거나, 그들의 존재로부터 어느 정도의 위엄을 제거해 버렸기나 하듯이. 그래서 그들은 내게 이렇게 말하리라.

"왜 가 버렸오, 당신네들의 보나푸 말이오?"

"그거야 알 수 없는 일이지…."

보나푸는 자신의 목숨을 그들의 목숨에 걸고 살아 왔다. 그것도 여러 해 동안 말이다. 그는 그들의 규율을 자기 규율로 삼았다. 그는 그들의 돌을 베게 삼아 취침해 왔다. 그 끝없는 추격을 벌이는 동안, 그들처럼 그 역시 별들과 바람으로 이루어진 성경의 밤들을 경험한 것이다. 이제 떠나가면서 그는 자신이 본질적인 도박을 해 온 것은 아니라는 사실을 그들에게 보여 준다. 그는 미련 없이 자리를 뜬다. 그리하여 그 없이 홀로 도박을 즐기게 된 무어족들은, 이제는 더 이상 사람들을 그 살덩어리에까지 끌어들이지 못하는 삶의 의의에 대한 신뢰를 상실하고 만다. 그럼에도 그들은 아직도 그를 신뢰하고픈 것이다.

"당신네 보나푸 있지 않소. 그는 필경 돌아올 거요."

"알 수 없지요."

무어인들은 그가 돌아오리라 생각한다. 유럽의 도박은 이제 그를 만족시킬 수 없을 것이다. 주둔 부대에서 벌이는 브리지 게임도, 승진도, 여자도 그를 만족시킬 수 없을 것이다. 실추한 자신의 고결함에 매료되어 내딛는 걸음마다 연인을 향한 걸음처럼 가슴이 두근거리는 이곳으로 돌아오리라. 여기에서는 단지 모험만을 경험한 것이라고, 그래서 거기에서 본질적인 것을 발견하게 되리라 믿었을 것이다. 하지만 진정한 보물에 관한 것이라면 사막만이 이들을 품고 있음을 알게 되리라. 모래의 그 위엄, 밤, 그 고요함, 그 바람과 별의 고향 말이다. 그래서 만일 보나푸가 어느 날 돌아온다면, 첫날 밤부터 그 소문은 비투항 지구로 퍼져 나갈 것이다. 사하라 어딘가에, 200명의 해적들 한복판에서 그가 취침하고 있음을 무어인들이 알게 될 것이다. 그러면 사람들은 침묵 속에 단봉낙타 떼를 몰고 우물가로 가겠지. 보리를 비축하기 시작할 것이다. 총 노리쇠를 검사할 것이다. 그 증오에 아니면 그 사랑에 밀려서 말이다.

VI

"마라케시[42] 행 비행기에 저 좀 숨겨 가 주세요…."

이 무어인들의 노예는 쥐비에서 저녁마다 이런 짧은 기원을 내게 전하곤 하였다. 그러고 나면 자신이 살기 위해

---

42 Marrakech. 카사블랑카에서 남으로 234킬로미터 떨어진 사하라 사막 가장자리에 자리한 오아시스 도시. 모로코에서 네 번째 큰 도시로 '붉은 도시' 또는 '붉은 진주'라 불린다.

할 수 있는 일은 다하였다는 듯 양반다리를 틀고 앉아 내가 마실 차를 대령하곤 하였다. 자신을 치유해 줄 수 있는 유일한 의사에게 자신을 맡겨 버리고, 그를 구원해 줄 유일한 신에게 간청하였다고 믿어 버리고는 이제 하루 동안 평화를 얻는 것이었다. 그러고는 주전자에 몸을 숙이고 자기 인생의 단순 소박한 모습들 즉 마라케시의 검은 대지하며, 분홍 집들하며, 별 볼 일 없지만 이미 빼앗겨 버린 재산들을 되새겨 본다. 나의 침묵을 탓하거나, 삶을 되찾아 주는 데 내가 지지부진한 것도 탓하는 법이 없었다. 나는 저와 다른 사람이며, 가동시켜야 할 힘이며, 순풍처럼 언젠가는 제 운명 위로 불어올 그 무엇이었기에.

그러나 한낱 조종사로서, 몇 개월 임기의 카프 쥐비 공항 책임자로서, 전 재산이라고는 스페인 요새를 등지고 세운 바라크 한 채와 그 건물 속 세면대 하나, 짭짤한 물 주전자 하나, 그리고 한참 짧은 침대 하나밖에 없는 나로서는, 내 능력에 대해 환상을 절제할 수밖에 없었다.

"바르크 영감, 두고 봅시다…."

노예들 모두는 바르크라 불린다. 고로 그의 이름도 바르크이다. 4년 동안 포로 신세로 있었으면서도 아직 포기하지 않고 버텨 왔다. 그는 자신이 왕이었다는 사실을 추억하고 있다.

"바르크, 전에는 무얼 했나, 마라케시에서 말이야?"

아직도 그의 아내와 세 자식이 살고 있을지 모르는 마라케시에서 그는 대단한 일을 하고 있었다.

"전 가축들을 몰았지요, 이름은 모하메드라 했고요!"

거기서는 관리들이 그를 호출하곤 하였다.

"모하메드, 소를 몇 마리 팔아야겠어. 산에 가서 좀 찾아 봐."

혹은,

"내 양 떼 천 마리가 들에 있어. 그걸 저 방목장 꼭대기까지 끌고 올라가게."

그러면 바르크는 올리브 나무로 된 제왕의 지휘봉을 챙겨 들고 양들의 이동을 관리하는 것이다. 암양 떼를 맡은 유일한 책임자로서, 곧 태어날 새끼 양을 위해 날쌘 놈들의 속도를 줄이고, 게으른 놈들을 부추겨 가며, 그는 놈들 모두의 신뢰와 복종 속에서 행진한다. 어느 약속된 땅을 향해 양들이 올라가고 있는지 알고 있는 유일한 존재, 별들 속에서 길을 읽어 내는 유일한 존재, 결코 양들이 함께 누릴 수 없는 불가능한 지혜로 가득한 그는, 자신의 예지에 잠겨 쉴 시간이며 샘물 먹이는 시간을 홀로 결정하는 것이었다. 그래서 밤이 오면 잠든 양들 틈에 서서, 그 숱한 무지로운 연약함에 대한 연민에 사로잡혀, 무릎까지 양털에 파묻힌 채 바르크는 의사이며 예언자이며 왕으로서 자기 백성을 위해 기도하는 것이었다.

어느 날 아랍인들이 그에게 다가왔다.

"함께 가서 남쪽의 가축들을 찾아보세."

아랍인들은 모하메드를 오랫동안 걷게 하였다. 사흘 후 그가 비투항 지역 경계에 위치한 어느 깊은 산길에 이르자 그들은 그저 어깨 위에 손을 얹고 바르크라는 세례명을 부여하고는 그를 팔아넘긴 것이다.

나는 다른 노예들도 알고 있었다. 날마다 차를 마시러 텐트 안으로 찾아갔던 것이다. 유목민들이 몇 시간 동안 머물기 위해 깔아 놓은, 그들의 호사품인 두툼한 양탄자 위에 맨발로 누워 하루의 여정을 음미해 보곤 하였다. 사막에서는 시간의 흐름이 느껴진다. 태양의 열기 아래 사람들은 저녁을 향해 걸어가고, 팔다리를 목욕시키고 땀을 씻어줄 시원한 바람을 향해 걸어간다. 태양의 열기 아래에서는, 짐승이나 사람이나 모두 죽음으로 행진하고 있는 것만큼 분명하게 거대한 물가로 행진하고 있다. 이와 같이 여기서 누리는 한가로움은 결코 쓸모없는 것이 아니다. 그렇게 하루하루는 바다로 이어지는 길처럼 아름답게 보이는 것이다.

나는 이 노예들을 잘 알고 있었다. 주인이 풍로며 주전자며 잔들을 끄집어 낼 때면 노예들이 텐트 안으로 들어온다. 이 상자는 엉뚱한 물건들, 열쇠 없는 자물쇠며, 꽃 없는 꽃병이며, 서푼짜리 거울이며, 고물 무기들로 묵직한데, 이들은 마치 사막 한복판에서 좌초된 난파선의 파편들을 연상시킨다.

그러면 노예는 벙어리처럼 풍로에 마른 잔가지를 얹어 불씨를 불어 대고, 주전자를 채우며, 어린 계집아이 정도의 힘으로도 능히 할 수 있는 일에 삼나무 뿌리라도 뽑을 근육을 휘둘러 대는 것이다. 그는 차분하다. 차를 우리고, 단봉낙타를 돌보고 먹고 하는 자신이 맡은 일에 여념이 없다. 뜨거운 태양 아래 밤을 향해 걸어가고, 얼음같이 차가운 별거숭이 별 아래서는 대낮의 열기를 기원한다. 눈의 전설을 지어 내는 여름, 태양의 전설을 지어 내는 겨울이 이루는 사계절이 있는 북쪽 나라들은 행복하고, 한증막 속에서 커다란 변화가 없는 열대는 서글프도다. 하지만 낮과 밤이 사람들을 이 희망에서 또 다른 희망으로 그토록 간단히 옮겨 보내 주는 이 사하라 역시 행복하도다.

가끔씩 흑인 노예가 출입문 앞에 쪼그리고 앉아 저녁 바람을 음미하고 있다. 이미 포로 신세의 그 굼뜬 몸에는 떠오를 기억도 없다. 기껏해야 그 유괴되던 때, 자신을 현재의 어둠 속에 처박은 사람의 그 주먹질, 그 고함소리, 그 두 팔이 기억날 뿐이다. 그 시간 이후 그는 장님처럼 세네갈의 천천히 흐르는 강 풍경도, 남모로코의 흰 도시들 풍경도 상실하고, 귀머거리처럼 정다운 목소리들의 여운도 상실한 채, 기이한 잠 속으로 점점 더 빠져 들어간다. 이 흑인은 불행한 것이 아니라 불구인 것이다. 어느 날 이 유목민

족의 삶의 순환에 빠져, 그들의 이동에 엮여서, 그들이 사막에 그려 놓은 궤도에 평생 묶여 있는 노예로서, 이후 그에게는 죽은 것들이나 다름없는 과거며 가정이며 처자들과 관련해서 그가 무슨 기억을 지닐 수 있단 말인가?

긴 시간 큰 사랑으로 살아온 사람들이 어쩌다 사랑을 상실하게 되면 이따금 고독한 자신들의 높은 지위에 염증을 느끼게 된다. 그들은 겸손하게 삶으로 돌아가고 평범한 사랑으로 그들의 행복을 일구어 낸다. 그들은 포기하고, 스스로 노예가 되어, 사물들의 평화 속으로 들어가는 것을 기분 좋게 받아들였다. 노예는 주인의 잉걸불을 자신의 긍지로 여긴다.

"자아, 마셔." 가끔씩 포로에게 주인이 이렇게 말한다.

주인이 모든 피로와 찌는 듯한 더위로부터 나란히 벗어나 시원함을 누리게 된 탓에 노예를 어질게 대하는 경우에 그렇다. 그래서 노예에게 한 잔의 차를 허용하는 것이다. 그러면 노예는 그 차 한 잔 때문에 황송해하며 보은의 마음으로 주인의 무릎에 입을 맞춘다. 노예에 족쇄를 채우는 일은 결코 없다. 그에게는 족쇄가 필요 없잖은가! 얼마나 충실한 그인가! 현명하게도 그는 폐위된 검둥이 왕을 내면으로부터 부정하고 있지 않은가. 그는 이제 행복한 포로일 따름이다.

하기야 언젠가는 그도 해방이 되리라. 밥값이건 옷값이건 그 몫을 해내지 못할 만큼 늙어지면, 그에게 과분한 자유를 부여하게 될 것이다. 그는 사흘 동안을 이 텐트에서 저 텐트로 다니며 종이 되기를 구걸하지만 헛일이다. 날마다 점차 기력이 쇠하여 사흘째 되는 날이 저물어 갈 무렵 여전히 그는 아무 불평 없이 모래 위에 드러눕고 말 것이다. 그렇게 나는 쥐비에서 노예들이 벌거벗은 채 죽어 가는 것을 본 적이 있다. 무어족들은 노예들의 기나긴 단말마의 고통 주위를 비집고 다녔지만 그렇다고 잔인한 마음에서 그런 짓을 하지는 않는다. 무어 아이들이 그 시커멓게 죽어 가는 몸뚱이 잔해 주위에서 놀고 있었다. 새벽마다 장난삼아 그 잔해가 아직도 살아 움직이고 있는지 살피러 달려가지만 그렇다고 이 늙은 노예를 비웃는 법은 없었다. 지극히 당연한 일이었다. 그것은 마치 노예에게 이렇게 말하는 것이나 진배없었다. "넌 참 잘했어. 그러니 잠잘 권리가 있지. 그러니 어서 가서 잠들어."

여전히 축 늘어져 있는 노예는 현기증에 지나지 않는 기아로 고생하고 있으나, 그에게 유일한 괴로움인 불의 따위로 고생하던 것은 아니다. 그는 차츰차츰 땅과 하나가 되어 가고 있었다. 햇살에 말라 버려 땅이 맞아들인 존재로서. 30년간의 노동, 그래서 얻은 수면과 땅에 관한 권리를 지닌 존재로서.

맨 처음 내가 마주친 노예는 신음소리조차 내지 않았다. 하기야 한탄할 대상도 없었을 테니. 나는 그 노예 속에서 일종의 어렴풋한 합의, 탈진하여 눈 속에 쓰러져 꿈과 눈에 푹 빠져 버린 조난당한 등반가의 합의를 읽어 냈다. 나를 마음 아프게 한 것은 그의 고통이 아니었다. 그가 고통을 겪고 있으리라는 생각은 들지 않았다. 그러나 한 인간의 죽음 속에 하나의 미지의 세계가 죽어 가고 있는 것이다. 그래서 그 사람 안에서 스러져 가는 모습들은 어떤 것인지 생각해 보았다. 세네갈의 어떤 농원들이, 남모로코의 어떤 흰 도시들이 점차 망각 속으로 잠겨 들어가는 것인지 하는 것을. 이 시커먼 몸뚱이 속에, 우려낼 차나, 우물로 몰고 갈 짐승 따위의 비참한 근심거리들만 꺼져 가고 있는 것은 아닌지… 노예의 혼이 잠들고 있는 것은 아닌지 혹은 기억이 되살아나 부활한 인간이 그 위대함 속에 죽어 가고 있던 것은 아닌지 판단이 서지 않았다. 그 단단한 두개골이 나에게는 낡은 보물 상자처럼 보였다. 어떤 빛깔의 비단이, 축제의 어떤 모습들이, 또 여기에서는 이토록 낡아 버리고 저 사막에선 쓸모없는 어떤 유물들이 여기에서 난파를 모면하였는지 나는 알 수 없었다. 그 상자는 채워진 채 그리고 무겁게 거기에 있었다. 최후 며칠간의 거대한 수면의 시간 동안, 점차 도로 밤과 뿌리가 되어 가는 이 의식과 육체 속에서 세계의 어떤 몫이 분해되고 있는지 도무지 알 길이 없었다.

"난 가축을 몰았지요. 그리고 제 이름은 모하메드였고요…."

내가 알고 있는 한 주인에게 대든 흑인 노예는 바르크가 처음이었다. 무어족이 그의 자유를 박탈하고 단 하루 만에 이 땅 위에서 갓난아이 이상으로 그를 벌거숭이로 만들어 놓은 것은 아무 문제도 되지 않았다. 신은 폭풍으로 한 인간의 수확물을 그렇게 한 시간 만에 초토화시키기도 한다. 그런데 무어족은 재산의 관점에서보다는 인간이라는 본질적 관점에서 더욱 심각하게 그를 위협하였다. 그래도 바르크는 절대 포기하지 않았다. 그에 반해 많은 다른 포로들은 1년 내내 자기가 먹을 빵을 위해 일하던 불쌍한 목자가 자기 안에서 죽어 가는 것을 그대로 방치하고 있었던 것이다!

바르크는 기다림에 지쳐 보잘것없는 행복에 안주해 버리는 노예들처럼 노예 상태에 안주하지 않았다. 노예 주인이 지니는 호의를 노예로서의 자신의 기쁨으로 삼으려 하지 않았다. 그는 현재로서는 부재하는 모하메드에게, 이제껏 자신의 가슴 속에서 모하메드가 살던 그 집을 남겨 둔 것이다. 텅 비어 쓸쓸한 집, 하지만 다른 그 누구도 살 수 없을 집 말이다. 바르크는, 오솔길에 돋아난 풀들 속에서 그리고 침묵에서 오는 권태 속에서, 충직함으로 죽어 가는 저 백발의 관리인을 닮았다.

그는 이렇게 말하지 않는다. "나는 모하메드 벤 라우셍

입니다.” 대신에 그는 이렇게 말한다. “내 이름은 모하메드였지요”라고, 그 부활만으로도 노예로서의 외모를 지워 줄 이 잊힌 인물이 다시 소생하게 될 날을 염원하며 말하는 것이었다. 가끔씩 밤의 침묵 속에서 그의 추억 모두가 어린 시절의 노래 속 풍요로움으로 그에게 되살아나곤 했었다. 무어족 통역이 우리에게 들려주었다. “한밤중에 말이죠, 한밤중에, 그가 마라케시 얘기를 꺼내더니 울어 버리는 거예요.” 고독에 빠지면 아무도 이러한 회상으로부터 자유로울 수 없다. 그의 내부에서 예전의 모하메드가 아무런 예고도 없이 깨어나, 팔다리를 전체로 죽 기지개를 켜면서 여자라고는 다가온 적이 없는 이곳 사막에서 자신의 옆구리를 채워 줄 여자를 찾기도 하였다. 바르크는 샘물이 흐른 적이 없는 바로 그곳에서 샘물의 노래를 들었다. 그리고 눈을 감고는 자신이 밤마다 매번 같은 별 아래 앉은 채 하얀 집에 살고 있다고 생각해 보는 것이다. 사람들은 거친 털로 엮은 집들에 살면서 바람을 쫓고 있다. 신비롭게 생기 넘치는 그 오래된 듯한 정다움으로, 마치 그 정다움의 끝에 가까이 이른 양 바르크가 내게로 다가왔다. 자신은 만반의 준비가 되어 있으며, 자신의 온정 일체가 준비되어 있으니 그것을 나누어 주기 위해 마라케시로 돌아가기만 하면 된다는 것을 내게 말하고 싶었던 것이다. 그러니 내 편에서 신호만 보내면 충분한 것이다. 그러면 바르크는 미소를 지우며 내게 그 묘안을 가르쳐 주었다. 여태껏 나는 아직도 그러한 묘안을 생각해 본 적이 없었던 것 같다.

"우편물이 내일 떠나잖아요… 아가디르행 비행기에 절 숨겨 가 주세요…."

"불쌍한 바르크 영감!"

우리가 비투항 지대에 묶여 있는데, 어떻게 그의 도주를 도울 수 있었겠는가? 무어족들은 다음 날 바로 이 절도와 모욕에 맞서 무지막지한 학살로 응징해 올 것이다. 기항지 기관사 로베르그, 마르샬, 아브그랄의 도움을 받아 그를 사려고 많은 노력을 했지만, 무어족들은 노예를 구하려는 유럽인들을 매일 만나지는 않는다. 그러니 그들 요구는 도가 지나치다.

"2만 프랑만 주세요."

"사람 놀리는 건가?"

"그놈의 억센 팔을 보시구려…."

그리고 그렇게 여러 달이 흘렀다.

마침내 무어족의 요구도 수그러들었다. 더욱이 편지를 받은 프랑스 친구들의 도움을 받아 바르크 영감을 살 수 있는 여건이 마련되었다.

그것은 멋진 협상이었다. 협상은 일주일간 계속되었다. 열다섯 명의 무어족과 내가 모래 위에 둘러앉아 일주일을 보냈다. 주인의 친구이자 내 친구이기도 한 산적 진 울드 라타리가 은밀히 나를 거들었다.

그는 내가 충고한 대로 주인에게 말하였다. "팔아 버리지그래, 언젠가는 잃어버리고 말 텐데. 병든 몸인데 뭐. 얼핏 눈에 띄지 않지만 속은 곪았거든. 언젠가 때가 되면, 갑자기 퉁퉁 부어오를 거야. 프랑스놈에게 얼른 팔아넘겨."

또 다른 산적 라기한테는 이 구매를 성사시키는 데 도움을 주면 커미션을 주겠다고 약속한 바 있다. 라기가 주인을 슬슬 부추겼다.

"아, 그 돈으로 낙타하고 총기하고 탄알을 사라고. 그럼 습격대로 무장해서 프랑스놈들하고 한판 붙으러 가는 거야. 그렇게 해서 아타르에서 완전 새로운 놈으로 서너 놈 끌고 와. 저 늙다리는 처분해 버리시지."

그렇게 해서 주인은 내게 바르크를 팔았다. 그 늙은 바르크가 밖에 지나다니는 비행기 앞에서 어정거리기에, 무어족들이 도로 잡아 더 먼 곳으로 되팔아 버릴지도 몰라 자물쇠를 채운 바라크 건물에 엿새 동안 감금해 버렸다.

어쨌든 나는 그를 노예 상태로부터 해방시켜 준 것이다. 이것은 정말 멋진 의례였다. 그 지역 이슬람 성자, 옛 주인 그리고 쥐비의 추장 이브라힘이 왔다. 보루 담벼락에서 20미터 근처라면 단지 나를 한판 갖고 놀 요량으로 바르크의 목을 베어 버렸을 이 세 해적이, 바르크를 뜨겁게 포옹하며 공식 문서에 서명하였다.

"자네는 이제 우리 아들이다."

법에 의거하자면 내 아들이기도 하였다.

그래서 바르크는 그의 모든 아버지들과 포옹한 것이다.

출발 시간까지 그는 우리 바라크 속에서 편안한 연금 생활을 보내었다. 하루에도 스무 번씩 그 간단한 여행을 설명해 보도록 시켰다. 아가디르에서 비행기를 내릴 것이고, 그 비행장에서 다시 마라케시행 버스표를 교부받을 것이었다. 아이가 탐험가 놀이를 즐기듯, 바르크는 자유인 놀이를 즐기고 있다. 그가 다시 맞이하게 될 삶, 그 버스, 그 군중, 그 도시들을 향한 그 걸음…

로베르그가 마르샬과 아브그랄을 대신해서 나를 찾아왔다. 바르크가 비행기에서 내려서 쫄쫄 굶는 일은 없어야 한다는 것이다. 그들은 바르크를 위해 1천 프랑을 내게 건네주었다. 이렇게 해서 바르크는 일자리를 찾아 나설 수 있게 되었다.

그러자 "자선을 베푼답시며," 20프랑을 기부하고는, 감사 표시를 요구하는, 자선 사업가 노부인들 생각이 났다. 항공기관사들인 로베르그, 마르샬, 아브그랄은 천 프랑을 내고도, 자선을 베푼 것도 아니었고, 감사 표시조차 요구하지 않았다. 이들은 저 행복을 기원하는 노부인들처럼 동정에 의해 행동하는 것도 아니었다. 그들은 그저 한 인간에게 인간으로서의 존엄성을 돌려주는 데 기여했을 따름이다. 나처럼 그들 역시, 일단 귀향에서 유래하는 도취의 약발이 사라지고 나서 처음으로 바르크를 찾아올 충실한 친구는 결국 빈곤이라는 사실과 석 달도 채 못 되어 바르크가 어느 철도길 위에서 침목을 뽑느라 고생하고 있을 것이라는 사실을 너무도 잘 알고 있었던 것이다. 사막에서 우리와 함께 지낼 때보다 더 불행할지도 모른다. 하지만 그는 자기 가족 품에서 그 자신의 삶을 살 권리를 지니고 있었다.

"자, 바르크 영감, 가서 인간이 되시오."

출발 준비를 마친 비행기가 부르릉거리고 있었다. 바르크는 마지막으로 카프 쥐비의 거대한 황야 쪽으로 몸을 숙였다. 비행기 앞에는 삶의 문턱에 서 있는 노예가 짓는 표정이 어떤지를 살피러 온 200명의 무어족이 떼를 지어 있었다. 조금 가다 비행기가 고장이라도 일으키면 태연히 그를 다시 잡아올 요량이었던 것이다.

우리는 이 쉰 살 난 갓난아이를 세상에 내보내는 데 대해 약간 우려를 표명하며 그에게 작별 신호를 보냈다.

"잘 가게, 바르크!"

"아니죠."

"아니라니 그게 무슨 말이야?"

"아니라니까요. 난 모하메드 벤 라우셍이거든요."

우리 부탁으로 아가디르까지 바르크를 바래다준 아랍인 압달라로부터 우리는 그에 관한 마지막 소식을 들었다.

버스는 저녁이 되어서야 출발하게 되어 있었고, 그래서 바르크는 종일토록 여유가 있었다. 처음에는 바르크가 작은 시가지를 하도 오랫동안 아무 말도 없이 헤매고 다니기에 압달라는 그가 안절부절못하고 동요하고 있다고 짐작하게 되었다.

"무슨 일 있어요?"

"아무 일도 아냐…."

바르크는 이 갑작스러운 휴가에 너무 푹 빠진 나머지 아직 자신의 부활을 실감하지 못하고 있었다. 어렴풋한 행복을 느끼고 있던 것은 사실이지만, 이 행복을 제외하면 어제의 바르크와 오늘의 바르크 사이에는 이렇다 할 차이가 없었다. 하지만 이젠 남들처럼 평등하게 그 햇살을 누리고 있었고, 여기 이 아랍 카페의 정자 아래 앉을 권리도 누리고 있었다. 그는 자리를 잡고 앉았다. 압달라와 자기가 마실 차를 주문하였다. 이것이 그의 주인으로서의 첫 행동이었다. 그 권위가 그의 용모까지 바꿔 놓았을지 모르는 일이다. 그런데 웨이터는 바르크의 행동이 일상적이기라도 하듯 전혀 놀라지도 않고 그에게 차를 따랐다. 그렇게 차를 따르면서도 웨이터는 자신이 한 자유인에게 경의를 보내고 있는 줄은 모르고 있었다.

바르크가 말하였다. "딴 데로 가 보자."

그들은 아가디르를 굽어보는 카스바[43] 쪽으로 올라갔다.

어린 베르베르족[44] 댄서들이 그들한테로 왔다. 그토록 다정스럽게 능란한 솜씨를 흔들어 보이자 바르크는 곧 다시 살아날 것 같은 생각이 들었다. 본인들은 그 사실을 모

43 북아프리카의 알제 혹은 튀니스 같은 성곽도시 혹은 그 도시의 구시가지medina를 의미하며 주로 도시 중심 지역의 높은 언덕이나 단구에 자리 잡고 있다.

44 Berbers. 아프리카 북부 지중해 연안 및 사하라 사막에 거주하는 함어계 종족.

르지만 바르크가 삶으로 맞이하고 있는 이들은 바로 이들이었다. 그의 손을 잡고는 공손히 차를 권하였다. 그러나 마치 다른 모든 사람에게도 그랬을 것처럼 말이다. 바르크는 자기의 부활을 이야기하고 싶었다. 여자들은 다소곳이 웃고 있었다. 그가 즐거워하고 있었기에 소녀들도 그를 위해 즐거워하고 있었다. 여자들의 감탄을 자아내려고 바르크가 덧붙였다. "난 모하메드 벤 라우셍이야." 그러나 여자들은 조금도 놀라지 않았다. 세상사람 누구나 할 것 없이 이름은 하나씩 지니게 마련이고 또 그토록 먼 곳으로부터 돌아오는 사람도 많은 법이기에…

그는 압달라를 재차 시가지 쪽으로 데리고 갔다. 그는 유대인 노점 앞에서 어정거리다, 바다를 바라보고는, 이렇게 생각하였다. 나는 어느 방향으로든지 내 마음대로 걸어갈 수 있다. 나는 자유다… 그런데 이 자유가 그에게는 쓰라리게 비쳐졌다. 특히 자신이 어느 정도 세상과 단절된 상태에 있는지를 이 자유를 통해 스스로 깨닫게 되었다.

마침 지나가는 아이가 있어 바르크가 그의 볼을 살며시 쓰다듬어 주었다. 아이가 빙그레 웃었다. 이 아이는 아부의 대상으로서의 주인 아들이 아니었다. 바르크가 쓰다듬어 준 아이는 허약한 아이였다. 그리고 아이는 바르크에게 미소 짓고 있었다. 이 아이가 바르크 내부의 무엇인가를 일깨웠고, 자기에게 미소 지을 수밖에 없던 이 허약한 아이 덕분에 바르크는 이 세상에서 좀더 중요해진 자신을 감지한 것이다. 그는 이제 어렴풋이 무엇인가를 알아채기 시작한 듯하더니 큰 발걸음으로 걸어갔다.

"뭘 찾아요?"

압달라가 물었다.

"아무것도 아냐." 바르크가 대답하였다.

하지만 어느 길모퉁이에서, 놀고 있는 놀고 있는 아이들의 무리와 마주치자, 그는 멈추어 섰다. 바로 여기에서였다. 그는 아무 말 없이 아이들을 바라보았다. 그러고는 빠져나와 유대인 가게로 가더니 선물을 품에 안고 돌아왔다. 압달라는 짜증이 났다.

"멍청하긴, 돈을 아껴야지!"

바르크는 더 이상 말을 듣지 않았다. 점잖게 아이들 모두에게 오라고 신호를 보냈다. 어린애들은 장난감이니 팔찌니 금박 슬리퍼를 향해 고사리 같은 손을 내밀었다. 그리고 보물을 제대로 챙긴 아이들은 저마다 휑하니 달아나 버렸다.

아가디르의 다른 아이들도 이 소식을 듣고 그에게 달려왔다. 바르크는 금박 슬리퍼를 신겨 주었다. 그러자 아가디르 근처의 다른 아이들도 저마다 이 소문을 주워듣고 자리를 박차고 일어나 고함을 지르며 이 검은 신에게 매달려 그 낡은 노예 옷을 부여잡고, 자신들의 몫을 요구하였다. 바르크는 알거지가 되었다.

압달라는 바르크가 "기쁨에 겨워 돌아 버린 것"이라 믿었다. 하지만 바르크로서는 분에 넘치는 기쁨을 나누어 준다 해서 문제될 것이 없다고 생각한 것이다.

그는 자유인이었다. 그래서 그에게는 기본적인 재산 다시 말해 서로 사랑을 나눌 권리, 북쪽이건 남쪽이건 마음대로 갈 권리, 노동으로 다시 빵 값을 벌 권리가 있었다. 그 돈이 무슨 소용이랴… 사람들이 심한 허기를 절감하듯, 다른 사람들과 관계를 맺은, 사람들 사이의 한 존재가 되어야 한다는 필요성을 절감해 버린 것을. 춤추는 아가디르

댄서들이 늙은 바르크에게 다정다감하게 대해 준 것은 사실이지만, 쉽게 왔듯이 헤어질 때도 쉽게 그 여자들과 작별을 고하였다. 여자들이 그를 필요로 하지 않았기에. 아랍 가게 점원, 도로의 행인들 모두 그의 내면에 있는 자유인을 존경했고, 그와 더불어 그네들의 햇살을 평등하게 나누었지만, 아무도 자신이 바르크를 필요로 하고 있다는 사실을 일러 주지는 않았었다. 그는 자유인이었다. 하지만 자신이 땅 위를 걸어가고 있음을 느끼지 못할 정도로 한없이 자유로웠다. 그에게는 앞으로 내딛는 걸음을 제지하는 인간관계가 주는 부담감이 결여되어 있었으며, 이 눈물들, 이 별리들, 이 비난들, 이 환희들, 매번 어떤 동작을 구상할 때마다 한 사람이 보듬어 주기도 하고 갈기갈기 찢어 놓기도 하는 모든 것, 자신을 남들과 이어주고 부담 지우는 수많은 관계들이 결여되어 있었다. 그러나 이미 바르크는 천 개의 희망 속에 안정감을 찾아가고 있었다…

그리고 바르크의 치세는 아가디르 위로 저물어 가는 태양의 영광 속에서, 또 그렇게도 오랫동안 그가 기다렸던 유일한 달콤함, 유일한 마구간으로서의 저녁의 시원함 속에서 시작되었다. 출발 시간이 다가오자 바르크는 그 옛날 암양 떼에 휩싸였을 때처럼 아이들의 물결 속에 파묻혀 이 세상에 첫 이랑을 갈아 일구며 앞으로 나아갔다. 내일이면 그는 가족의 빈곤 속으로 되돌아가, 아마도 두 늙은 팔로 부양할 수 있는 그 이상의 삶들을 책임지게 할 것이다. 하지만 이미 아이들 틈에서 그는 자신의 진정한 가치를 실감하고 있었다. 사람들의 삶을 살기에는 너무도 가볍지만, 속임수를 부려, 허리띠 속에 납을 넣어 봉한 대천사처럼, 바르크는 그렇게도 금박 슬리퍼를 필요로 하던 아이들에 끌려 지상에서의 어려운 걸음을 내딛고 있었다.

VII

사막은 이런 것이다. 게임의 규범으로서의 코란 한 권이 사막의 모래를 제국으로 변화시킨다. 텅 비었을 것만 같은 사하라 사막 저 깊숙이 인간의 열정을 뒤흔드는 은밀한 작품이 공연되고 있다. 사막에서의 진정한 삶은 목초지를 찾아 떠나는 부족들의 행군에 있는 것이 아니고, 사막에서까지 공연되는 연극에 있다. 투항 사막 지대와 비투항 지대 간의 질적 차이는 정말 대단하다! 사람 사는 세상이 다 이와 같지 않겠는가? 이렇게 변모한 사막을 마주하면, 나는 유년 시절에 즐기던 온갖 놀이들이 생각난다. 우리가 신들의 거처로 마련해 놓은 거무스레하면서도 황금빛으로 빛나던 공원이며, 전체를 다 알 수도 없고, 다 뒤지지도 못해 겨우 1평방킬로미터 넓이에 한정해서 만들어 놓은 광대한 왕국이 떠오른다. 걸음걸음마다 어떤 취향이 서린, 사물들마다에 다른 어느 곳에서도 허용되지 않은 어떤 뜻이 서린 폐쇄된 문명을 우리가 만들어 가고 있었다. 성인이 되어 다른 법률하에서 살게 되었을 때, 어린 시절의 그림자 가득한 공원, 마법의 공원, 얼어붙어 있으면서도 불타오르는 그 공원으로부터 남은 것은 무엇인가. 이제 그 공원으로 돌아와, 우리가 광대한 왕국으로 삼았던 지역이 이렇듯 좁은 울타리 안에 갇혀 있었음에 놀라고, 또 돌아갈 곳은 공원이 아니라 그 놀이 속이기에, 그 광대한 왕국으로는 결코 귀환할 수 없음을 알게 된 지금, 일종의 절망감으로 이

잿빛 돌담 밖을 걷는 그 공원으로부터 남은 것은 무엇이란 말인가.

그러나 이젠 비투항 사막 지대도 없다. 카프 쥐비, 시스네로스, 푸에르토 칸사도,[45] 사귀아엘함라,[46] 도라,[47] 스마라,[48] 그 어디에도 이제 신비는 없다. 일단 따뜻한 손아귀의 덫에 걸려들면 빛을 잃고 마는 벌레들처럼 우리가 좇던 지평선들도 하나둘씩 꺼져 갔다. 하지만 지평선을 좇던 자가 환영의 노리개였던 것은 아니다. 지평선들을 찾아 나섰던 당시, 우리가 잘못을 범한 것은 아니다. 저《천일야화》의 술탄 또한 그렇다. 하도 신묘한 소재를 추구한 술탄이기에, 그 손길로 품에 안긴 아름다운 포로들을 어루만지기만 하면 이들은 날개의 황금빛을 상실하고 차례차례 새벽의 여명 속에 사라져 갔던 것이다. 우리의 정신은 사막이 부리는 마술을 양식으로 삼아 왔다. 다른 사람들은 사막에 유정을 파고, 그것을 상품화하여 부자가 될 수도 있

45 Puerto Cansado. 모로코 라윤Laayoune 부근 해안 사막 지대.

46 la Saguet-El-Hamra. 붉은 수로를 뜻하는 서사하라 북부 지역. 수도는 라윤.

47 Dora. 라윤의 다른 이름.

48 Smarra. 서사하라 유목민 캠프 지역.

다. 그러나 그들이 온다 해도 때는 너무 늦을 것이다. 왜냐면 금단의 종려나무 숲 혹은 조개 껍데기들이 만들어 내는 순결한 가루는 우리에게 그들의 가장 귀중한 몫을 양도하였기 때문이다. 이들이 우리에게 제공한 것은 단 한 시간의 열정이었고 그래서 우리는 그 열정의 시간을 체험한 것이다.

*

사막이라? 언젠가 내게 사막 심장부에 다가갈 기회가 주어졌다. 1935년 인도차이나로 가는 장거리 시험 운항 도중, 이집트의 리비아 접경에서 끈끈이에 붙들리듯 사막에 붙들리고 말았다. 나는 죽는 줄만 알았다. 그 이야기를 해 보자.

VII. 사막 한가운데에서

I

지중해로 접어들어서면서 나는 낮은 구름들을 만났다. 고도 20미터까지 하강해 보았다. 소낙비가 앞창을 두드리고 해수면 위로는 연기가 솟는 듯하였다. 무엇인가 지형지물을 발견하려고, 또 기선 마스트와 충돌을 피하려고 무척이나 애를 먹었다.

내 기관사 앙드레 프레보가 담뱃불을 붙여 준다.

"커피 있나…."

그는 비행기 안쪽으로 사라졌다가 보온병을 들고 온다. 커피를 마신다. 순조롭게 RPM을 200으로 유지하려고 이따금 가스 핸들을 손가락으로 튕겨 본다. 계기판을 죽 한 번 훑어본다. 내 부하들은 나를 잘 따르는지라 계기바늘마다 제자리를 정확히 지키고 있다. 빗줄기 속에서도 거대한 냄비처럼 김을 내뿜는 바다 위로 시선을 던진다. 내가 만일 수상비행기로 비행하고 있다면 그토록 "골이 깊은" 바다를 탓하리라. 그런데 나는 비행기에 있다. 골이 깊건 말건 바다에 내릴 수 없는 법이다. 그런데 이유는 알 수 없어도 그 사실이 일종의 부조리한 안정감을 부여한다. 바다는 내 소유가 아닌 세계의 일부이다. 여기서 일어나는 사고는 내가 알 바 아니며, 내게 위협도 되지 않는다. 바다에 맞추어 비행 장비를 장착하는 것은 아니기 때문이다.

한 시간 반을 날자 비가 잦아들었다. 구름들은 여전히 매우 낮게 깔려 있었으나, 구름 사이로 커다란 미소를 짓듯 태양 광선이 내리쬐고 있다. 서서히 조짐이 드러나는 청명한 기후에 나는 탄복하고 있다. 머리 위로 하얀 구름이 솜처럼 얇게 깔려 있음을 예감한다. 소나기를 피하려고 사선으로 비행해 본다. 그 심장부를 가로 지를 필요가 없어졌으니까. 드디어 처음으로 구름의 갈라진 틈이 드러나고 있다…

보이지는 않아도 미리 예감하고 있었다. 정면 바다 위로 기다란 초원의 빛을 띤, 초록빛으로 빛나는 사막 한복판의 오아시스가 보였기 때문이다. 내가 사막을 3천 킬로미터나 날아 세네갈로부터 되올라 오던 때 모로코 남쪽 지역에서 내 심장을 파고들던 그 보리밭의 색과 닮은 오아시스 말이다. 여기서도 나는 이제 살 만한 지역에 진입했음을 느끼며, 가벼운 쾌감을 맛본다. 프레보 쪽으로 몸을 돌린다.

"끝났어, 이제 괜찮아!"

"네, 이제 괜찮아요…."

여기는 튀니스. 휘발유를 가득 채우는 동안 나는 서류에 사인하고 있다. 그런데 사무실을 나오는 순간, "풀썩!" 하고 다이빙할 때 나는 것 같은 소리가 들린다. 메아리 없는 저 둔탁한 소리들의 하나가. 바로 그 순간 나는 이와 비슷한 소리를 들었던 기억이 난다. 격납고에서 일어난 폭발소리 말이다. 이 목쉰 기침 소리 속에 사람이 둘이나 죽었었다. 활주로를 따라 난 길 쪽으로 몸을 돌린다. 약간의 먼지가 피어오르고 있다. 빠른 속도를 내고 달리던 자동차 두 대가 충돌하더니, 빙하에 박힌 듯 꼼짝도 않고 멈춰서 있다. 더러는 그쪽으로 달려가고 더러는 우리에게 달려온다.

"전화해… 의사 부르라고… 머리가 으깨졌어…."

가슴이 에이는 듯하였다. 고요한 황혼 어스름 속에 막 운명이 성공적으로 습격에 성공을 거둔 것이다. 아름다움 하나가, 지식 하나가 혹은 생명 하나가 짓밟힌 것이니… 해적들이 이렇게 사막을 행군해 왔어도 그 모래 위를 유연하게 밟는 발자국 소리는 아무도 들을 수 없었다. 야영에서의 약탈로 일어나는 짤막한 소요였다. 이어서 모든 것이 황금빛 고요 속으로 잠겨들었다. 똑같은 평화, 똑같은 침묵… 곁에서 누군가 절단 난 두개골 이야기를 한다. 그 유혈이 낭자한 얼굴에 관해서는 아예 알고 싶은 마음이 일어나지 않아, 등을 돌려 비행기로 돌아온다. 그래도 위협적인 인상이 가슴에서 가시지가 않는다. 그때 그 소리는 금방 알아들을 수 있을 것 같다. 시속 270킬로미터로 나의 검은 고원을 스치며 비행할 때면 똑같은 목쉰 기침 소리와 맞닥뜨리게 될 것이다. 약속 장소에서 우리를 기다리던, 운명이 내는 '앗' 하는 똑같은 소리 말이다.

벵가지로 출발한다.

II

비행 중이다. 해가 지려면 아직도 두 시간 남았다. 트리폴리타니아[49]에 들어섰을 때 나는 이미 검은 안경을 벗어 던졌다. 모래가 황금빛으로 빛나고 있다. 이 지구는 어찌 이리도 적막한 것인지! 또다시 강이며, 녹음이며, 사람들의 거주지란 것들이 여기에서는 다행스러운 우연의 일치에서 유래하는 것처럼 내게 비쳐진다. 얼마나 많은 부분을 바위와 모래가 차지하고 있는가!

하지만 내게는 이 모두가 기이하다. 나는 비행 영역에 살고 있는 것이다. 마치 사원에서처럼 자신을 가두는 시간으로서의 밤이 다가옴을 느낀다. 구원을 줄 수도 없는 명상 속에서 본질적인 의식의 은밀함 속에 자신을 가두는 밤 말이다. 불경스러운 세상은 이미 모두 지워져 곧 사라져 버릴 것이다. 이 풍경 구석구석마다 아직은 황금빛을 머금고

---

49 la Tripolitaine. 리비아 북동 지중해 연안 지역. 고대 그리스의 세 도시 오에아Oea, 렙티스 마그나Leptis Magna, 사브라타Sabratha가 이곳에 있으며 수도 트리폴리의 이름도 여기에서 유래함.

있으나 이미 벌써 무엇인가 거기로부터 빠져나가고 있다. 분명 말하지만 나는 아무것도 모른다. 지금 이 시간만큼 가치를 지니는 것은 없다. 그리고 비행에 대한 말로 다할 수 없는 깊은 애정을 경험한 자들은 나를 잘 이해한다.

그래서 내가 점차 태양을 포기해 가는 것이다. 여차하면 사고 시에 나를 맞아 줄 드넓은 황금빛 표면을 포기한다… 나는 포기한다, 나를 이끌어 줄 표지판들도. 나를 장애물로부터 피하게 해 줄 공중에 버틴 산악의 단면들도. 나는 밤 속으로 들어간다. 나는 항해하고 있다. 나를 위한 것이라곤 오로지 별뿐이다…

세상의 이 죽음은 서서히 진행되고 있다. 또한 점차 빛이 내게서 빠져나간다. 점차 땅과 하늘이 섞여 든다. 마치 이 땅이 솟아올라 수증기처럼 퍼져 나가는 것 같다. 처음 떠오른 별들이 마치 초록빛 바닷물 속에서 그랬듯이 떨고 있다. 이들이 견고한 금강석이 되기까지는 아직도 오랜 시간을 기다려야 한다. 유성들이 벌이는 침묵의 유희를 보려면 아직도 한참을 기다려야 하리라. 어떤 깊은 밤에는 한밤중 달리는 불꽃을 어지간히 본 탓에 마치 별들 사이로 광풍이 일어나는 것처럼 보일 때도 있었다.

프레보가 일상등과 비상등을 시험해 본다. 우리는 전구에 붉은 종이로 갓을 씌웠다.

"한 겹 더 쌀까…."

프레보가 다시 한 겹을 더 입히고는 스위치를 켜 본다. 조명이 여전히 너무 밝다. 조명은 사진관에서 그러하듯 외부 세계의 어렴풋한 모습들을 가려 버리는 것 같다. 조명 때문에 밤이면 이따금 여전히 계기들에 붙어 있는 저 얼마 안 되는 인광마저 다 말라 버릴 것이다. 그 밤이 왔다. 그러나 아직 진정한 생명은 아니다. 초승달이 남아 있다. 프레보가 뒤쪽으로 기어 들어가 샌드위치를 갖고 나온다. 포도송이 하나를 깨죽거려 본다. 배가 고픈 것은 아니다. 허기도 아니요, 갈증도 아니다. 피로도 전혀 느끼지 못하겠다. 이대로 한 10년은 더 조종할 수 있을 것 같다.

달이 죽어 버렸다.

캄캄한 밤 속에 벵가지[50]에 이른 듯하다. 시가지 경계를

---

50 Bengnazi. 리비아 제2의 도시. 트리폴리타니아와 접하고 있는 키레나이카Cyrenaica 지역의 수도.

알리는 그 어떤 빛의 흔적도 드러나지 않을 정도로 벵가지는 진정 깊은 어둠 속에 잠들어 있다. 도착하면서야 비로소 시가지가 눈에 들어왔다. 착륙장을 찾고 있었다. 그런데 저기 그 붉은 표지등에 불이 들어온다. 불이 들어오니 검은 직사각형의 틀이 뚜렷이 드러난다. 나는 선회한다. 하늘을 비추는 관제등의 불빛이 소방호스에서 뿜어져 나오는 물줄기처럼 똑바로 치솟아 축을 중심으로 회전하며 착륙장에 황금 도로를 그려 놓는다. 장애물들을 제대로 살피기 위해 나는 다시 선회한다. 이 비행장의 야간 시설은 탄복할 만하다. 속력을 낮추고 시커먼 물속으로 잠수하듯 나는 하강하기 시작한다.

착륙 시간은 현지 시간 23시. 관제등 쪽으로 비행기를 몰아간다. 세계에서도 가장 절도 있는 장교와 사병들이 어둠으로부터 탐조등의 강렬한 빛 속으로 지나가는 것이 보이다 말다 한다. 내 서류를 접수하더니 휘발유를 가득 채우기 시작한다. 20분이면 통과 수속이 끝날 것이다.

"한 번 회전한 후, 이 위로 통과하시오. 안 그러면 이륙이 제대로 됐는지 알 수 없으니까."

출발이다.

나는 이 황금빛 활주로 위, 장애물도 없는 통로 쪽으로 질주한다. "시문"[51] 기종의 내 비행기는 활주로가 끝나기 전에 초과해서 실은 적재물을 이륙시킨다. 탐조등 빛이 뒤에서 나를 비추는 바람에 선회하는 데 애를 먹었다. 결국 탐조등이 나를 풀어 준다. 눈부시게 했음을 눈치챈 모양이다. 수직으로 반 회전하는 순간 탐조등이 또다시 내 얼굴을 비춘다. 하지만 불빛은 내게 닿자마자 나를 비껴나 그 긴 황금 플루트를 다른 곳으로 돌린다. 이러한 신중함에서 나는 극도의 예절을 느낀다. 그리고 지금 나는 다시 사막을 향해 기수를 돌린다.

파리, 튀니스와 벵가지로부터의 기상 예보들이 시속 30킬로미터 내지 40킬로미터의 바람이 내 뒤를 좇고 있음을 통보해 주었다. 나는 시속 300킬로미터의 순항을 기대해 본다. 알렉산드리아와 카이로를 잇는 직선 구간의 한복판

---

51 Caudron Simoun. 생텍쥐페리가 1935년 7월 개인적으로 구입한 비행기. 뒤의 내용에서 알 수 있듯이 기상 오보로 리비아 사막에 불시착하면서 기체가 폭파된다.

으로 기수를 돌린다. 그렇게 나는 해안의 금지 구역을 피할 수 있을 것이다. 또 나를 덮칠지 모르는 예상치 못한 편류를 무릅쓰고라도 오른쪽으로건 혹은 왼쪽으로건 이 도시들 가운데 그 어느 하나의 불빛을 받거나, 혹 좀더 일상적으로 판단해서 나일 강 계곡의 불빛을 받을 수도 있다. 바람이 바뀌지 않는다면 세 시간 이십 분간 비행할 수 있을 것이다. 만일 바람이 잦아든다면 세 시간 사십오 분간의 비행도 가능하다. 그리고 나는 1,050킬로미터의 사막을 접수하기 시작한다.

이젠 달도 보이지 않는다. 별들에까지 확산된 어둠의 아스팔트. 나는 불을 보지도 못할 것이고, 그 어떤 표지의 혜택을 누리지도 못할 것이다. 무전기가 없으니 나일 강에 이르기 전에는 사람이 발신하는 어떤 신호도 받을 수 없다. 심지어 내 나침반이나 스페리[52] 외에는 아무것도 관측할 시도조차 할 수 없다. 어두침침한 계기판 위로 표시되는 엷은 라듐 선의 느린 파동 말고는 다른 것에 더 이상 관심을 줄 만한 여력도 없다. 프레보가 자리를 바꾸면 나는 천

52 sperry. 스페리자이로스코프 사의 자이로스코프.

천히 중심 편차를 수정한다. 적당한 바람을 유지할 만한 고도라고 통보받은 2천으로 상승한다. 그 긴 간격을 두고 일부 야광인 엔진 계기판을 살피기 위해 가끔 램프를 켜기는 하나 대부분의 시간을 암흑 속에 갇혀 보낸다. 별들과 똑같은 광물성 빛, 쓸모도 없고 은밀한 빛을 발산하는, 똑같은 언어로 말을 걸어 오는 내 작은 성좌들 사이에서 말이다. 나 역시도 천문학자들처럼 천체 역학에 관한 책을 읽고 있는 것이다. 나 역시도 근면하고 순수한 인간으로 느껴진다. 바깥세상은 모든 빛이 사라졌다. 제법 잘 버티다가 잠든 프레보가 있고, 그래서 나는 내 고독을 더 제대로 음미하고 있다. 부드럽게 돌아가는 엔진의 소음이 들리고, 정면에 보이는 계기판 위로 이 모든 말 없는 별들이 빛나고 있다.

하지만 나는 명상 중이다. 우리는 달의 혜택도 전혀 누리지 못하고 있고, 무전도 끊겼다. 나일 강 빛이 드리우는 그물을 마주하기 전까지는, 아무리 가는 끈일망정, 우리와 세계를 이어 줄 끈 하나 없는 실정이다. 우리는 삼라만상 밖에 있으며, 우리의 엔진만이 우리를 이 아스팔트 속에 매달려 버티게 한다. 우리는 동화 속 거대한 어둠의 골짜기, 시련의 골짜기를 가로지르고 있다. 여기서는 누가 구조해 주는 법도 없다. 여기서는 실책도 용납되지 않는다. 우리는 신의 재량에 따를 뿐이다.

램프 샤프트 조인트[53]로부터 한 줄기 빛이 새어 나온다. 프레보를 깨워 빛을 끄도록 한다. 프레보는 어둠 속에서 곰처럼 몸을 뒤적이다 앞으로 나간다. 무슨 일인지 나도 모르지만 하여간 열심히 손수건들과 검은 종이를 짜 맞추고 있다. 나의 빛줄기는 사라졌다. 그 빛줄기는 이 세상에서 균열을 이루고 있었다. 그것은 라듐의 창백하고 아득한 빛과는 전혀 다른 성질의 빛이었다. 그것은 어둠의 상자에서 나오는 빛이었지 별빛은 아니었다. 그런데 그 무엇보다 이것이 내 눈을 어지럽히고, 그 나머지 빛들을 지워 버렸다.

비행 세 시간째. 생생하게 느껴지는 환한 빛이 내 오른쪽으로 뿜어져 오른다. 나는 바라본다. 그때까지 내게 모습을 드러내지 않은 채 머물던 기다란 빛의 궤적이 날개 미등에 엉겨 붙는다. 그것은 꺼졌다 켜졌다 하는 간헐적인 미광이었다. 다시 구름 속으로 들어와 버린 것이다. 구름이

53 배전반.

내 램프 빛을 반사하고 있는 것이다. 내 목표물들에 가까이 온 이상 맑은 하늘을 고대했었다. 날개가 주위의 빛을 받아 환해진다. 빛이 자리를 잡더니, 고정된 상태에서, 번쩍번쩍거린다. 그러자 저 아래쪽으로 장밋빛 꽃다발이 형성되고 있다. 두터운 난기류가 나를 뒤흔든다. 두께를 알 수 없는 뭉게구름 바람 속 어딘가로 비행하고 있다. 2,500까지 올라가도 구름을 벗어날 수 없다. 다시 1천으로 내려간다. 꽃다발은 여전히 남아, 요지부동인 채 더욱 반짝거린다. 괜찮아. 잘 나아가고 있어. 막막하지만 말이야. 다른 생각도 해 본다. 여기서 빠져나가면 알게 되겠지. 그래도 저 추악한 여인숙 등불은 영 마음에 안 드는걸.

나는 머리를 굴려 본다. "약간 요동치고 있긴 하지만 여기선 이게 정상이야. 헌데 맑은 하늘과 이 정도 고도에도 불구하고 이놈의 노선 내내 난기류를 받다니. 바람은 전혀 잦아들려 하지 않고. 그러니 시속 300킬로미터에서 속도를 더 올려야 할 것인가." 어쨌거나 더 이상 정확한 판단이 서지 않으니, 구름을 벗어나면 그때 가서 다시 해 보도록 하자.

그러다 구름에서 벗어난다. 돌연 꽃다발이 사라져 버린

다. 그 사라짐이 내게 사고를 예고한다. 정면을 주시해 본다. 그러다 아무것도 볼 수 없게 된 지경에 이르러 하늘과 다음 뭉게구름 벽 사이 하늘로 난 좁은 계곡이 눈에 들어온다. 꽃다발은 벌써 되살아나 있다.

이제는 이 끈끈이를 빠져나갈 수 없다. 단 몇 초 동안만은 예외로 하자. 비행 세 시간 삼십 분간을 맞이하자 이 끈끈이가 불안스러워지기 시작한다. 내 예상대로 전진해 왔다면 나일 강에 가까이 와 있을 것이기 때문이다. 운만 약간 따라 주면 어쩌면 좁은 수로들을 가로질러 나일 강을 볼 수도 있겠건만, 수로들은 거의 보이지 않는다. 더 내려갈 엄두가 나지 않는다. 혹시라도 생각보다 저속으로 더디게 날아 왔다면 나는 여전히 고지 상공을 날고 있으리라.

아직 불안감이 엄습하지는 않는다. 걱정거리라면 단지 시간 낭비를 감수해야 하는 것이라고 할까. 하지만 나의 침착함의 한계를 정해 본다. 네 시간 십오 분간을 비행하였다. 이 시간이면 설사 무풍 속에서라도, 무풍이란 것이 어림도 없는 이야기지만, 나일 계곡을 넘었을 것이다.

구름의 어렴풋한 경계 부분에 이르자 그 꽃다발은, 점점 더 속도를 내서 깜박이며 빛을 발하다 돌연 꺼져 버린다. 밤의 악마들이 나누는 이러한 암호 교신은 딱 질색이다.

정면으로 마치 등대처럼 반짝이는 푸른 별이 하나 출현한다. 이것이 별인지 등대인지? 이 초자연적인 빛, 이 마왕의 별, 이 위험천만한 초대도 이제는 넌더리 난다.

프레보가 깨어나 엔진 계기판에 불을 비춘다. 나는 프레보와 그의 전등을 밀친다. 이제 막 두 구름들의 단층부에 이르렀으니 이를 기회 삼아 아래쪽을 관찰해야겠다. 프레보는 도로 잠이 든다.

그러나 아무것도 보이지 않는다.

네 시간 오 분째 비행 중. 프레보가 다가와 내 곁에 앉는다.

"카이로에 이르렀을 시간인데…."

"그러게 말이지…."

"저건 별이야, 등대야?"

나는 엔진을 좀 줄여 보았다. 아마도 그 소리에 프레보가 깬 듯싶다. 그는 그 다양한 비행 소음 모두에 민감하다. 운집한 구름 아래로 빠져 나가기 위해 천천히 하강하기 시작한다.

방금 내 지도를 훑어보았다. 어쨌거나 나는 고도 제로[54]에 이르렀다. 아무 위험도 감수할 것이 없다. 계속 하강하여 정북으로 기수를 돌린다. 이렇게 나는 기내 창들을 통해 도시들의 불빛을 받아들일 것이다. 아마 도시들을 지나쳤는지도 모르겠다. 그렇다면 도시들은 아마 좌현에서 모습을 드러낼 것 같다. 지금은 뭉게구름 속을 날고 있다. 그래도 좌측으로 더 낮게 내려앉고 있는 또 다른 구름을 따라가 본다. 그 그물에 걸려들지 않도록 기수를 북북동으로 돌린다.

의심의 여지없이 이 구름이 더욱 하강하는 바람에 지평선 전체가 가려져 버린다. 더 이상의 하강은 엄두가 나지 않는다. 내 고도계로 400지점에 이르렀지만 이 지점의 기압에 대해서는 정보가 없다. 프레보가 몸을 숙여 살핀다. 그에게 소리친다. "바다까지는 날아 보자. 바다까지는 기어코 내려가야 해, 충돌을 피하려면 말이지…."

더구나 이미 항로를 벗어나 바다로 흘러든 것은 아닌지 검증할 방도조차 없다. 이 구름 아래의 어둠은 매우 정확

54 두려워할 만한 장애물이 없는 고도.

하게 침투할 여지를 주지 않는다. 몸을 창 쪽으로 밀착시킨다. 내 아래쪽을 읽어 보려 시도한다. 불빛과 신호를 발견하려 애써 본다. 나는 재를 뒤적거리는 사람이다. 나는 화로 밑바닥에서 생명의 잉걸을 찾으려고 애쓰는 그런 사람이다.

"등대잖아!"

우리는 동시에 이 깜박거리는 함정을 본 것이다. 얼마나 미친 짓이었던가! 밤의 발명품, 이 유령 등대는 도대체 어디에 있던 것인가? 왜냐면, 프레보와 내가 우리 날개 아래로 300미터 떨어진 곳에서 그 등대를 찾으려고 몸을 숙인 바로 그 순간, 돌연…

"아아!"

분명 나는 이 말 말고는 아무 말도 하지 않았다고 확신한다. 우리 세상의 근간을 흔들어 놓은 엄청난 폭음 말고는 다른 그 어느 것도 감지한 것이 없었다고 확신한다. 시속 270킬로미터로 맨땅을 들이받고 만 것이다.

확신하건대 그 뒤 1/100초 동안 우리를 기다리고 있던 것은, 우리 둘이 함께 말려 들어간 폭발로부터 발생한 거대한 자주색 별뿐이었다. 프레보도 나도 감정 따윈 하나도 느끼지 못하였다. 내가 내 자신 내부에서 예의 주시한 것은 그저 빗나간 기대, 바로 그 순간에 우리가 그 속으로 사라져 버릴 이 눈부시게 빛나는 별에 대한 기대뿐이었다. 그런데 자줏빛 별은 원래 없었던 것이다. 창을 뜯어 내고, 강판을 100미터씩이나 날려 보내고, 우리 창자를 그 울림으로 가득 채우면서, 우리 조종실을 초토화시킨 일종의 지진이 있었다. 비행기는, 멀리서 날아와 단단한 나무에 박힌 비수처럼 몹시 요동치고 있었다. 이 분노 때문에 우리가 아수라판에 휩싸이게 된 것이다. 1초, 2초… 비행기는 계속 요동쳐 댔다. 그래서 나는 끔찍하게 애를 태우며 비행기에 축적된 에너지에 의해 비행기가 유탄처럼 폭파되기를 기다렸다. 그런데 땅 아래 진동은 결정적인 분화로는 이어지지 못한 채 질질 시간을 끌고 있었다. 이 눈에 보이지 않게 진행되는 고통이 무엇인지 알 수 없었다. 이 요동, 이 분노, 어디서 끝날지 모를 이 유예에 대해서 전혀 파악할 길이 없었다… 5초, 6초… 그러다 갑자기 우리가 회전하는 느낌이 들었고, 창문으로 우리 담배를 내팽개치고 오른쪽 날개를 산산조각 내 버린 그 충격이 느껴졌다. 더 이상 아무것도 없었다. 얼어붙은 정적 말고는 아무것도 없었다. 나는 프레보에게 소리쳤다.

"빨리 뛰어 내려!"

동시에 프레보도 외치고 있었다.

"불이야!"

이미 우리는 튕겨 나간 창에 달려 날아간 것이다. 20미터 떨어진 곳에 우리가 서 있었다. 프레보에게 말하였다.

"아픈 데는 없어?"

그는 대답하였다.

"없어요!"

그러면서도 그는 무릎을 문지르고 있었다.

내가 그에게 말하였다.

"주물러 봐, 움직여 보라고, 정말 부러진 데가 없는지 확실하게 말해 보라고…."

그러자 그가 대답하였다.

"아무것도 아닌데요, 비상 펌프 이놈이…."

나는 그가 머리부터 배꼽까지 몸이 갈라져 이내 쓰러질

줄 알았는데, 그는 한 곳에 시선을 고정시킨 채 내게 반복해서 말하였다.

"비상 펌프가…."

나는 생각하였다. 드디어 이놈이 미쳤구나. 춤추려 들겠지…

그런데, 결국 화재를 간신히 모면한 기체로부터 시선을 돌려 나를 바라보고는 다시 말하는 것이었다.

"아무것도 아닌데요. 비상 펌프에 무릎이 깨졌어요."

III

우리가 살아 있다니 불가사의한 일이다. 손에 전등을 들고 땅 위로 난 비행기 자국을 밟아 다시 거슬러 올라가 본다. 도착 지점으로부터 250미터 떨어진 곳에서 이미 우리는, 미끄러져 가는 내내 비행기가 모래 위에 튀겨 놓은 휘어 버린 고철과 강판을 발견한다. 날이 밝으면 우리는 어느 적막한 고원지대의 완만한 비탈에 거의 접선 형태로 충돌하였다는 것을 알게 될 것이다. 충돌 부분의 모래 속에 팬 구멍이 꼭 쟁기날에 팬 구멍을 닮았다. 비행기는 전복되지 않은 채 분노를 머금고 뱀 꼬리처럼 꿈틀거리며 앞으로 나아갔다. 시속 270킬로미터로 비행기가 기어간 것이다. 우리가 살아난 것은 아마 이 모래 위를 제멋대로 굴러다니는, 볼베어링 기능을 하는 검고 둥근 돌멩이들 덕택인 듯하다.

프레보는 뒤이어 발생할지도 모르는 누전 화재의 예방을 위해 축전지들을 절단하고 있다. 나는 엔진에 등을 기대고 곰곰이 생각해 본다. 네 시간 15분 내내 고공에서 시속 50킬로미터의 바람을 맞았을 터이고, 실제로 요동을 쳐대기도 것이다. 그런데 기상 예보 이후에 바람이 바뀐 것이라고 할 수 있겠는데, 도저히 그 바람이 불어 간 방향을 알 수 없는 것이다. 그러니 나는 측면 400킬로미터짜리 정사각형 범위 내에 들어앉은 셈이다.

프레보가 곁에 다가와 앉으며 말한다.

"살아 있다니 참 대단하네요…."

나는 그에게 아무 대답도 하지 않았다. 전혀 기쁨을 느낄 수 없었다. 사소한 생각이 하나 떠오르는가 싶더니 벌써 내 머릿속을 활보하면서 미미할 정도이긴 하나 나를 고통스럽게 한다.

기준점을 삼기 위해 프레보에게 회중 전등을 켜놓게 하고, 내 전등을 손에 들고 곧장 앞으로 이동한다. 나는 유심히 바닥을 본다. 천천히 나아가면서 크게 반원을 그리고, 여러 번 방향을 바꾼다. 잃어버린 반지를 찾기라도 하듯이 나는 여전히 바닥을 샅샅이 뒤져 본다. 조금 전만 해도 잉걸불을 이렇게 찾고 있었다. 내가 들고 가는 불빛이 만들어 놓는 흰 동그라미 위로 몸을 숙이고 계속 어둠 속으로 나아간다. 생각대로군… 생각했던 대로야… 천천히 비행기 쪽으로 다시 올라간다. 조종실 옆에 앉아서 나는 생각에 잠긴다. 희망의 근거를 찾아보았으나 전혀 찾아낼 수 없었다. 생명이 제공하는 어떤 징후를 찾았으나 생명은 아무런 징후도 드러내지 않았다.

“프레보, 풀이라곤 쥐뿔도 안 보이는구만….”

프레보는 묵묵부답이다. 내 말을 알아들었는지 모르겠다. 날이 밝으면 이 이야기를 다시 주고받게 되겠지. 나는 그저 심한 권태로움을 느끼고 생각에 잠긴다.

"사막 한가운데 400킬로미터 지점이라…." 갑자기 나는 벌떡 일어났다.

"물!"

휘발유탱크도 오일탱크도 터졌다. 우리 물탱크 또한 그렇다. 모래가 이들을 몽땅 마셔 버렸다. 박살이 난 보온병 안에 1/2리터의 커피와, 또 하나의 보온병 안에 1/4리터의 백포도주가 있을 뿐이다. 우리는 이 액체들을 걸러서 한데 섞어 본다. 또 약간의 포도와 오렌지 하나를 찾아낸다. 하지만 계산을 해 본다. "사막의 태양 아래에서 다섯 시간만 걸어도, 거덜날 텐데…."

날이 새기를 기다리며 우리는 조종실에 자리를 잡아 본다. 나는 드러누워 잠을 청해 본다. 잠에 빠져 들며 우리가 저지른 모험을 결산해 본다. 우리의 위치에 대해서는 오리무중이다. 마실 것이라곤 1리터도 안 된다. 만일 우리가 벵가지-카이로 노선에서 멀리 벗어나지 않은 영역에 있다면, 발견되는 데 1주 정도 걸릴 것이고, 그 이상의 것을 기대하는 것은 무리이다. 그리고 그 경우에도 너무 늦어 속수무책일 것이다. 반면 우리가 노선에서 많이 벗어나 있다면 우리를 찾아내는 데 6개월은 걸릴 것이다. 비행기에 기대를 걸 일도 아니다. 3천 킬로미터나 되는 거리를 뒤지고 다녀야 할 테니까.

"아아! 유감인걸…." 프레보가 말하였다.

"그건 왜?"

"한 방에 깨끗이 날아갈 수도 있었는데…."

하지만 그렇게 빨리 포기할 수는 없다. 프레보와 나는 다시 기운을 차린다. 아무리 가능성이 희박하다 해도, 비행기에 의한 기적에 가까운 구조의 기회를 놓칠 수는 없다. 더구나 여기에 머물러 있으면서 혹시 근처에 있을 수도 있는 오아시스를 방치해서도 안 된다. 오늘 하루 내내 걸어보자. 그리고 우리 비행기로 되돌아오자. 그리고 출발하기 전에 우리 계획을 대문자로 모래 위에 크게 새겨 놓자.

그래서 나는 몸을 곱송그리고 누워 새벽까지 잠에 빠져들 것이다. 잠든다는 것이 매우 기쁘다. 나의 피로 때문인지 내 주위를 여러 사람들이 감싸고 있다. 사막 속에 나는 혼자가 아니며, 내 반쯤 든 잠은 목소리들이며, 추억들이며, 속삭이는 속내 이야기들로 가득하다. 아직은 목도 마르지 않고, 기분도 좋고 하니, 모험에 맡기듯 나를 잠에 맡긴다. 꿈 앞에서는 현실도 자신의 입지를 잃고 마니…

아아! 하지만 날이 밝자 상황은 영 딴판이었다…

IV

나는 사하라를 무척이나 사랑하였다. 비투항 지역에서 며칠 밤을 보내기도 하였다. 바다 위에서처럼 바람이 일군 파도 자국이 새겨진 그 금빛 공간에서 나는 깨어났다. 거기 비행기 날개 밑에서 수면을 취하며 구조를 기다리고 있었다. 하지만 그 무엇과도 비교할 수 없는 순간이었다.

우리는 굽은 언덕의 허리 부분으로 걸어간다. 바닥에는 온통 반짝거리는 검은 조약돌 한 층으로 뒤덮인 모래가 깔려 있었다. 마치 금속 비늘처럼 보였다. 우리를 둘러싼 온 모래 돔들이 갑옷처럼 번쩍거리고 있다. 우리는 광물의 세계 속으로 추락한 것이다. 철의 풍광에 갇혀 버렸다.

첫 마루를 넘어서니 더 멀리 검게 빛나는 이와 유사한 또 다른 마루가 기다리고 있다. 우리는 나중에 다시 돌아올 수 있도록, 안내선을 남기기 위해 발로 땅을 긁어 대며 걷는다. 우리는 해를 마주하고 전진한다. 정동 방향으로 전진하기로 결정 내린 것은 논리와는 정면으로 대치된다. 왜냐하면 기상 예보, 비행 시간 등 모든 상황이 내가 나일 강을 건넜다고 믿게끔 하기 때문이다. 하기야 짧은 거리나마 서쪽 방향으로의 진로도 시도는 해 보았지만, 스스로 해명할 수 없는 불길한 예감이 들었다. 그래서 서쪽은 내일로 미루어 놓았다. 바다로 이어지기는 길이기는 하지만 일단은 남쪽도 포기하였다. 사흘 후 절반 정도 얼이 빠진 상태에서, 결정적으로 기체를 포기하고 쓰러질 때까지 우리가 줄곧 곧장 앞만 보고 걷기로 결심했을 때에도, 우리는 동쪽을 향해 출발하고 있었다. 좀더 정확히 말하자면 동북동이라 하겠다. 이것은 모든 기대에 어긋나는 것처럼 모든 이치에 어긋나는 일이기도 하다. 우리는 일단 구조되고 나면 다른 어느 방향으로 가더라도 우리가 되돌아올 수 없었다는 사실을 발견하게 될 것이다. 북쪽으로 향했더라면 너무 탈진한 나머지 채 바다에 이르지도 못했을 것이기 때문이다. 내게 아무리 불합리하게 비칠지라도 오늘날 돌아보건대, 우리의 선택에 영향을 줄 수 있는 아무런 지표도 없었던 만큼, 내가 이 방향을 선택한 것은, 오로지 이 방향이 내가 그토록 친구 기요메를 찾아 헤매던 안데스 산맥에서 그의 생명을 구원한 방향이라는 이유에서였던 것 같다. 막연하긴 하지만 나로서는 이 방향이 생명의 방향이 되어 버린 셈이다.

다섯 시간 동안 걸으니 경치가 변한다. 모래 여울이 골짜기 안으로 흐르는 것 같아 우리는 이 골짜기 바닥을 빌리기로 한다. 우리는 큰걸음으로 걸어간다. 최대한으로 멀리 가야 하고, 아무것도 발견 못 한다면 어두워지기 전에 돌아와야 한다. 갑자기 내가 멈춰 섰다.

"프레보"

"뭐?"

"발자국 말이야…."

얼마나 오래전부터 우리는 우리가 온 길 뒤로 발자국 남기는 것을 잊고 있었던 것인가? 만일 발자국을 찾아내지 못하면 그것은 바로 죽음이다.

우리는 약간 오른쪽으로 비껴 돌아섰다. 어느 정도 멀리 돌아가면 처음 진행하던 방향에서 직각으로 우회할 것이다. 그리고 아직 우리 발자국이 남아 있는 지점에서 그 발자국들을 가로질러 갈 것이다.

밟고 온 궤적을 연결시키고 나서 우리는 다시 출발한다. 열기가 상승하고, 그와 더불어 신기루들이 출현한다. 하지만 이것들은 아직 평범한 신기루에 지나지 않는다. 거대한 호수들이 자리를 잡더니 우리가 다가가자 사라져 버린다. 우리는 모래 골짜기를 넘어, 가장 높이 치솟은 돔에 올라 지평선을 관측하기로 결정을 내린다. 벌서 여섯 시간째 걷고 있다. 보폭을 크게 잡아 총 35킬로미터는 걸었음에 틀림없다. 그 시커먼 산등성이 정상에 올라 조용히 주저앉는다. 우리의 모래 골짜기는 우리 발치 아래 돌멩이 하나 보이지 않는 사막으로 이어지고, 거기서 빛나는 하얀 광채가 우리 눈을 마비시킨다. 까마득히 보이는 것이라곤 그저 허공뿐이다. 하지만 지평선에는 빛이 벌이는 장난으로 벌써부터 더욱 산만한 신기루들이 형성되고 있다. 요새들이며, 회교 사원의 첨탑들이며, 수직선의 기하학적인 집합들 말이다. 나는 초목을 가장한 거창한 검은 반점도 주시하였다. 하지만 그것은 낮이면 해체되었다가 밤이면 다시 생겨날 저 구름들 맨 뒤로 솟아 있다. 그것은 뭉게구름 그림자에 지나지 않는다.

더 이상 진군은 무모하다. 이런 식으로 시도해서는 그 어디에도 이를 수 없다. 우리 비행기로 돌아가야 한다. 어쩌면 비행기의 붉고 흰 항공 표지가 동료들에게는 표적으로 작용할 수도 있을 것이다. 이러한 탐색들에 조금도 희망을 거는 것은 아니지만 그것들만이 구조받을 수 있는 유일한 기회처럼 여겨진다. 그런데 무엇보다도 우리는 거기에 마지막 남은 몇 방울의 마실 거리를 남겨 두고 왔으며, 또 이미 우리는 절대적으로 그것을 마셔야만 한다. 살아남기 위해서라도 되돌아가야 한다. 우리는 철원鐵圓에 갇혀 버렸다. 우리는 갈증이라는 단기 절대권에 갇힌 포로인 것이다.

행여 생명을 향해 진군하고 있을지도 모르는 상황에서 회군하는 것은 얼마나 힘든 일인가? 신기루 피안은 아마도 지평선이며, 진짜 도시들이며 담수 운하들이며 목장들로 넘칠지 모른다. 회귀하는 것이 옳음을 알고는 있다. 그럼에도 나로서는 이 끔찍한 방향 전환을 마주하고 파멸해 간다는 인상을 떨칠 수 없다.

우리는 비행기 곁에 드러누웠다. 돌아다닌 거리만 해도 60킬로미터가 넘는다. 이제 마실 것도 다 떨어졌다. 동쪽으로는 알아낸 것이 아무것도 없다. 이 지역 상공을 비행하던 동료도 하나 없었다. 얼마 동안 버텨 낼 수 있을까? 벌써부터 이렇게 갈증이 심하니…

우리는 박살난 비행기 날개 파편들을 주워 모아 대형 봉화대를 쌓았다. 휘발유와 강렬한 흰빛을 발하는 마그네슘 철판을 마련하였다. 불을 붙이기 위해 칠흑 같은 밤이 되길 기다렸다… 도대체 이 불을 눈여겨봐 줄 사람들은 어디에 있는 것인가?

이제 불꽃이 치솟는다. 우리는 사막에서 타오르는 우리의 등불을 경건하게 응시한다. 조용히 반짝이는 우리의 메시지가 밤하늘에 빛나는 것을 바라본다. 그래서 이 메시지에 이미 비장한 구조의 외침이 담겨 있는 것도 사실이지만, 여기에는 그 애정도 듬뿍 담겨 있다는 생각이 든다. 우리는 마실 것을 요구하고 있긴 하지만 동시에 사회와의 소통을 요구하고 있기도 하다. 이 밤 또 다른 불을 지펴야 한다. 사람들만 불을 지필 수 있다. 사람들이여 우리에게 응답하라!

아내[55]의 두 눈이 다시 보인다. 아내의 얼굴에서 그 두 눈 말고는 아무것도 더 이상 보이지 않으리. 그 눈이 묻고 있다. 혹시라도 나와 인연이 있을지도 모르는 모든 사람들의 눈이 다시 보인다. 그리고 그 눈들도 묻고 있다. 이 모든 시선들이 모여 나의 침묵을 꾸짖는다. 나는 응답하고 있는데! 정말 응답하고 있는데! 사력을 다해 응답하고 있기에,

---

55 Consuelo Suncin Sandoval de Gómez(1901-1979). 생텍쥐페리의 뮤즈. 엘살바도르의 아르메니아 명문가 출신. 보헤미안 아티스트. 샌프란시스코 미술 학교 수학 당시 멕시코 군인인 첫 남편과 이혼(22세). 멕시코 권력자 호세 바스콘셀로스의 정부가 되어 파리 진출. 과테말라 외교관 작가 엔리케 고메즈 카밀로와 재혼. 남편과 사별 후 파리 예술계를 떠나 아르헨티나에서 방랑의 삶을 살던 당시, '알리앙스 프랑세즈'의 살롱전에서 아르헨티나 '아에로포스탈' 지사장으로 부임한 생텍쥐페리를 만나 첫눈에 반함. 글에 전력을 다하고 있지 않는 생텍스와 1931년 프랑스 니스에서 결혼. 가난과 갈등으로 점철된 혹독한 시련에도 불구하고 집필을 독려함. 생텍쥐페리 사후 자신의 죽음 직전까지 30년 동안 매주 토요일, 세상을 떠난 남편에게 사랑의 편지를 씀. 두 사람의 사랑을 다룬《전설적 사랑*Un amour de légende*》(Les Arènes, 2005) 출간됨.

이보다 더 찬란한 불꽃들을 어둠 속으로 던져 버릴 수는 없지 않은가!

나로서는 내게 가능한 것을 실천하였다. 우리는 우리에게 가능한 것을 실천하였다. 거의 마시지도 않고 60킬로미터나 걸었으니 말이다. 이제는 더 마실 수도 없을 것이다. 진정 더는 오래 기다리지 못하는 것이 우리 잘못이란 말인가? 현명하게 수통이나 빨아 대며 거기에 있었을 수도 있다. 그런데 내가 주석 컵 바닥을 빠는 순간부터 시계가 재깍거리기 시작하였다. 내가 마지막 한 방울을 빨아들인 그 순간부터 나는 경사면으로 추락하기 시작한 것이다. 시간이 강물처럼 나를 실어 가고 있다면 나로서는 어쩔 도리가 없는 것 아닌가? 프레보는 울고 있다. 그 어깨를 도닥거려준다. 위로차 말을 건네 본다.

"끝장난 거라면 끝장난 거지 뭘 그래…."

그가 내게 대답한다.

"내 자신이 안쓰러워 이러는 줄로 여긴다면 오산이지…."

그래! 물론 그렇지. 나는 다음과 같은 사실을 명확히 간파하고 있었다. 감내할 수 없는 것은 아무것도 없다. 내일, 그리고 모레, 정말로 감내할 수 없는 것은 아무것도 없다는 것을 나는 알게 될 것이다. 극심한 고통에 대해서라면 절반 정도 신뢰한다. 나는 이미 성찰한 바 있다. 어느 날인가 조종실에 갇힌 채 이제 빠져 죽는구나 하고 여기던 때조차 그다지 고통스러워하지 않았다. 가끔 얼굴이 으깨지는구나 하고 여긴 적도 있다. 그러나 조금도 그것을 대단한 사건으로 여긴 적은 없다. 이번에도 공포를 느끼지는 않을 것이다. 내일이면 이 점에 관해 더욱 기이한 것들을 배우게 될 것이다. 내가 큰불을 지펴 놓았어도 사람들이 내 말을 알아들으리라는 기대를 접었다는 사실을 아는 이 아무도 없지 않는가!…

"내 자신이 안쓰러워 이러는 줄 생각한다면 오산이지…." 그래, 그래, 이것이 바로 감내할 수 없는 일이다. 그 기다리는 눈들을 다시 볼 때마다 불에 데는 듯한 느낌이 다시 일어난다. 일어서서 앞으로 곧장 달리고 싶은 욕망이 불쑥 일어난다. 거기서 사람들이 구조를 요청하고 있다. 마치 난파당하고 있는 사람들처럼!

기이하게도 주객이 전도되기는 했지만 나는 늘 이렇게 생각해 왔다. 하지만 그 완전한 확신을 위해서는 프레보가 필요했다. 그렇긴 해도 프레보 역시 나와 마찬가지로 귀에 못이 박히도록 들어 온 저 단말마의 공포를 알 리 없을 것이다. 그런데 그로서는 견딜 수 없는 그 무엇이 있을 터이고, 나 역시도 그것을 견딜 수 없는 것이다.

아아! 나는 잠자코 잠에 빠져들 만반의 준비가 되어 있다. 하룻밤 동안이건 수세기 동안이건 하여튼 나는 잠들련다. 잠만 들면 나는 그 차이를 전혀 모른다. 게다가 얼마나 평화로운 잠인가! 그러나 저기 저곳에서 사람들이 외쳐 댈 그 울부짖음, 그 크나큰 절망의 불꽃들… 그 모습을 나는 도저히 견딜 수 없다. 이 난파의 국면을 앞두고 팔짱을 끼고 앉아 있을 수는 없는 노릇 아닌가! 시시각각의 침묵이 내가 사랑하는 얼마 정도의 사람들을 학살해 간다. 심한 격노가 내 속에서 뻗쳐 오른다. 어째서 이 사슬들은 제때에 이르러 빠져 죽어 가는 사람들을 구조하는 데 방해가 되는가? 어째서 우리가 지핀 불은 우리의 부르짖음을 세계 끝까지 전해 줄 수 없는 것인가? 참자!… 우리가 간다!…

우리가 간다니까!… 우리가 구조대다!

마그네슘이 연소되고 우리의 불빛은 불그스레해졌다. 이제 여기에는 우리가 그 위에 숙이고 앉아 몸을 덥히는 한 무더기의 불잉걸만 있을 뿐이다. 우리의 불빛으로 전하는 메시지도 종지부를 찍었다. 그것이 이 세상에 있는 그 무엇을 움직이게 했을까? 그래! 그것이 움직이게 만든 것은 아무것도 없음을 나는 잘 알고 있다. 아무도 들을 수 없었던 기도를 두고 왈가왈부하였던 것이다.

아무려면 어떤가. 나는 좀 자야겠다.

V

새벽녘에 우리는 비행기 날개 윗부분을 걸레로 훔쳐 내어 페인트와 기름이 뒤섞인 물 한 모금을 받아 냈다. 구역질이 났지만 우리는 그것을 마셨다. 어찌 할 도리가 없었지만 적어도 입술 정도는 축인 셈이다. 야단법석을 떨고 나니 프레보가 내게 말한다.

"다행히 권총이 있긴 하군."

불쑥 욱하는 심정이 일어나 적개심을 품은 채 그에게 몸을 돌린다. 바로 그 순간 감정 표출보다 더 가증스러운 것이 내게는 없었을 듯하다. 모든 것이 단순하다고 여기는 것이 절실하다. 탄생이란 단순하다. 그리고 성장 또한 단순하다. 그리고 갈증으로 죽는 것도 단순하다.

그래서 필요하다면 그를 두드려 패기라도 할 요량으로 흘겨본다. 프레보의 입을 다물게 하기 위해서 말이다. 그런데 프레보가 아무 감정 없이 냉정하게 내게 말하는 것이었다. 그는 위생 문제를 언급하고 있던 것이다. 마치 "우린 손부터 씻어야 하는데"라고 말하려고 했기라도 하듯 이 문제를 거론한 것이다. 그렇다면 우리는 서로 합의를 본 셈이다. 이미 어제 나는 권총 가죽 케이스를 보며 깊이 생각한 바 있다. 내 성찰은 로고스적인 것이지, 파토스적인 것은 아니었다. 파토스적인 것은 개인적 인간이 아닌 사회적 인간에게만 해당된다. 파토스라는 것은 우리가 책임진 사람들에게 확신을 주지 못하는 우리의 무능이다. 권총으로 해결할 수 있는 그런 것이 아니다.

여전히 수색 작업은 이루어지 않고 있다. 정확히 말해서 엉뚱한 데서 우리를 찾고 있을 것이다. 아마 아라비아에서 우리를 찾고 있을 것이다. 게다가 내일까지 비행기 소리라곤 전혀 듣지 못할 것이고, 그때는 이미 우리가 우리 비행기를 버리고 난 후가 될 것이다. 저 먼 곳으로 비행기 한 번 날아간다 해서 우리와 무슨 상관이랴. 보이는 것이라곤 사막에 깔린 천 개의 까만 점들 사이에 섞인 두 개의 까만 점들뿐, 그들이 우리들을 어떻게 발견할 수 있다는 말인가. 이러한 고통에 관해 사람들이 내게 지닐 수도 있는 생각들 가운데 제대로 된 것은 하나도 없다. 나는 어떤 고통도 겪지 않을 것이다. 나로서는 구조대가 또 다른 세계를 돌아다니는 것처럼 보일 것이다.

대략 3천 킬로미터 영역 내에서 그 어떤 정보도 없이 사막에 있는 비행기를 발견하려면 2주간의 수색이 필요하다. 그런데 사람들은 우리를 트리폴리타니아와 페르시아 사이에서 찾고 있을 것이다. 그런데도 다른 것이라곤 기대도

할 수 없는 처지인지라 오늘도 여전히 이 얄팍한 운에 대한 기대를 떨치지 못하고 있다. 그래서 전술을 전환하여 단독 탐험에 나서기로 결정 내린다. 프레보는 불을 준비할 것이고, 누가 찾아오는 경우 불을 지필 것이다. 그러나 우리를 찾아올 자 아무도 없으리라.

그래서 떠난다. 되돌아올 여력이나 있을지 모르겠다. 리비아 사막에 관해서 내가 알고 있던 것이 떠오른다. 여기 리비아 사막 습도가 18퍼센트로 떨어질 때도, 사하라 습도는 40퍼센트를 유지한다. 그리고 생명은 수증기처럼 증발해 간다. 베두인족,[56] 여행객, 식민지군 장교들은 물을 마시지 않아도 열아홉 시간은 버틸 수 있다고 말했다. 스무 시간이 경과하면 눈이 환하게 빛나면서 종말을 맞이하기 시작한다. 갈증의 경과는 무서울 정도로 빠르다.

그러나 이 북동풍, 우리를 헷갈리게 하고, 모든 예측과는 반대로 우리를 이 고원에 고립시킨 이 기이한 바람이 지

56 Bédouins. 아라비아 반도를 중심으로, 중근동과 북아프리카의 사막 · 반사막 일대에 사는 아랍계 유목민. '바다빈'이라는 아랍어를 서구인들이 잘못 알아 듣고 옮긴 말. 원래 도시가 아닌 사막 유목민을 일컫는 말.

금 우리 생명을 연장시키고 있나 보다. 하지만 바람 덕분이라고 해도 최초의 빛으로 눈이 부시게 되기까지 얼마 동안이나 이 목숨이 부지될 수 있을까?

그래서 떠난다. 하지만 마치 카누에 몸을 싣고 대양을 항해하는 느낌이다.

하지만 여명 덕분에 이 풍경의 을씨년스러움이 덜해 보이는 듯하다. 처음에는 손을 주머니에 쑤셔 넣고 서리꾼처럼 걸어간다. 어제 저녁 우리는 알 수 없는 몇몇 땅굴 입구에 올가미를 놓았다. 그러자 내 안에 밀렵꾼이 깨어났다. 나는 우선 올가미들을 확인하러 간다. 그것들은 텅 비어 있다.

따라서 나는 피 한 방울 마시지 못하리라. 사실 기대도 하지 않았다.

실망한 것은 아니지만, 오히려 호기심이 발동하였다. 이 동물들은 도대체 사막에서 무엇을 먹고 사는가? 이들은 아마 '페넥'[57] 혹은 사막 여우들이라고 하는, 토끼 크기만 하고 커다란 귀가 달린 조그만 육식동물일 것이다. 충동에

57 féneck(fennec, fennek). 여우를 닮은 귀가 크고 작은 짐승, 아프리카 여우라 불림.

이끌려 그들 중 한 놈이 남긴 발자국을 따라가 본다. 그 발자국들은 나를 좁은 모래 여울로 끌고 가는데, 거기에는 발자국 모두가 더욱 분명하게 새겨져 있다. 나는 부챗살 문양의 세 발가락이 이루고 있는 예쁜 종려나무 모습에 감탄하고 만다. 내 친구가 새벽에 살금살금 종종걸음으로 돌아다니며 돌 위에 내린 이슬을 핥아먹는 모습을 상상해 본다. 이쪽 발자국은 성글다. 내 페넥이 뛴 것이다. 여기에 동료 하나가 찾아와 합세하여 나란히 종종걸음으로 돌아다닌 것이다. 이렇게 요상한 기쁨을 느끼며 나는 그 아침 산책을 응시한다. 이 생명의 징후들이 마음에 든다. 그리고 잠시 갈증을 망각한다…

드디어 나는 내 여우들의 식량 저장고에 이른다. 여기에는 100미터마다 수프 그릇만 한 것이, 줄기에는 자그마한 황금빛 달팽이가 들러붙어 있는 작은 관목이 모래 표면 위로 솟아 있다. 페넥은 새벽에 먹을거리 구매에 나선다. 그런데 나는 이 지점에서 자연의 거대한 신비에 봉착하고 말았다.

내 페넥이 관목마다 멈추는 것은 아니라는 것이다. 달팽이들이 달린 나무라도 무시해 버리는 경우가 있다. 눈에 띄리만치 신중하게 나무 주위를 돌기만 하기도 한다. 가까이 다가서더라도 훼손시키지 않는 나무도 있다. 그놈은 거기서 두세 개의 달팽이 껍질만 따고는 다른 식당으로 이동한다.

놈은 아침 산책을 좀더 오래 즐기려고 단번에 허기를 가라앉히지 않는 게임을 즐기는 것인가? 그렇게 생각하지는 않는다. 그의 게임은 불가결한 전술과 너무나 잘 맞아떨어진다. 만약에 페넥이 첫 번째 관목의 산물을 게걸스럽게 먹어 버린다면 두세 번 끼니만으로도 그 나무에 산 채로 들러붙어 있는 것들은 모두 결딴나 버릴 것이다. 이렇게 놈은 한 그루 한 그루씩 그의 작물들을 초토화시킬 것이다. 그러나 페넥은 파종에 방해가 안 되도록 유념한다. 그놈은 단 한 끼 식사를 위해 이 갈색 싹들을 찾아 백 그루를 헤맬 뿐 아니라, 같은 가지에 나란히 붙어 있는 껍질을 한꺼번에 둘이나 따는 일도 절대로 없다. 모든 것이 마치 그놈이 위험을 경계하고 있기나 한 듯이 벌어진다. 만일 페넥이 대책 없이 포식한다면 달팽이는 사라질 것이다. 달팽이 씨가 마르면 페넥 씨도 바를 것이다.

발자국을 따라가니 땅굴에 이른다. 아마도 페넥은 거기서 내가 다가가는 소리를 듣고 내 요란한 발자국 굉음에 잔뜩 겁을 집어먹고 있을 것이다. 그래서 나는 나의 여우에게 말한다. "귀여운 내 여우 새끼, 난 이제 끝장났거든. 하지만 말이야, 그 때문에 네 기질에 흥미를 잃은 건 아니거든…."

그리고 거기 서서 생각에 잠겨 보니 사람은 모든 것에 적응할 수 있다는 생각이 든다. 아마도 30년 후면 죽겠지 하는 생각이 그 사람의 기쁨을 잡치게 하지는 않는 것 같다. 30년이냐, 사흘이냐 하는 것은 관점의 문제이다.

그러나 어떤 이미지들은 마음에서 지워 버려야 한다…

이제 내 길을 계속 간다. 그리고 벌써 피로가 몰려오면서 내 안에서는 무엇인가 변화가 일어난다. 신기루가 생긴 것은 아닐지라도 내가 신기루를 만들고 있다…

"어이!"

나는 소리치며 두 손을 치켜 올렸다. 그러나 손짓하던 그 사람은 시커먼 바위에 지나지 않았다. 사막에는 벌써 모든 것이 생기를 띠고 있다. 나는 잠들어 있던 저 베두인족을 깨우고 싶었다. 그러자 그는 검은 나무줄기로 변하였다. 나무줄기로 변한다고? 이 존재에 놀라 나는 몸을 숙인다. 부러진 가지를 주우려 하다 보니 그것은 대리석으로 되어 있는 것 아닌가? 다시 일어나 내 주위를 살핀다. 다른 검은 대리석들이 보인다. 노아의 홍수 이전부터 있던 숲이 그 부러진 줄기들을 땅 위에 뿌려 놓은 것이다. 천지창조 때 폭풍으로 무너진 대성당처럼 이 숲도 10만 년 전에 무너져 내린 것이다. 그리고 셀 수 없을 정도의 오랜 세기에 걸쳐 닦이고, 화석화되어, 잉크 빛으로 물든 강철조각 같은 거대한 이 기둥 토막들이 내게까지 굴러온 것이다. 나는 아직 가지의 마디마디를 식별할 수 있고, 생명의 비틀림을 알아볼 수 있고, 몸통의 나이테를 계산할 수 있다. 새와 음악 소리로 가득 찼던 이 수풀이 저주의 충격으로 소금으로 변한 것이다. 그리고 이 풍경이 내게는 적대적으로 느껴진다. 구릉들을 뒤덮고 있는 저 사슬 갑옷보다도 더 어두침침한, 이 장엄한 잔해들이 나를 거부하고 있다. 살아남은 자로서의 내가 이 썩지 않는 대리석 틈에 끼어 할 일이 무엇이겠는가? 죽어 없어질 나, 그 시신이 먼지로 분해되어 버릴 내가 여기 영원 속에서 할 일이 무엇이겠는가?

어제부터 나는 거의 80킬로미터를 돌아다녔다. 이 현기증은 필시 갈증에서 오는 것이리라. 아니면 태양 때문이든지. 기름 먹인 듯한 줄기에 태양이 내리쬔다. 태양은 이 세상의 딱딱한 껍질 위로 내리쬔다. 이제 여기에는 모래도, 여우도 없다. 여기 있는 것은 오직 거대한 모루뿐이다. 나는 이 모루 위를 걷고 있다. 그리고 머릿속으로 태양이 모루 두드리는 소리가 울려 퍼지는 것이 느껴진다. 아아! 저쪽에…

"어이! 어이!"

"저쪽은 아무것도 없다. 침착해라, 정신착란이야."

이성을 회복할 필요를 느끼기에 스스로에게 이렇게 말해 본 것이다. 나로서는 내 눈에 보이는 것을 거부하기가 그토록 힘들다. 행진하는 대상들을 향해 뛰지 않는 것이 그토록 힘들다… 저기… 보이잖아!…

"멍청하긴, 네 작품이란 걸 너도 잘 알면서…."

"그렇다면, 세상에 진실한 것은 하나도 없단 말인가…."

20킬로미터 떨어진 언덕 위 저 십자가 외에 진실한 것은 아무것도 없다. 저 십자가, 혹은 저 등대 말고는…

그러나 바다는 그쪽이 아니다. 그렇다면 십자가겠지. 밤새도록 지도를 탐구하였다. 작업은 쓸모가 없었다. 내 위치를 알아내지 못하였기 때문이다. 그러나 내게 인간의 존재를 알리는 표시들은 모두 꼼꼼히 들여다보았다. 그리고 어디엔가 십자가 비슷한 것이 달린 조그만 원을 찾아냈었다. 범례를 참고하니 "종교 건물"이라고 씌어 있었다. 십자가 옆에는 검은 점이 하나 보였다. 다시 한 번 범례를 참고하였다. "영원히 마르지 않는 우물"이라고 씌어 있었다. 나는 마음에 크나큰 충격을 받아 목이 터져라 소리 내어 읽었다. "영원히 마르지 않는 우물… 영원히 마르지 않는 우물… 영원히 마르지 않는 우물!" 영원히 마르지 않는 우물에 비하면 알라바바와 그 보물들이 무슨 가치가 있겠는가? 조금 더 떨어진 곳에서 하얀 원을 둘이나 발견하였다. 범례에는 "일시적 우물"이라고 씌어 있었다. 벌써 그 대단함이 줄어든다. 그리고 주위로는 아무것도 없었다. 아무것도.

하지만 그것은 틀림없이 내 종교 시설이다. 수사들이 난

파된 사람들을 부르려고 언덕 위에 커다란 십자가를 세웠다! 그러니 나는 그 십자가를 향해 걷기만 하면 된다. 그 도미니크회 수사들에게로 달려가기만 하면 그뿐이다…

"헌데 리비아에는 콥트파[58] 수도원밖에 없는데."

"…이 근면한 도미니크회 수사들을 향해 달리는 거지. 그들은 붉은 타일 깔린 서늘하고 아름다운 부엌을 가졌고, 마당에는 녹슨 경이로운 펌프가 있지. 녹슨 펌프 밑에는, 녹슨 펌프 밑에는, 그대도 짐작한 바와 같이… 녹슨 펌프 밑은 영원한 우물이지! 아아! 문에 달린 초인종을 누르고, 큰 종을 잡아당기면 그야말로 거기서는 큰 잔치판이 벌어질 거고."

"이 바보야, 너는 프로방스에 있는 집을 그리고 있잖아, 게다가 집에 무슨 종이 있다고."

"… 커다란 종을 당기면! 문지기가 두 팔을 허공으로 들어 올리며 이렇게 말하겠지. '당신은 주님의 사자시군요!'

58 Coptes. 이집트의 그리스도교. 비이슬람화 이집트인 즉 토착 그리스도교를 계속 믿는 이집트인을 킵트라 하는데 이 명칭이 유럽으로 건너가 콥트라는 말로 변하여 세계에 유포되었다.

하고 내게 소리치면서 모든 수사들을 부르겠지. 그러면 수사들이 달려올 거고. 그리고 가련한 아이를 맞아들이듯 축연을 베풀겠지. 그리고 나를 부엌으로 밀고 갈 거야. 그리고 '잠깐, 잠깐, 내 아들아… 영원한 우물까지 달려가 보자…'."

"그러면 나는 행복에 겨워 부르르 몸을 떨겠지…."

절대 그런 일은 없을 것이다. 이제 언덕 위에 십자가가 없다는 그 이유만으로는 나는 울지 않을 것이다.

서쪽과의 약속은 거짓에 지나지 않는다. 나는 정북으로 방향을 틀었다.

북쪽은 적어도 바다의 노래로 가득하지 않은가.

아아! 이 능선 너머로는 지평선이 펼쳐져 있다. 세상에서 가장 아름다운 도시가 여기 있구나.

"그거 신기루라는 걸 잘 알면서…."

신기루임을 잘 알고 있다. 그 누구에게도 속을 수 없지! 그러나 신기루 속으로 빠져 들어가고 싶다면! 기대를 저버리지 않고 싶다면! 온통 햇살 넘치는 총안 형태의 저 도시를 사랑하고 싶어진다면! 이제는 피로도 모른 채 행복에 겨운지라, 민첩한 걸음으로 곧장 걷고 싶어 한다면… 프레보와 그의 권총이라니, 웃기지 마라! 나는 내 취기가 좋다. 나는 취하였다. 목이 타는구나!

황혼이 내 취기를 깨웠다. 이토록 멀리 왔다는 감이 들자 갑자기 두려움에 가던 걸음을 멈추었다. 황혼에는 신기루가 사라진다. 지평선은 그 펌프며, 그 궁궐이며, 그 성의를 벗어 던졌다. 그것은 사막의 적막한 지평선이다.

"낮 동안은 정말 잘 해냈다! 이제 밤이 너를 껴안으련, 새벽까지 기다려야 할 텐데, 내일이면 네 발자국들은 지워지고, 그러면 아무 데도 너의 자취는 없게 되는 셈이지."

"그러니 걸을 수 있는 만큼 더 앞으로 걷자… 이제 와서 뭐하러 돌아선다는 말인가? 바다 쪽으로 두 손을 내미려는 지금, 어쩌면 벌써 내밀고 있었는지도 모르는 이때 방향을 바꾸고 싶지는 않은데…."

"어디 바다가 보였는데? 게다가 넌 결코 바다에 이를 수 없어. 아마 여기서 300킬로미터 이상은 떨어져 있을걸. 그리고 프레보가 '시문' 옆에서 망을 보고 있는데! 게다가 어쩌면 대상들이 프레보를 찾아냈을지도 모르잖아….”

그래. 돌아가야겠다. 그러나 우선 사람들을 부르자.

“어이!”

제길, 이 지구에 그래도 누군가는 살고 있는 것 아닌가…

“어이! 이 사람들아!…”

목이 쉬어 버렸다. 이제는 목소리도 안 나온다. 이렇게 소리를 지르다니 나는 정말 바보다… 한 번 더 질러 본다.

“사람들아!”

뺑 튀겨진 거들먹거리는 소리만 내고 있다.

그래서 나는 돌아선다.

두 시간을 걷고 나니, 내가 헤매는 줄 알고 겁먹은 프레보가 하늘로 쏘아 올리는 불꽃이 보였다. 아아! 그건 정말 내 관심을 끌지 못한다…

다시 한 시간을 더 걸었다…. 500미터만 더 가 보자. 100미터만 더. 5미터만 더.

“아!”

나는 놀라서 멈춰 섰다. 마음은 환희에 넘쳐흐르지만 그

강렬함을 자제해 본다. 프레보가 환한 불빛 속에 엔진에 기대선 아랍인 둘과 담소를 나누고 있다. 프레보는 아직 나를 보지 못하였다. 스스로의 기쁨에 너무 빠져 버린 것이다. 아아! 나도 프레보처럼 그냥 기다리고 있을 것을… 그러면 벌써 구조되었을 텐데! 환희에 겨워 외쳐 본다.

"어이!"

두 베두인족이 놀라서 벌떡 일어나 나를 바라본다. 프레보가 그들을 놔두고 혼자 와서 나를 마주한다. 나는 팔을 내민다. 프레보가 내 팔꿈치를 붙든다. 내가 쓰러지려고 했단 말인가? 내가 그에게 말한다.

"결국, 해냈군."

"뭘요?"

"아랍인들 말이야!"

"웬 아랍인들?"

"거기 자네하고 함께 있는 아랍인들 말이야!…"

프레보는 나를 이상하게 바라본다. 그리고 그가 마지못해 내게 의미심장한 비밀이라도 털어놓은 듯한 인상을 받는다.

"아랍인들이 어딨어…."

아마도 이번에는 내가 눈물을 쏟으려나 보다.

VI

여기에서는 물 없이 열아홉 시간 정도 생명을 유지할 수 있다. 그런데 우리는 어제 저녁 이후 무엇을 마셨던가? 새벽 이슬 몇 방울 마신 것이 전부인데! 그런데 여전히 북동풍이 불고 있어 우리의 증발 과정을 지연시키고 있다. 또 이 바람이 이루는 차단막은 하늘에 높이 떠 있는 구름들의 형성에도 유리하게 작용한다. 아아! 구름들이 우리에게까지 떠내려 와서 비가 되어 내린다면! 그러나 사막에 비가 내리는 법은 절대 없겠지.

"프레보, 낙하산을 삼각형 모양으로 잘라 내자. 잘라 낸 천 조각들을 땅에 깔고 돌로 눌러 놓자. 그리고 새벽까지 바람이 바뀌지만 않으면 새벽에 이 조각들을 쥐어짜서 휘발유 탱크 가운데 하나에 이슬을 받을 수 있을 거야."

우리는 여섯 개의 흰 천 조각들을 별 아래 늘어놓았다. 프레보는 탱크 하나를 뜯어냈다. 이제 날이 새기를 기다리기만 하면 된다.

프레보가 잔해 속에서 기적의 오렌지를 하나 찾아냈다. 오렌지를 나눈다. 나로서는 당황스러웠다. 더구나 물이 20리터 정도 필요한 지경에 이것은 정말 하찮은 것이다.

어둠을 밝히는 불 옆에 누워서 나는 이 반짝이는 과일을 바라보고 있노라니 다음과 같은 생각이 들었다. "사람들은 오렌지라는 것을 모른다…." 또 이렇게도 생각해 본다. "우리는 죽음을 선고받은 것이다. 그렇지만 이 확신조차도 내 기쁨을 상쇄시킬 수는 없다. 내 손에 움켜진 이 오렌지 반쪽이 내게 삶에서 가장 큰 기쁨 하나를 부여하고 있다…." 나는 등을 대고 누워 내 과일을 빨아 대며 별똥별들을 헤아려 본다. 여기 있는 나는 순간적으로나마 무한히 행복하다. 나는 다시 생각해 본다. "우리가 연명하는 질서 속의 세상에서는 그 세상에 갇혀 보지도 않은 채 세상을 어림칠 수는 없다." 오늘에야 비로소 피선고인의 담배 한 대, 럼주 한 잔이 이해된다. 피선고인이 그 비참한 상황을 감내한다는 생각 자체를 품을 수 없었다. 그렇지만 정작 그는 거기에서 많은 기쁨을 누리고 있다. 그가 미소 짓기라도 하면 사람들은 그가 용감하다고 미루어 본다. 그런데 그는 자신의 럼을 마시기에 웃는 것이다. 그가 관점을 바꾸어 그 마지막 순간을 인생 자체로 삼았음을 사람들은 모르고 있다.

우리는 엄청난 양의 물을 받았다. 아마 2리터 정도는 될 듯싶다. 이제 갈증 끝! 우리는 구조되었다. 우리는 계속 마셔 댈 것이다!

나는 탱크에서 주석 컵으로 하나 가득 물을 퍼낸다. 그러나 이 황록빛 물이란 것이 첫 모금부터 그 맛이 얼마나 끔찍한지 갈증의 고통에도 불구하고 그 한 모금을 다 비우기 전에 숨을 내몰아 쉰다. 흙탕물이라도 퍼마실 지경이다. 그런데 이 유독성 금속 맛은 갈증보다 더 지독하다.

프레보를 보니, 그는 무엇인가 열심히 찾고 있기나 하듯 시선을 바닥에 두고 자리를 맴돌고 있다. 별안간 몸을 숙이더니 계속 맴돌다 토한다. 30초 지나서 내 차례가 왔다. 어찌나 심하게 경련을 일으켰는지 무릎을 꿇고 모래 속에 손가락을 박고 토한다. 서로 말도 못한다. 15분 동안 이렇게 요동하면서 그대로 엎드려 약간의 담즙만 토해 낼 뿐이다.

이제 끝났다. 이제 느껴지는 것은 아득한 구토뿐이다. 그러나 우리의 마지막 희망도 날아갔다. 우리의 실패가 낙하산 방수 도료 때문인지 탱크 바닥에 낀 사염화탄소 때문인지 나는 모른다. 우리에겐 다른 그릇이나 다른 헝겊이 필요했던 것이다.

그렇다면, 서두르자! 날이 밝았다. 출발이다! 이 저주받은 고원을 피해서 쓰러질 때까지 가능한 한 빨리 앞으로 걸어가 보자. 안데스 산맥에서의 기요메를 본받자. 어제 저녁부터 그 친구 생각이 많이 나더라니. 나는 비행기 잔해에 남아 있어야 한다는 불문율을 파기할 것이다. 사람들은 이제 여기서는 우리를 찾아내지 못하리라.

다시 한 번 깨닫는다, 난파당한 사람들이 우리가 아님을. 난파당한 사람들이란 기다리는 사람들인 것을! 우리의 침묵으로 근심에 시달리는 사람들이다. 이미 끔찍한 실수를 범해 갈기갈기 찢겨진 사람들이다. 그들을 향해 달리지 않을 수 없다. 기요메 역시 안데스에서 돌아와 난파당한 사람들을 향하여 달려갔다고 내게 털어놓지 않았던가! 보편적인 진실은 이런 것이다.

"만일 이 세상에 나 혼자라면 나는 드러눕겠어." 프레보가 내게 말한다.

그리하여 우리는 동북동을 향해 곧장 걸어간다. 만약 나일강을 지나온 상태라면 한 걸음 한 걸음 내디딜수록 더 깊숙이 빽빽한 아라비아 사막 속으로 빠져 들어가는 셈이다.

이 날에 관해서는 더 이상 기억나지 않는다. 다만 내가 조급해 하던 것이 기억난다. 무작정 아무것에나 서둘렀으며, 내가 쓰러지는 것을 향해 서둘러 댔다. 내가 땅 밑을 바라보며 걷던 것도 기억난다. 신기루에 진저리치고 있었으니까. 가끔씩 우리는 나침반으로 우리의 진로를 바로잡았다. 우리는 또 숨을 좀 돌리려고 이따금씩 드러눕기도 하였다. 나는 또 밤을 대비하여 간직하고 있던 내 고무 우비를 어디엔가 내던져 버렸다. 그 이외에 아무것도 아는 바 없다. 내 기억의 실마리는 저녁의 신선함으로 다시 살아난다. 나 역시 모래와 같은지라 모든 것이 내 안에서 지워져 버렸다.

해가 지자 우리는 야영을 하기로 결정을 내렸다. 계속 걸어야 한다는 것을 모르는 바 아니다. 물이 없는 이 밤 우리는 절명하고 말 테니까. 그러나 우리는 낙하산 천 조각들을 가지고 왔다. 만약에 그 독이 도료에서 오는 것이 아니라면 내일 아침 물을 좀 마실 수도 있으리라. 별 아래 우리의 이슬 함정들을 한 번 더 펼쳐야 한다.

그러나 이날 저녁 북쪽 하늘은 구름 한 점 없이 맑다. 바람의 맛이 변하였다. 방향도 바뀌었다. 벌써 사막의 뜨거운 입김이 우리를 스쳐 지나간다. 맹수 한 마리가 깨어난다! 그놈이 내 손과 얼굴을 핥는 것이 느껴진다.

하지만 더 걸어 보았자 10킬로미터도 못 갈 것이다. 나는 사흘째 물 한 모금도 마시지 못한 채 180킬로미터 이상을 걸어 왔으니…

그러나 걸음을 멈춘 순간, 프레보가 내게 말한다.

"맹세코 저건 호수인걸."

"돌았군!"

"황혼이 다 된 지금 이 시간에 신기루가 나타날 수 있어요?"

나는 아무 말도 하지 않는다. 내 눈을 믿는 것을 단념한 지 오래이다. 어쩌면 신기루가 아닐지도 모르지만, 그렇다면 우리의 광기가 만들어 낸 발명품이다. 어떻게 프레보는 계속 믿을 수 있단 말인가?

프레보가 우긴다.

"여기서 20분 거리네요. 내 가 보죠."

이렇게 고집을 부리니 울화가 치민다.

"가 보게. 가서 바람 좀 쐬고… 건강에는 그만이지. 하지만 자네의 호수가 정말 있다 하더라도 그건 소금물이라는 걸 알아야지. 소금이건 아니건 그건 정말 멀리 있지. 그리고 그 무엇보다도 호수는 없다니까."

프레보는 시선을 고정시킨 채 벌써 멀어져 간다. 나는 그 뿌리칠 수없는 유혹을 알고 있다! 그래서 이렇게 생각해 본다. "기관차를 향해 곧장 투신하는 몽유병자들도 있는 법이야." 나는 프레보가 돌아오지 못하리란 것을 안다. 그는 그 텅 빈 공간이 야기하는 현기증에 사로잡힐 것이고,

그리하여 더 이상 발걸음을 돌이킬 수 없게 될 것이다. 그리하여 그는 좀더 멀리 가서 쓰러질 것이다. 그리고 어디선가 그가 죽고, 또 나는 나대로 죽을 것이다. 그리고 이 모든 것은 얼마나 보잘것없는 일인지!…

나를 엄습한 이 냉담함을 길조로 간주하는 것은 아니다. 반쯤 빠져 죽게 되었을 때에도 나는 이 같은 평화로움을 느낀 적이 있다. 그러나 나는 이를 기회 삼아 돌멩이에 배를 대고 엎드려 유서를 한 장 쓰려고 한다. 내 편지는 매우 훌륭하다. 매우 위엄을 지니고 있다. 나는 편지에 아낌없이 현명한 충고를 담겠다. 편지를 읽고 또 읽으며 막연하나마 허영의 기쁨을 누리고 있다. 사람들은 이 편지에 대해 이렇게 말하겠지. "이거 참 대단한 유서로군! 그가 죽다니 참 안됐구먼!"

내가 지금 어떤 처지에 있는지도 궁금하다. 나는 침을 만들려 애쓴다. 침을 뱉어 본 지 벌써 몇 시간이 되었나? 이제는 침도 말라 버렸다. 만일 입을 다물고 있으면 끈끈이 같은 것이 입술을 봉해 버린다. 그것이 말라붙어 입술 겉에 단단한 껍질을 만들어 낸다. 하지만 나는 또다시 침을 삼키려 노력해서 성공한다. 그리고 내 눈은 아직 환해지지 않았다. 그 환한 광경이 눈에 보이면 내 생명은 두 시간 남짓한 셈이다.

밤이 된다. 지난 밤 이래 달이 더 커졌다. 프레보는 돌아오지 않고 있다. 두 다리 뻗고 누워서 이 명백한 사실들에 관해 숙고해 본다. 오래전에 느꼈던 인상을 다시 떠올려 본다. 나는 그 인상이 무엇인지 정의 내리고자 애를 써 본다. 그때 나는… 그때 나는… 배에 탔었다! 남아메리카로 가는 길이었고, 상갑판 위에 이렇게 누워 있었다. 마스트 끝이 별들 사이를 아주 천천히 이리저리 산보하고 있다. 여기에는 돛대가 없다. 그러나 배를 타기는 탔다. 그리고 이제는 내 의지와는 상관 없는 방향으로 가고 있다. 노예상인들이 나를 묶은 채로 배에 집어 던졌다.

돌아오지 않는 프레보를 생각해 본다. 나는 단 한 번도 그가 투덜거리는 소리를 들은 적이 없다. 그것은 매우 훌륭한 일이다. 징징 짜는 소리를 들었다면 아마 나로서는 참지 못하고 말았을 것이다. 프레보는 사내다.

아! 500미터 저 멀리에서 그가 램프를 흔들고 있지 않는가! 그는 발자국을 잃어버린 것이다! 그에게 응답할 램프가 없는지라 일어나서 소리친다. 그러나 그는 듣지 못하고…

그의 램프에서 200미터 떨어진 곳에 두 번째 램프가 켜진다. 세 번째 램프. 이런, 이건 수색대로군. 나를 찾고 있는 것이다.

"어이!"

그러나 사람들은 내 목소리를 듣지 못한다.

세 개의 램프는 잇달아 구명 신호를 계속 보낸다.

오늘 저녁, 나는 미치지 않았다. 기분도 좋다. 나는 평온하다. 나는 주의 깊게 응시한다. 500미터 거리에 세 개의 램프가 있다.

"어이!"

그러나 사람들은 여전히 나의 목소리를 듣지 못한다.

그래서 잠깐 패닉 상태에 빠진다. 내 경험으로서는 유일하게 기억될 패닉 상태 말이다. 아아! 나는 아직 달릴 수 있다. "기다려… 기다리라고…." 저들은 발길을 돌릴 참이다! 저들은 멀리 떠나 다른 곳을 뒤질 것이고, 나는 쓰러질 것이다! 나를 구해 줄 팔들이 저기 있는데, 나는 삶의 문턱에서 스러져 가다니.

"어이! 어이!"

"어이!"

저들이 내 목소리를 들었다. 숨이 막힌다. 숨이 막히지만 그래도 달린다. "어이!" 소리가 나는 쪽으로 달리다 프레보를 보고 쓰러진다.

"아! 그 램프들이 죄다 보일 땐 말이지!…"

"웬 램프들?"

진짜 이놈 혼자로군.

이번에 아무런 실망도 못 느끼나 은근히 울화가 치민다.

"그런데 당신 호수는?"

"내가 앞으로 나아가면 호수는 멀어져 가는 거예요. 그래서 호수를 향해 반 시간 동안 걸었지요. 반 시간이 지나자 너무 멀어지더군요. 그래서 돌아왔지요. 그렇지만 난 확신해요. 지금 그것이 호수라는 걸…."

"자넨 돌았어. 완전히 돌았다니까. 그래 그런 짓거리를 왜 해?… 왜 하느냐고?"

그가 무슨 짓을 하였는가? 왜 그 짓을 하였는가? 나는 분

개의 눈물을 흘리고 있었다. 그런데 나는 왜 분개했는지 이유를 모르겠다. 그리고 프레보는 목멘 소리로 내게 설명한다.

"마실 물을 찾아내길 간절히 바랐죠… 당신 입술이 하도 희기에!"

아아! 내 분노는 누그러든다… 나는 잠에서 깨어나듯 손을 이마로 가져간다. 슬픔을 느낀다. 그리고 조용히 이야기한디.

"지금 자넬 보고 있듯, 착오가 있을 수 없이, 틀림없이 불빛 세 개를 봤다고. 분명히 말하는데, 세 개의 불빛을 봤대도, 프레보 이 사람아!"

프레보는 처음에는 묵묵부답이다.

결국 그가 시인하고 만다. "네 그렇고말고요, 뭐가 제대로 안 되네요."

수증기가 없는 이런 대기에서는 흙의 방사가 빨리 진행된다. 벌써 몹시 춥다. 일어나 걸어 본다. 하지만 이내 참을 수 없을 정도로 추위에 몸을 떨고 있다. 수분이 빠져나간 내 피의 순환이 제대로 이루어지지 못하고, 그래서 얼음 같은 추위가 파고든다. 이 추위는 밤에서 오는 것이 아니다. 어금니들이 덜덜거리고 몸은 경련으로 떨고 있다. 나는 이제 전등도 사용할 수 없다. 손에 쥔 전등이 몹시 흔들리기 때문이다. 추위 한 번 탄 적 없는 나인데. 그런데도 곧 동사하기 직전이다. 갈증의 증상이 이렇게 희한하다니!

열기 속에 품고 다니기 귀찮아진 고무 우의를 어딘가에 내던져 버렸었다. 그런데 바람이 점점 강해진다. 그리고 사막에는 대피소가 없음을 깨닫는다. 사막은 대리석마냥 반들반들 거린다. 사막은 낮 동안 그늘을 만들어 주지 않고, 밤엔 사람을 발가벗겨 바람받이로 내세운다. 나를 감싸 줄 나무 한 그루, 울타리 하나, 돌 한 조각 없다. 바람은 광활한 벌판의 기병대처럼 나를 엄습한다. 바람을 피해 보려 자리를 맴돌아 본다. 누웠다 일어났다 해 본다. 누웠거나 섰거나 이 얼음 채찍질에 노출되어 있다. 나는 달릴 수가 없다. 이제는 기운도 떨어졌다. 살인자들을 피할 수도 없다. 그래서 두 손으로 감싸 안은 얼굴을 모래에 묻고 털썩 꿇어앉는다!

조금 후에야 나는 이 사실을 깨달았다. 나는 다시 일어났다. 그리고 앞으로 곧장 걸어 나간다. 여전히 덜덜 떨면서! 내가 지금 있는 곳은 어디란 말인가? 아, 막 출발한 참이었는데! 프레보가 부르는 소리가 들린다. 그의 목소리 덕에 나는 의식을 되찾는다…

나는 여전히 덜덜 떨면서, 온몸으로 딸꾹거리며 프레보에게로 돌아간다. 그러면서 생각한다. "이건 추위가 아니야. 이건 다른 거야. 이게 종말이로군." 내 탈수 상태는 도를 넘었다. 나는 그제 이어서 어제 혼자 이동하면서 그토록 멀리 걸어갔던 것이다.

임종을 추위로 맞이하는 것이 나를 힘들게 한다. 내면의 신기루들이라면 더 좋았을 것을. 그 십자가, 그 아랍인들, 그 램프들 말이다. 무엇보다 이들이 나의 흥미를 끌기 시작한다. 나는 노예처럼 채찍질당하고 싶은 생각은 없다.

나는 여기서 또 무릎을 꿇고 만다.

우리는 약을 조금 챙겨 왔다. 순수 에테르 100그램, 90도 알코올 100그램, 그리고 작은 용기 하나 분량의 요오드. 애를 써서 순수 에테르 두세 모금을 마신다. 마치 칼을 삼키는 것 같다. 그 다음은 90도 알코올을 약간 마셔 본다. 그러나 이번에는 목구멍이 콱 막혀 버린다.

모래 구덩이를 파고 거기 드러누워 모래로 몸을 덮는다. 얼굴만 쏙 내밀고 있다. 프레보는 잔가지들을 찾아내 불을 지피는데, 그 불은 사위어 갈 것이다. 프레보는 모래 속에 묻히길 거부한다. 그는 발을 동동 구르며 추위에 견디는 쪽을 택한다. 어림없는 짓이다.

목멤은 여전하다. 불길한 징조다. 그래도 기분은 좀 나아졌다. 희망이란 희망을 초월하여 안정감을 느낀다. 별들 아래에 노예상인의 선박 갑판에 묶인 채 내 의지와는 상관없이 여행을 떠나 본다. 어쩌면 나는 그토록 불행한 편은 아닐지도 모른다…

근육을 쓰지만 않으면 추위는 더 느껴지지 않을 것이다. 그리 되니 모래 속에 잠든 내 육신을 잊고 만다. 더 이상 움직이지 않겠다. 그러면 더 이상 고통도 없으리라. 하기야 실제로는 고통을 겪고 있는 것도 아니다… 이 모든 고통의 이면에서는 피로와 정신착란이 조화를 부리고 있다. 그리고 모든 것이 그림책으로, 약간은 잔혹한 동화로 변한다…

조금 전에는 바람이 나를 채찍질하듯 몰아붙였고, 나는 그것을 피하고자 겁먹은 짐승처럼 맴돌곤 하였다. 그랬더니 호흡이 힘들어졌다. 무릎 하나가 내 가슴을 짓누르는 것이었다. 어느 무릎인가가. 그리하여 나는 이 천사의 무게에 대항해 몸부림쳤다. 이제껏 사막에서 고독을 느낀 적은 없었다. 나를 둘러싸고 있는 것을 믿지 않게 된 지금 나는 내 안에 틀어박혀, 두 눈을 지그시 감고, 이젠 눈썹 하나도 까딱하지 않을 것이다. 폭포처럼 쏟아 내리는 이 이미지들이 나를 조용한 꿈속으로 이끌어 가는 것을 느낀다. 바다 깊은 곳에 이른 강물은 평온해지는 법이다.

사랑하던 그대들이여, 작별을 고하노라. 사람의 육신이 물을 마시지 못해 사흘을 견디지 못하는 것이 어찌 내 탓이랴. 이렇게 나는 내 자신을 샘들의 포로라고 생각해 본 적이 없다. 나는 자율성이 이렇게까지 제한적인 줄은 미처 몰랐다. 사람들은 인간이 자기 앞길을 똑바로 나아갈 수 있다고 여긴다. 사람들은 인간이 자유롭다고 여긴다… 사람에게는 자신을 우물에 매어 놓는 끈, 탯줄처럼 자신을 대지의 배에 매어 놓는 끈이 보이지 않는다. 한 발자국만 더 내디디면 곧 죽음이다.

그대의 고통을 제외하면 아무 미련도 없다. 결국 나는 최상의 몫을 누렸다. 과거로 돌아갈 수 있다면 다시 시작해야 하리라. 나는 살아야 할 필요성을 느낀다. 이제 도시에서 인간적 삶을 찾을 수는 없다.

비행 문제를 거론하는 것이 아니다. 비행기는 수단이지 목적이 아니다. 사람이 비행기를 위해 목숨을 거는 것은 아니다. 또 농부가 쟁기를 위해 밭을 가는 것도 아니다. 그러나 사람들은 비행기 덕분에 도시와 그 회계 장부를 떠날 수 있다. 그리하여 농부의 진실을 재발견하는 것이다.

비행은 인간의 일인지라 비행사는 인간의 근심을 알고 있다. 비행사는 바람과 별들과 밤과 모래와 바다를 상대한다. 그는 자연의 힘에 맞서 계략을 짠다. 정원사가 봄을 고대하듯 비행사는 새벽을 고대한다. 그는 '약속의 땅'을 고대하듯 착륙장을 고대한다. 그리고 그가 찾는 진실이란 별들 속에 있는 것이다.

나로서는 불평거리도 없다. 사흘 전부터 걸었고, 갈증을 겪었고, 모래 위 발자국을 더듬었고, 이슬에 희망을 걸었다. 땅 위 어딘가에 사는지도 잊어버린 내 부류의 인간을 만나려고 애를 쓰며 찾아보기도 하였다. 그리고 바로 이것들이 산 자들의 근심거리인 것이다. 나로서는 저녁 약속을 위해 어떤 뮤직홀을 선택하느냐 하는 것보다는 이러한 근심거리들이 더욱 중대한 일이라 판단할 수밖에 없다.

나는 이제 교외선 열차에 오른 주민들을 이해할 수 없다. 스스로 사람들이라고 여기는, 그러면서도 개미들처럼 자신들이 미처 인식하지 못하는 어떤 억압에 눌려, 주어진 용도에 따라 변형된 이 인간들을 이해할 수가 없다. 자유로운 상황에도 불구하고 그 불합리한 하찮은 일요일들을 무엇으로 채우려 하는 것인가?

한 번은 러시아 어느 공장의 모차르트 연주회에 참석한 적이 있다. 그것에 관한 글을 썼다. 욕설로 범벅이 된 편지가 200통이나 날아들었다. 나는 싸구려 카페 음악을 좋아하는 사람들을 탓할 생각은 없다. 그들은 다른 노래를 전혀 모른다. 나는 싸구려 까페 지배인을 탓하는 바이다. 사람들을 타락시키는 것은 바람직스럽지 않다.

나는 내 직업 안에서 행복하다. 나는 스스로를 착륙장 농군으로 느낀다. 나는 여기 사막과는 매우 다르게 교외 열차 안에서 단말마의 고통을 겪는다! 결국 이곳은 얼마나 사치스러운가!…

아무것도 후회하지 않는다. 나는 도박을 벌였고, 도박에 진 것이다. 내 직업의 질서 속에서 말이다. 그런데 그럼에도 불구하고 나는 바닷바람을 들이마셨다.

한 번이라도 그 맛을 본 사람들은 그 양분을 잊을 수 없다. 그렇잖은가, 동료들이여? 그리고 위험하게 사는 것을 두고 하는 말이 아니다. 이러한 표현은 거들먹거리는 사람들의 말투이다. 투우사들은 별로 마음에 들지 않는다. 내가 좋아하는 것은 위험이 아니다. 내가 사랑하는 것이 무엇인지 나는 알고 있다. 그것은 삶이다.

내 느낌에 하늘이 환해지는 듯하다. 팔 하나를 모래에서 빼 본다. 손을 뻗으니 헝겊 쪼가리가 잡힌다. 그것을 만지작거려 본다. 하지만 여전히 건조하다. 기다려 보자. 이슬은 새벽에 맺힌다. 그러나 새벽은 우리 헝겊들을 적시지 않은 채 밝아 오고 있다. 그러자 내 생각은 약간 뒤엉키고, 스스로에게 건네는 소리가 들린다. "여기 있는 건 메마른 심장 하나… 메마른 심장… 도무지 눈물 지을 줄 모르는 메마른 심장이…."

"프레보! 떠나자. 우리 목구멍이 아직 막히지 않았으니 걸어야 해."

VII

열아홉 시간이면 사람을 말려 버릴 서풍이 불어온다. 식도는 아직 막히지 않았으나 굳어 있기에 고통스럽다. 거기에서 무엇인가 갈그랑거리는 것을 짐작할 수 있다. 머지않아 사람들이 내게 말해 준 대로, 내가 예상하고 있는 그 기침이 시작될 것이다. 혀가 거추장스럽다. 그러나 무엇보다도 더 심각한 것은 벌써 반짝이는 점들이 보인다는 사실이다. 이것들이 불꽃으로 변할 때 나는 쓰러지겠지!

우리는 급히 걷는다. 우리는 새벽의 서늘함을 이용한다.

사람들이 말하듯, 한낮에는 더 걷지 못하게 되리라는 것을 우리는 잘 알고 있다. 한낮이 되면…

우리에게는 땀을 흘릴 권리가 없다. 기대할 권리조차 없다. 이 서늘함은 습도 18퍼센트의 서늘함에 지나지 않는다. 지금 부는 이 바람은 사막으로부터 오는 것이다. 그리고 이 신뢰할 수 없는 정다운 애무에 우리의 피는 말라 버릴 것이다.

우리는 첫날 약간의 포도를 먹었었다. 사흘 동안 우리가 먹은 것은 오렌지 반쪽과 마들렌 반쪽뿐이다. 우리의 양식을 씹을 침이나 있을까? 그러나 허기는 전혀 느껴지지 않는다. 갈증만 겪을 뿐이다. 이제는 갈증보다도 갈증의 후유증을 겪는 듯하다. 이 굳어 버린 목구멍. 이 석고 같은 혀. 이 칼칼함과 입 안의 이 소름끼치는 맛. 이 감각들이 내게는 새롭다. 물론 이것들은 물로 치유될 것이다. 그러나 나는 이러한 것들을 물과 결부시킨 기억이 전혀 없다. 갈증이 점점 더 그 병색을 강화하면서, 열망으로서의 본색은 점점 더 그 빛을 잃어 가고 있다.

이제는 샘물과 과일들에 관한 이미지도 예전보다 덜 고

통스럽게 여겨진다. 내가 정감을 잊어버렸다고 여기고 있듯이, 오렌지의 광채도 잊고 있다. 이미 나는 모든 것을 잊어버린 것 같다.

우리는 주저앉았다. 그러나 다시 출발해야 한다. 긴 여정들은 포기하고 만다. 500미터를 걷고 나서는 피로로 쓰러진다. 그리고 팔다리를 주욱 펴니 그렇게 기쁠 수 없다. 그러나 다시 출발해야 한다.

풍경이 변한다. 드문드문 돌들도 보인다. 우리는 지금 모래 위를 걷고 있다. 전방 2킬로미터 지점에 사구들이 늘어서 있다. 그 언덕들 위로 나지막한 식물들이 점점이 솟아나 있다. 우리가 걸어온 강철 표면보다는 모래가 더 마음에 든다. 이곳은 황금빛 사막이다. 이곳은 사하라다. 사하라만큼은 알아볼 것 같다…

이제는 200미터만 걸어도 탈진해 버린다.

"그래도 저 나무들까지라도 걸어 보자."

이것이 마지막 한계다. 일주일 지나서 '시문'을 찾으러 이전에 우리가 걸어왔던 길을 자동차로 거슬러 올라갈 때면, 이 마지막 장정의 거리가 80킬로미터에 이른다는 사실을 확인하게 되겠지. 그러니까 벌써 거의 200킬로미터나 답파한 셈이다. 어떻게 내가 계속 걸을 수 있었을까?

어제 나는 아무 기대도 없이 걸었다. 오늘 이 희망이란 말은 아무 의미도 지니지 않게 되었다. 오늘, 우리는 걷기 때문에 걷는다. 황소들이 밭을 가는 이유도 틀림없이 이와 같으리라. 나는 어제 오렌지 숲 낙원을 꿈꾸었다. 그러나 오늘 내게 낙원은 더 이상 없다. 나는 이제 오렌지의 존재도 믿지 않는다.

내 자신을 들여다보면 마음으로부터 우러나는 심한 갈증 말고는 아무것도 보이지 않는다. 나는 쓰러져 가겠지만 절망이란 것은 절대 모른다. 어떠한 고통도 느끼지 못한다. 하기야 바로 그점이 유감스럽다. 비애를 물처럼 부드럽게 여기게 될 것이다. 나는 이러한 내 자신이 안쓰러웠다. 그리고 친구처럼 내 자신을 동정하였다. 하지만 이제 세상에는 친구도 없다.

나를 발견하고 그을린 두 눈을 보고 사람들은 내가 저들을 그토록 불러 대면서 고통스러워하였을 것이라고 생각할 것이다. 그래도 열정적 도약, 미련, 온화한 고통 이런 것들이 재산인 것이다. 그런데 나에게는 이제 이런 재산이 없다. 숫처녀들은 첫사랑을 나누는 밤 비애를 느끼고 눈물 흘린다. 비애는 생명의 떨림과 관계된 것이다. 그런데 나는 이제 비애도 느끼지 못한다.

사막이 바로 나다. 이제는 침이 고이지도 않지만, 내가 보면 몹시도 애처로워했을 달콤한 이미지들도 더 떠올리지 못할 것이다. 태양은 내 안의 눈물샘을 바닥나게 하였다.

그런데 내가 본 것은 무엇이던가? 바다 위로 돌풍이 스치고 지나가듯 희망의 숨결 하나가 나를 스치고 지나갔나. 내 의식의 문을 두드리기 전에 방금 내 본능을 일깨운 그 신호는 무엇이란 말인가? 아무것도 변한 것은 없는데 모든 것이 변해 버렸다. 이 모래 시트, 이 낮은 둔덕과 이 신록의 풀밭은 이제 풍경이 아니라, 무대를 이루고 있다. 아직은 비었으나 준비가 완료된 무대이다. 프레보를 바라본다. 그도 나만큼 놀라서 어리둥절해하고 있다. 하지만 그도 나처럼 그것이 무엇을 의미하는지 이해하지 못하고 있다.

장담컨대 무슨 일이 일어나려는 것이다…

장담컨대 이 사막에 생기가 돌기 시작하였다. 그리고 이

텅 빈 공간, 그 침묵이 돌연 광장의 아우성보다도 더 큰 감동을 느끼게 한다.

우리는 이제 살았다. 모래 위에 찍혀 있는 저 발자국들!…

아아! 인류의 잃어버린 발자취를 찾아 헤맸었고, 종족과 격리되어 있었으니, 우리만이 세상에서 우리를 발견한 것이다. 그런데 이제 모래에 찍힌 인간의 기적적인 발을 발견한 것이다.

"프레보, 여기에 두 사람이 있다 헤어진 거야…."

"여기서는 낙타가 무릎을 꿇었고…."

"여기서는…."

하지만 아직 우리는 구조된 것이 아니다. 기다리는 것만으로는 충분치 않다. 몇 시간 지나면 구조는 물 건너 간다. 일단 기침이 시작되면 갈증은 대책이 서지 않을 정도로 무척이나 급속히 영향을 미칠 것이다. 그리고 우리 목구멍도…

그러나 나는 몸을 기우뚱거리며 사막을 횡단하고 있을 그 대상을 믿어 본다.

그래서 우리는 다시 걸었다. 그러다 별안간 닭소리가 들려왔다. 기요메는 내게 이런 말을 하였었다. "결국에는 안데스 산맥에서 닭소리가 들리더군. 기차 소리도 들리고…."

닭소리를 듣는 순간 그의 이야기가 기억난다. 그래서 생각한다. "처음에는 내 눈에 속았었다. 이것은 틀림없이 갈증의 후유증이다. 내 귀는 더 잘 견뎌냈구나…." 그런데 프레보가 내 팔을 잡았다.

"들었어요?"

"뭘?"

"닭소리 말이에요!"

"그렇다면… 그렇다면…."

그렇다면, 물론, 이 바보야, 생명을 구한 것이다…

나는 마지막 환각에 빠져 버렸다. 서로 쫓고 쫓기는 개 세 마리를 보았다. 프레보도 바라보곤 있으나 아무것도 보지 못하였다. 그래도 우리 둘은 저 베두인족을 향해 손을 흔들어 본다. 우리 둘은 우리 마음의 가득한 숨결을 몽땅 그에게 날려 본다. 우리 둘은 행복에 겨워 웃어 댄다!…

그러나 우리의 목소리는 30미터도 채 못 가고 멈춘다. 우리 성대는 이미 말라붙었다. 우리끼리는 들릴 듯 말 듯 서로 말을 주고받았다. 그런데, 우리는 이 사실을 알아차리지도 못하고 있었다!

그러나 둔덕 뒤로부터 정체를 드러낸 그 베두인족과 낙타는 세월아 네월아 하면서 서서히 멀어져 가고 있다. 어쩌면 이 사람은 이 사막의 유일한 존재일 것이다. 잔혹한 마귀가 그 모습을 우리에게 선보이고는 도로 데려 가고 있는 중이다…

그리고 이제는 달려갈 수도 없다!

또 다른 아랍인의 옆모습이 둔덕 위로 출현한다. 고함을 질러 보나 소리가 너무 작다. 그래서 우리는 두 팔을 흔들어 댄다. 거대한 신호로 하늘이 가득 차 버린 듯한 인상이다. 그러나 이 베두인족은 여전히 오른쪽을 바라보고 있다…

이제 그가 천천히 90도가량 몸을 돌린다. 그가 정면으로 우리와 마주치는 그 순간, 모든 상황이 종료될 것이다. 그가 우리 쪽을 바라보는 그 순간, 이미 그로 인해 우리의 갈증과 죽음과 신기루는 말끔히 사라질 것이다. 그가 90도 몸을 돌린 것으로 그는 이미 세상을 변화시킨 것이다. 단지 그의 상체 움직임만으로, 다만 단 한 번의 시선을 주는 것만으로, 그는 생명을 창조해 낸다. 내게는 그가 신처럼 보이는 것이다…

기적이다… 바다 위를 걷는 신처럼 그는 우리를 향하여 모래 위를 걸어 오고 있다.

아랍인은 단지 우리를 바라볼 뿐이었다. 두 손으로 우리 어깨를 어루만지는 그에게 우리는 순순히 몸을 맡겼다. 우리는 드러누웠다. 여기에는 더 이상 종족도, 언어도, 분파도 없다… 대천사의 손을 우리 어깨에 얹은 이 가난한 유목민이 있을 뿐…

얼굴을 모래에 대고 기다렸다. 그러다 이제는 배를 깔고 누워 머리를 대야 속에 처박고 송아지처럼 물을 퍼마신다. 베두인족이 보고 놀라 그때마다 우리를 저지하려 든다. 그러나 그가 우리를 놓기가 무섭게 우리는 다시 얼굴을 몽땅 물속에 틀어박는다.

물이라!

물, 맛도 없고, 빛깔도 없고, 향도 없는 물, 정의할 수도 없는 물이라. 그대를 음미하면서도 그대를 알 수 없다니. 그대는 생명에 필요한 존재가 아니라, 생명 그 자체이다. 그대는 의미만으로는 설명 불가능한 쾌락으로 우리를 파고든다. 그대와 더불어 우리가 단념해 버린 모든 권능이 우리 안으로 다시 들어오고 있다. 그대의 은총에 힘입어 우리 안에는 고갈되었던 마음의 샘들 모두가 다시 솟아나고 있다.

세상 모든 재화 가운데 그대야말로 가장 위대한 재화이다, 그대는 가장 미묘한 존재이기도 하다. 땅속에서도 그토록 순수한 그대여. 사람은 마그네슘 샘을 옆에 두고 죽을 수도 있다. 해수호를 지척에 두고도 죽을 수 있다. 약간의 염분이 포함된 2리터 분량의 이슬을 마셔도 죽을 수 있다. 그대는 절대 순수만을 고집하며 어떠한 변절도 용납하지 않는다. 그대는 만만히 볼 수만은 없는 신이다…

하지만 우리에게 한없이 소박한 행복을 베푸는 그대.

우리의 생명을 구해 준 그대, 리비아 베두인족이여, 그럼에도 불구하고 그대는 내 기억에서 영원히 지워지리라. 그대의 얼굴을 결코 기억하지 못하리라. 그대는 '인간 Homme'이로다. 그리고 그대는 동시에 만인의 얼굴을 하고 내 앞에 나타난 것이다. 그대는 결코 우리를 뚫어지게 쳐다보지도 않았지만 이미 우리의 얼굴을 알아보지 않았던가. 그대는 가장 사랑하는 형제이다. 그리고 나로서는 만인들 속에서 그대를 알아볼 것이다.

그대는 나에게 고귀함과 친절함이 몸에 밴, 물 마실 권리를 지닌 위대한 영주처럼 보였다. 내 모든 친구들, 내 모든 원수들이 그대 속에서 내게로 걸어온다. 그리고 이제 세상에 내 원수는 아무도 없다.

VIII. 사람들

I

나는 또다시 진실과 함께하였음에도 진실을 깨닫지 못하고 말았다. 스스로를 가망이 없다고 여겼고, 절망의 바닥에 떨어진 줄로 여겼다. 일단 포기하기로 작정하니 평화로움을 느꼈다. 이런 때에 사람은 스스로 자신을 발견하고, 제 자신의 친구가 되는 것 같다. 우리가 모르고 있던 그 어떤 본질적 욕구를 충족시키는 충만감을 꺾을 수 있는 것은 아무것도 없을 것이다. 바람 사냥에 기력이 쇠한 보나푸는 이 평온함을 느꼈을 것이라 생각해 본다. 눈 속의 기요메도 그랬겠지. 목덜미까지 모래에 파묻혀 갈증으로 서서히 목이 죄어 오는데도 사막의 별이 펼쳐 놓은 망토 아래 그토록 내 가슴 뿌듯해지던 그때의 일을 어찌 잊을 수 있을까?

어떻게 하면 이러한 종류의 해방감을 우리 자신에게 납득시킬 수 있을까? 인간에게는 모든 것이 역설적이다. 이러한 사실을 우리는 잘 알고 있다. 창작을 위해 빵을 보장받은 이는 이내 졸음에 빠진다. 승리에 도취한 정복자는 이내 우유부단해지고, 관대한 사람에게 재산을 많이 주면 이내 인색해지는 법이다. 사람들을 키운다고 떠들어 대는 정치적 교의들도, 우선 그것들이 어떤 유형의 사람을 키워 낼지 우리가 알 수 없다면 무슨 소용이 있겠는가? 누가 탄생할 것인가? 우리는 비육당하는 가축이 아니다. 그리고 가난한 파스칼 같은 사람의 출현이 몇몇 이름 없는 부유층 인간들의 탄생보다 의미심장한 것이다.

우리가 본질적인 것을 예견할 수는 없는 노릇이다. 우리는 누구나 전혀 기대하지 않던 바로 그 순간 가장 열렬한 환희의 순간들을 맛본 경험을 지니고 있다. 그 환희의 순간들이 우리에게 남긴 향수는 정말 대단한 것이어서 우리의 고난으로부터 그 환희가 유래한다면 그 고난까지도 아쉬워하게 된다. 우리 모두는 동료들을 다시 만나면서 언짢았던 추억들에서 오는 매혹을 경험한 적이 있다.

미지의 상황들이 우리를 풍요롭게 한다는 사실 외에 우리가 알고 있는 것은 무엇인가? 인간의 진실은 과연 어디에 머물고 있는가?

진실이란 결코 논증 가능한 그 무엇이 아니다. 다른 땅이 아닌 이 땅에서 오렌지나무들이 뿌리를 든든히 뻗어 가고 많은 열매를 맺으면 이 땅이 바로 오렌지나무들의 진실이다. 만일 이런저런 다른 것들 차치하고, 그 종교, 그 문화, 그 가치 규모, 그 행동거지가 그 사람에게 충만감을 부여하는 데 도움이 되고, 자신에게도 낯선 내부의 군주를 풀어 준다면, 그 가치 규모, 그 문화, 그 행동거지가 그 사람의 진실이다. 논리라고 했나? 논리로 어디 인생이나 제대로 설명할 수 있을지 한 번 시켜 보자.

나는 이 책 내내 어떤 숭고한 소명에 순종하고, 다른 사람들이 수도원을 택했듯이 사막이나 노선을 택한 사람들 가운데 몇 명을 인용했던 것 같다. 하지만 먼저 이들을 찬

양하도록 당신을 유도한 것처럼 비쳐졌다면, 내 스스로 내 목적에 반하는 행동을 한 것이다. 우선 감탄스러운 것은 이들의 토대가 된 지반이다.

아마도 소명으로서의 직업이란 것은 저마다의 역할을 담당하고 있는 것 같다. 어떤 이들은 자신의 가게에 스스로 자신을 가둔다. 다른 이들은 보란 듯이 필요한 어느 방향으로 나아간다. 그래서 우리는 그들의 어린 시절 이야기histoire 속에서 그들의 운명을 설명해 줄 충동의 싹을 발견할 수는 있다. 하지만 사건이 벌어지고 나서 읽히는 '역사Histoire'는 환영을 만들어 낸다. 우리는 이 충동들을 거의 모든 사람에게서 발견할 수 있을 것이다. 우리 모두 파산을 맞은 밤과 화재가 일어난 밤을 보내며 평소 자신보다 더 위대한 면모를 드러낸 가게 주인을 경험한 적이 있다. 주인들은 절대 본인의 온전한 성품을 잘못 보는 법이 없다. 그 화재는 그들 인생의 밤으로 각인될 것이다. 그러나 새로운 기회가 주어지지도 않고, 호의적인 터전도 상실하고, 엄격한 신앙을 지니지 못한 탓에, 그들은 본연의 위대함에 대한 신뢰를 상실하고 다시 수면으로 빠져 들었다. 물론 직업은 인간의 해방을 돕는다. 그러나 그와 마찬가지로 직업을 해방시키는 것도 필요하다.

기내에서의 밤, 사막에서의 밤… 이것들은 사람들 모두에게 주어지는 것이 아닌 아주 드문 기회들이다. 그러나 그 환경으로 인해 이들이 생기를 띠면 이 모든 것들이 드러내는 욕구에는 차이가 없다. 이와 관련하여 내게 큰 가르침을 준 스페인의 하룻밤 이야기를 꺼낸다 해서 결코 주제에서 벗어나는 것은 아니다. 몇몇 특정인에 관해서는 너무 많은 말을 하였다. 그래서 만인에 관하여 이야기하고 싶다.

리포터 신분으로 방문한 적이 있는 마드리드 전선에서였다. 그날 저녁 나는 지하 참호에서 젊은 대위와 식탁에 앉아 저녁을 들고 있었다.

II

우리가 한담을 나누고 있는데 전화벨이 울렸다. 오랜 대화가 이어졌다. 사령부로부터 하달된 지역 공격 명령에 관한 것으로, 교외 노동자 지역의 시멘트 요새화된 가옥 몇 채를 제거해야 하는 불합리하고 절망적인 공격에 관한 것이었다. 대위는 어깨를 으쓱하고 다시 우리 쪽으로 온다.

대위는 "우리 가운데 선공에 나설 사람들은…" 하고 말하더니 여기 있는 중사와 내게 코냑 두 잔을 권한다.

"앞장을 서게, 나하고 말이야. 한잔하고 가서 취침해" 하고 중사에게 말한다.

중사는 취침하러 갔다. 우리는 10명쯤 식탁 주위에서 밤을 샌다. 불빛이 새어 나갈 틈이라고는 하나도 없이 철저히 등화관제된 실내는 너무 강한 빛 때문에 눈을 제대로 뜰 수 없을 정도이다. 5분 전에 총안을 통해 잠깐 내다보았었다. 틈새를 가려 놓은 천을 들추자 심연을 비추는 빛처럼 밝게 빛나는 달빛에 잠긴 무너진 흉가들이 시야에 들어왔다. 천을 제자리에 내려놓았을 때 마치 흘러내리는 기름 같은 달빛을 닦아 내는 기분이었다. 그리고 지금까지도 청록색 요새들의 모습이 눈에 선하다.

이 병사들은 틀림없이 귀환하지 못하리라. 그러나 그들

은 수치심 때문에 침묵하고 있다. 이 공격은 명령에 따른 것이다. 사람 창고에서 이들을 퍼내는 것이다. 곳간에서 곡식을 퍼내는 것이다. 파종을 위해 한줌 낟알을 뿌리는 것이다.

그런데 우리는 우리의 코냑을 마시고 있다. 내 오른쪽에서는 장기판을 벌이며 다투고 있다. 왼쪽에서는 농담을 지껄이고 있다. 여기가 어디인가? 반쯤 취한 사람이 들어온다. 그는 덥수룩한 수염을 쓰다듬으며 다정한 눈길로 우리를 둘러본다. 코냑을 응시하다, 시선을 돌리더니 다시 코냑을 바라보고는 대위 쪽으로 돌아서며 애원한다. 대위가 매우 조용하게 웃음 짓는다. 그 역시 은근한 기대에 젖어 웃는다. 구경하던 사람들 얼굴에도 가벼운 웃음이 깔린다. 대위가 살며시 병을 뒤로 빼자 그의 눈길에는 절망이 감돈다. 유치한 장난은 이렇게 시작되고, 두껍게 깔린 담배 연기와 밤샘의 피로와 임박한 공격에 대한 의식 너머로 마치 꿈같은 일종의 침묵의 발레가 시작되는 것이다.

그리고 우리는 함선 선창의 열기 속에 푹 갇힌 채 유희를 즐긴다. 반면 밖에서는 큰 파도 소리 같은 폭발음이 더욱 심해져 가고 있다.

이들은 이제 곧 자신이 흘린 땀, 자신이 마신 알코올, 기다리면서 묻힌 때를 전투의 밤이 부여하는 왕수[59]로 닦아낼 것이다. 이들이 곧 정화되리라는 예감이 든다. 하지만 이들은 춤출 수 있는 한 취기와 술병의 발레를 계속할 것이다. 이들은 둘 수 있는 한 마지막 판까지 장기판을 벌일 것이다. 할 수 있는 한 생명을 연장시킬 것이다. 그래도 이들은 선반 위에 얹힌 자명종을 맞추어 놓았다. 그러니 머지않아 이 종이 울려 댈 것이다. 그러면 이들은 일어나 기지개를 켜며 혁대를 맬 것이다. 그리고 대위는 자신의 권총을 찰 것이다. 그러면 취한 병사도 술이 깰 것이다. 그러면 모두가 너무 서두르는 법 없이 달빛 푸른 장방형문까지 완만한 경사로 이어지는 그 통로를 따라 올라갈 것이다. "빌어먹을 놈의 공격이라니…" 아니면 "어, 추운데!" 같은 간단한 말을 내뱉을 것이다. 그러고는 별들 속으로 뛰어들

59 regal water. 라틴어로는 aqua regia. 진한 염산(HCl)과 진한 질산(HNO_3)을 3 대 1로 섞은 용액. 일반 산에는 녹지 않는 금이나 백금 같은 귀금속을 녹이므로 '왕의 물'이라 불린다.

것이다.

시간이 되자 중사가 기상하는 것이 보였다. 그는 지하 땅굴의 잔해 속 철제 침대에서 취침 중이었다. 나는 그가 자는 것을 바라보고 있었다. 나는 고통을 모르는 몹시도 행복한 그 잠맛을 알 것 같았다. 그는 내게 리비아에 불시착한 첫날을 떠올리게 했다. 프레보와 나는 물도 없이 불시착해 사망 선고를 받은 상태에서 너무 심한 갈증에 시달리기 전 한 번, 딱 한 번 두 시간 동안 잠에 빠졌었다. 잠들면서 나는 경이로운 권리를 행사하는 기분을 느껴 본 적이 있다. 지금 이 세상을 거부할 권리 말이다. 아직은 나를 편하게 내버려 두는 몸의 주인으로서, 일단 얼굴을 두 팔 속에 파묻고 나니, 나의 밤과 행복한 밤 사이의 구분이 전혀 서지 않았다.

이렇게 중사는 공처럼 웅크린 채, 전혀 사람이라고 할 수 없는 꼴을 하고 휴식을 취하고 있었다. 그리고 그를 깨우러 온 사람들이 촛불을 켜서 병 주둥이에 꼽았을 때 그 희끄무레한 더미들 속에서 얼핏 보이는 것이라곤 큼지막한 구두들뿐이었다. 징을 박고 편자를 단 거대한 군화, 일용

노동자나 부두노동자가 신는 그런 구두들 말이다.

그 사람은 온갖 도구들을 걸치고 있었다. 그의 몸 전체가 연장이었다. 탄약통, 권총, 가죽 멜빵, 혁대들 말이다. 길마, 목줄, 경작용 말에 없는 온갖 마구를 소지하고 있었다. 모로코의 땅굴 안에서는 눈먼 말들이 연자매를 끄는 모습을 볼 수 있다. 여기에서는 흔들거리는 불그스름한 촛불 아래 눈먼 말을 깨워 맷돌을 끌게 한다.

"이봐, 중사!"

그는 꾸물대면서 아직 잠이 덜 깬 표정으로 알 수 없는 말을 중얼거린다. 그러나 그는 일어나기는커녕 벽으로 돌아누워, 마치 편안한 엄마 뱃속에서처럼 깊은 잠으로 다시 빠져 들어가, 깊은 물속에서처럼 주먹을 오므렸다 폈다 하면서 알 수 없는 검은 해초를 붙들고 늘어진다. 그 손가락들을 풀어 주어야만 하였다. 우리는 그의 침대에 앉았다. 우리 가운데 한 명이 그의 목 뒤로 살그머니 팔을 넣고는 싱긋 웃으며 그 육중한 머리를 들어 올렸다. 그리고 그것은 마치 훈훈한 외양간에서 서로 목을 비벼대는 말들의 부드러움 같은 것이었다. "이봐! 동지!" 나는 생전에 이보다 더 다정스러운 장면을 본 적이 없다. 그의 행복한 꿈속으로 돌아가기 위해, 다이너마이트와 탈진과 얼어붙은 밤으로 이루어진 우리들 세상를 뿌리치려고 중사는 마지막으로 안간힘을 쏟아 붓고 있었다. 하지만 너무 늦었다. 외부에서 가하는 힘에 어쩔 도리가 없었다. 벌 받은 아이는 이렇게 일요일이면 학교 종소리에 꾸물거리며 잠에서 깨어난다. 이 아이는 학교 책상과 칠판과 벌로 부과된 숙제를 까맣게 잊고 있었다. 그는 들판에서 노는 꿈을 꾸고 있었다. 하지만 소용없는 일이다. 계속 울리는 종에 아이는 가차 없이 도로 부당한 사람들 속으로 끌려들어 간다. 그러한 조건에서 이 아이를 닮은 중사는 피로에 지친 몸, 그가 원치 않는 몸으로 점차 되돌아간다. 잠을 깰 때 느끼는 추위 속에서, 잠시 후면 뼈마디의 서글픈 고통을 깨닫고, 그리고 또 이 마구의 중량을, 그 무거운 질주를, 죽음을 맛보게 될 그 몸으로 돌아가는 것이다. 죽음보다도 오히려 자기 몸을 다시 일으키기 위해서 손에 적시는 끈적끈적한 그 피며, 그 고통스러운 호흡이며, 주위에 얼어붙은 얼음을 맛보게 될 몸으로 돌아간다. 죽음보다도 오히려 죽어 가는 불편함을 맛보게 될 몸으로 돌아가는 것이다. 그래서 그를 바라보면서 나는 여전히 내가 깨어났을 때의 그 황량함을 생각하고 있었다. 번갈아 가며 나를 공격하는 갈증과 태양과 모래를, 내 마음대로 선택할 수 없는 꿈으로서의 생명을 계속 염두에 두고 있었다. 그러나 중사는 일어나더니 우리들을 똑바로 쳐다본다.

"시간이 됐나?"

인간이 등장하는 것이 바로 여기이다. 여기서 인간은 논리에 의거한 예측에서 벗어나는 것이다. 중사는 빙그레 웃고 있는 것 아닌가! 대체 무엇에 매혹된 것인가? 메르모즈와 내가 몇몇 친구들과 함께 파리에서 그 무슨 축하연을 치르던 파리의 밤이 기억난다. 무슨 축하연을 치른 날이었는지 기억이 나지 않지만 우리는 새벽에 어느 바 입구에 있었다. 그토록 떠들어 대고, 그토록 마셔 대고 괜스레 그토록 지친 데 대해 역겨워하면서 말이다. 그런데 하늘이 벌써 훤해져 오자 메르모즈는 별안간 내 팔을 잡더니, 그것도 손톱이 느껴질 정도로 꽉 붙들며 말하는 것이었다. "그

거 알지, 이 시간에 다카르에선 말이야….”

정비사들이 눈을 비벼 대는 시간이요, 프로펠러 덮개를 벗기는 시간이었다. 조종사가 기상 예보를 확인하러 가고, 지상에는 동료들만 가득한 시간이었다. 벌써 하늘이 물들고 있었고, 벌써 축제이긴 하지만 다른 사람들을 위한 축제를 준비하고 있었고, 우리가 초대받을 수 없는 향연의 테이블보를 펴는 것이다. 또 다른 이들은 위험을 무릅쓰면서…

“여긴 얼마나 더러우냐 말이야…” 하고 메르모즈가 입을 다물었었다.

그런데 중사 자네 말이야, 목숨을 걸 만한 어떤 연회에 초대라도 받았단 말인가?

이미 그대의 속내 이야기를 들어준 적이 있다. 그대는 내게 그대의 내력을 이야기해 주었다. 바르셀로나 어딘가에서 하급 회계 사무원이던 그대는, 전에는 조국의 분열 따위에는 신경을 꺼 버린 채 숫자를 늘어놓는 데만 매달려 있었다. 그런데 한 동료가 입대하고, 그리고 두 번째 입대자가 나오고, 그리고 세 번째 입대자가 나왔다. 그렇게 되니 그대는 놀랍게도 기이한 변화를 따르게 되었다. 그대가 보기에 그대가 하는 일이 점점 시시해져 버렸다. 그대의 쾌락도, 그대의 걱정거리도, 그대의 하찮은 편안함도 모두 과거 세대의 유물이었다. 중요한 것은 거기에 하나도 없었다. 마침내 동료들 가운데 한 명이 말라가[60]에서 사망했다는 통보를 받았다. 그대가 원수를 대신 갚아 주려 했던 그 친구가 문제는 아니었다. 정치 분야의 문제가 그대의 가슴을 괴롭히는 일은 절대 없었다. 그런데도 그 소식은 마치 세찬 해풍처럼 그대 위를, 그대의 갑갑한 운명 위를 지나갔다. 그날 아침 한 동료가 그대를 바라보며 말하였다.

"참전할까?"

"그러지, 뭐."

그리고 그대들은 "참전한 것이다".

말로 옮길 수는 없었지만 그 명백함으로 당신이 무릎

60 Málaga. 스페인 남부 지중해 연안의 항구 도시로 유럽에서 가장 따뜻한 피한지 해수욕장으로 유명하다.

꿇게 한 그 진실을 납득할 만한 몇 가지 이미지들이 떠올랐다.

철새 이동 시기에 들오리들은 자신이 굽어보는 지역에 희한한 조수 현상을 일으킨다. 마치 그 거대한 삼각 비행에 이끌린 듯 집오리들이 어설프게 뛰어 오르기 시작한다. 야생의 신호가 무엇인지 알 수 없는 야생의 잔재를 깨어나게 한 것이다. 그리고 잠시나마 농가 오리들이 철새로 변신한다. 못, 벌레와 오리 축사 같은 별 볼 일 없는 영상이 돌아가는 그 단단하고 작은 새대가리 속에 광막한 대륙, 헌활한 바람, 대양의 지리가 펼쳐지는 것이다. 우두머리는 자신의 뇌가 이렇게 대단한 경이로움을 품을 정도로 원대하다는 사실을 몰랐다. 그러나 이제 오리는 날개를 파득거리고 낟알과 벌레 따위는 거들떠보지도 않은 채 들오리가 되고자 한다.

하지만 무엇보다도 내 영양들이 다시 어른거렸다. 쥐비에서 영양을 길러 본 적이 있기 때문이다. 거기서 우리는 모두가 다 영양을 길렀다. 우리는 놈들을 야외에 설치한 철망 우리에 가두어 길렀다. 왜냐하면 영양들은 바람을 쐐야 하는데, 그만큼 연약한 놈들도 없기 때문이다. 어려서 잡힌 영양들은 그래도 살아남아 그대 손 안의 풀을 뜯기도 한다. 쓰다듬어 주면 얌전히 있기도 하고 그 촉촉한 콧잔등을 손바닥에 묻기도 한다. 그리고 이제는 길이 들었다고 생각한다. 사람들은 영양의 숨통을 소리 없이 끊어놓고 가장 은근하게 죽음으로 내모는 알 수 없는 고통으로부터 그들을 보호해 주었다고 생각한다… 그러나 영양들이 그 조그마한 뿔로 울타리를 사막 쪽으로 들이대는 것을 보는 날이 온다. 놈들은 자기를 띠고 있다. 놈들은 자신이 그대로부터 도망가고 있는 줄 모른다. 당신이 갖다 준 우유를 막 마신 참이다. 영양들은 여전히 쓰다듬어 주어도 얌전히 있고, 더 정답게 콧등을 그대 손바닥에 묻기도 한다… 그러나 일단 풀려나자마자 한 번 정도 기쁨에 껑충거리는 듯하다 곧 철망을 향해 돌진해 가는 놈들을 발견하게 될 것이다. 그리고 그대가 말리지 않는다면 거기 그대로 서서 울타리와 겨뤄 볼 생각이 있는 것도 아니면서 그저 고개를 숙이고 그 조그만 뿔로 죽을 때까지 울타리를 들이박는다. 발정기가 온 것인가, 아니면 숨이 차도록 그저 실컷

달리고 싶은 욕구인가? 놈들은 이 사실을 모른다. 당신이 영양들을 포획하였을 때는 아직 놈들은 눈도 뜨지 않았었다. 이들은 수컷 냄새 같은 사막의 자유는 전혀 모른다. 그러나 그대는 영양들보다 훨씬 더 많은 지성을 지녔다. 놈들이 무엇을 찾는지 그대는 알고 있다. 영양으로 성숙시키는 것은 드넓은 공간이다. 영양은 영양이 되고 싶고, 영양의 춤을 추고 싶어 한다. 놈들은 시속 130킬로미터의 속력으로, 마치 이따금씩 여기저기 모래에서 불꽃이 튀어 오르듯, 별안간 멈칫멈칫 용솟음치며 일직선으로 도피하는 질주를 즐기고 싶어 한다. 가젤의 진실이 공포를 맛보는 것이고, 공포만이 자신을 능가하도록 강요하여 이들로부터 가장 높이 튀어 오르는 곡예를 유도한다면, 재규어는 문제가 되지 않는다! 벌건 대낮 발톱에 몸이 절개되는 것이 영양들의 진실이라면 사자가 무슨 대수인가! 그대는 영양을 응시하고 생각에 잠긴다. 이제 놈들이 향수에 젖었다고. 향수란 그 무엇인지 모르는 것에 대한 욕망이다… 욕망의 대상은 존재하지만 그것을 지칭할 만한 말은 일절 없다.

그런데 우리 문제로 돌아와 보자. 우리 그리움의 대상은 무엇인가?

중사여, 여기에서 그대에게 더 이상 운명을 배반하지 않겠다는 감정을 불러일으킬 그 무엇인가를 발견해 낼 수 있을 것 같은가? 아마 그대의 잠든 머리를 일으켜 준 그 우애로운 팔이나, 동정이 아니라 동참으로서의 그 정다운 미소가 그것일지도 모른다. "이봐! 동지…." 동정한다는 것은 아직도 둘이라는 것을 의미한다. 아직도 분리되어 있는 것이다. 그러나 감사나 동정이나 둘 모두 그 의미를 상실해 버리는 사이가 되는 경지가 있다. 해방된 포로처럼 숨 쉬는 곳이 바로 거기인 것이다.

두 비행기가 팀을 이루어 아직 비투항 지역으로 남아 있는 리오데오로를 횡단할 무렵 우리는 이런 일체감을 경험하였다. 나는 한 번도 조난자가 구조자에게 건네는 감사의 말을 들어 본 적이 없다. 매우 자주 심지어는 이 비행기에서 저 비행기로 행낭을 옮겨 싣느라고 지칠 대로 지친 와중에서도 우리는 욕설을 주고받았다. "개자식! 고장난 건 다 네 탓이라고. 2천으로 날다니 돌았군. 그것도 역풍을 끼고 날면서 말이야! 네가 좀더 낮춰 따라왔으면 우린 벌써 포르테티엔에 갔을 거 아냐?" 그러면 목숨을 걸었던 상대편으로서는 개자식이 된 자신이 부끄러워진다. 더구나 우리가 이 사람에게 무엇에 대해 감사해야 할 것은 없었던가? 그도 역시 우리로서의 목숨을 누릴 권리가 있었다. 우리는 같은 그루에 붙어 있는 형제 가지들이었다. 그리고 그대가 자랑스러웠다. 나를 구조해 준 그대여!

중사, 그대에게 죽음을 준비시켰던 그 사람은 왜 그대를 동정했었을까? 그대들은 서로를 위해 이 위험을 감수하였다. 그 순간만큼은 더 이상 말이 필요 없는 일체감을 발견한다. 나는 그대의 참전을 이해하였다. 어쩌면 바르셀로나에서는 퇴근 후 외로웠을지라도, 그대의 육신 편히 쉴 곳이 없었을지라도, 여기서는 그대를 완성시킨다는 감정을 느끼게 되고, 보편적인 것에 동참한 것이다. 이제 천민인 그대를 사랑이 받아들인 것이다.

아마도 그대에게 동기를 부여했을 그 정치가들의 거창한 말들의 진정성과 논리성 여부에는 아무 관심 없다. 그대가 그 말들에 빠진 것은, 씨앗들이 싹을 틀 수 있듯이 그 말들이 그대의 요구에 상응하고 있었기 때문이리라. 오직 그대만이 결단을 내릴 수 있다. 땅이라면 밀을 알아볼 줄 안다.

III

우리라는 것을 넘어서 존재하는 어떤 공동의 목적에 의해 형제들과 연결되어 있을 때, 그때야 비로소 우리는 숨 쉬는 것이다. 그리고 경험상 우리는 사랑한다는 것이 우리 서로를 바라보는 것이 아니고, 함께 같은 방향을 바라보는 것임을 잘 알고 있다. 재회의 공간으로서의 동일한 봉우리로 이어지는 동일한 로프에 연결되어 있을 때만 동료들이 존재한다. 그렇지 않다면 왜 이 편안한 20세기에 들어서도 사막에서 우리의 마지막 먹을거리를 함께 나누면서 그토록 충만한 희열을 느낄 수 있단 말인가? 이 점에 대해서 사회학자들의 예측이 무슨 가치가 있단 말인가? 우리 가운데 사하라 사막에서 구조되는 그 큰 희열을 누린 사람에게는 그 이외의 모든 희열이 하찮게 보였다.

아마도 그러한 이유로 오늘날 우리 주변의 세계가 무너져 내리기 시작하는가 보다. 누구나 자신에게 그 충만감을 약속하는 몇몇 종교들에 열광하고 있다. 우리 모두 동일한 충동을 모순된 말 속에 담아낸다. 우리는 우리 자신의 추론의 결과로서의 방법론에 이견을 보이는 것이지 목적에 이견을 보이는 것은 아니다. 목적은 같다.

그러니 놀라지 말자. 자신 내부에 잠들어 있는 미지의 존재를 알아채지 못하고 있다가, 희생 때문에, 상부상조 때문에, 정의라는 준엄한 이미지 덕분에, 바르셀로나 무정부주의자들의 지하 참호에서 단 한 번 미지의 존재가 깨어남을 느낀 인간은 단 하나의 진실 즉 무정부주의자들의 진실만을 경험하게 될 뿐이다. 또 스페인의 수녀원에서 겁을 잔뜩 집어먹고 무릎 꿇고 있는 어린 수녀들의 무리를 보호하기 위하여 경계를 서 본 사람은 교회를 위하여 목숨을 바칠 것이다.

메르모즈가 가슴속에 승리를 부여안고 칠레 쪽 안데스 산맥 경사면을 하강하던 때, 그가 옳지 않으며 아마도 상인의 편지 한 장에 목숨을 걸 만한 필요는 없다고 반박했더라면 메르모즈는 그대를 비웃었으리라. 진실이란 바로 그가 안데스 산맥을 넘을 때에 자신 안에서 탄생한 인간이었기에.

전쟁을 거부하지 않는 사람에게 전쟁의 공포를 설득시키려면, 그를 야만인 취급해서는 안 된다. 그를 판단하기 전에 먼저 그를 이해하려고 노력하라.

리프 전쟁[61] 당시 두 비투항 산악 지점 사이에 설치된 전초 기지를 지휘하던 남부 선선의 그 장교를 생각해 보라. 어느 날 저녁 그는 서부 산악 지대에서 내려온 대표 사절들을 접대하고 있었다. 그리고 늘 그렇듯이 차를 마시고 있는데, 총격전이 벌어졌다. 동부 산악 지대 부족들이 기지를 공격해 온 것이다. 전투를 위해 자신들을 내모는 대위에게 적군 측 사절들이 대답하였다. "오늘은 우리가 그대의 손님이오. 하느님은 우리가 그대를 내팽개치는 것을

61 The Rif War. 스페인과 프랑스 식민주의에 대항한 모로코의 저항운동. 멜리야 전쟁이라고도 불리는데, 이 탄압 작전을 통해 스페인의 프랑코 장군이 두각을 나타내기 시작하였다.

허락하지 않는다오….” 이리하여 그들은 대위의 부하들과 합세하여 전초 기지를 사수하였다. 그러고는 자신들의 독수리 요새로 다시 기어 올라갔다.

그러나 이번에 대위를 습격할 준비를 하던 전날 밤 그들이 사절을 보낸다.

“지난밤엔 우리가 그대를 도왔소….”

“그랬지요….”

“그대 때문에 실탄을 300발이나 날려 버렸소….”

“그랬지요.”

“실탄을 돌려주는 것이 도리겠지요.”

군주의 기품을 지닌 대위는 자신이 그들의 숭고함으로부터 얻어낼 수도 있을 유리한 부분을 악용할 수 없다. 대위는 자신에게 퍼부어 댈 탄환들을 적들에게 돌려준다.

인간에게 진실이란 그를 인간으로 만드는 그 무엇이다. 인간관계에서 드러나는 그 숭고함을 경험하고, 게임에 따르는 그 충실함을 경험하고, 목숨을 담보로 서로 주고받는 상대에 대한 배려를 경험해 본 그가 자신에게 바쳐진 그 고귀함을 아랍인들의 어깨를 툭툭 두드리며 우정을 표시하고 아랍인들에게 아부하면서 동시에 모욕을 안겨 주었을 선동가들의 그 일상적인 친절과 비교하려 들 때, 만일 당신이 그를 반박한다면 그는 당신에 대해 경멸스러운 연민만을 느끼게 될 것이다. 그가 옳을 수도 있다.

하지만 전쟁을 증오하는 당신 역시 옳으리라.

사람을 그리고 그의 욕구를 이해하려면, 그가 지닌 본질적인 그 무엇 속에서 그를 알고자 한다면, 당신들의 진실들이 지니는 명백함을 서로 내립시키지 말아야 한다. 물론, 당신들이 옳다. 당신들 모두가 옳다. 모든 것은 논리로 증명된다. 이 세상의 불행의 책임을 꼽추들에게 전가하는 사람도 옳다. 우리가 꼽추들에게 전쟁을 선포하기라도 한다면 우리는 곧바로 열광하는 법을 터득하게 될 것이다. 우리는 꼽추들의 죄를 응징할 것이다. 하기야 꼽추들도 당연히 죄를 범한다.

이 본질적인 것을 유출해 내고자 애쓴다면 이런저런 모든 구분을 잠시 접어야 한다. 일단 구분이 통용되고 나서부터는, 구분으로부터 코란 한 권 전체 분량에 해당하는 요지부동의 원리와 여기에서 비롯하는 광신이 초래된다. 사람들을 우익과 좌익, 꼽추와 꼽추 아닌 사람, 파시스트와 민주주의자로 정리할 수도 있으며, 또 이러한 구별을 비난할 수도 없다. 그러나 당신도 아시다시피 진실은 세상을 단순화하지, 혼돈을 창조하지 않는다. 진실은 보편적인 것을 추출하는 언어이다. 뉴턴은 수수께끼를 풀듯이 오랫동안 감춰져 있던 법칙을 '발견'한 것이 아니라, 하나의 창조적 실험을 감행한 것이다. 그는 풀밭으로의 사과의 추락과 태양의 상승을 동시에 표현할 수 있는 인간 언어를 확립한 것이다. 진실이란 결코 증명되는 그 무엇이 아니라, 단순명료하게 만드는 그 무엇이다.

이데올로기에 관한 논쟁이 무슨 소용인가? 이데올로기들 모두가 증명된다 해도 이데올로기들끼리는 여전히 서로 대립한다. 그리고 그 같은 논쟁들은 인간의 구원에 관해 절망하게 만든다. 반면 우리 주위 도처에서 인간은 같은 욕구를 표출하고 있다.

우리는 해방되고 싶어 한다. 곡괭이질 하는 이는 자신이 해 대는 곡괭이질에서 어떤 의미를 알아내고자 한다. 그래서 도형수의 곡괭이질은 그 자신에 모욕을 주는 것으로, 발굴가들을 위대하게 만드는 발굴가의 곡괭이질과는 전혀 다르다. 도형장은 곡괭이질이 가해진 바로 거기에 있는 것이 아니다. 연장에 대한 혐오감 문제가 아니다. 도형장은 아무 의미도 없고, 곡괭이질 하는 그를 인류 공동체에 연결시키지 못하는 그 곡괭이질이 이루어진 바로 그곳에 있다.

그래서 우리는 도형장으로부터 탈출하려는 것이다.

지금 유럽에는 아무런 존재의 의미도 없이 살아가는 사람들, 탄생을 염원하는 사람들이 2억 명이나 된다. 공업 때문에 농가 혈통의 언어로부터 축출된 이들은, 견인되어 온 시커먼 열차 행렬로 가득한 역과도 같은 거대한 게토에 갇혀 버렸다. 이들이 노동자 도시의 밑바닥으로부터 깨어나고 싶어 하는 것이다.

또 다른 부류의 사람들도 있다. 온갖 직종의 톱니바퀴에 끼여 있는 이들에게는 개척자의 희열도, 종교적 희열도, 학자의 희열도 모두 금지되어 있다. 이들을 성장시키는 데는 단지 입히고, 먹이고, 이들의 제반 요구에 응하는 것으로 충분하다고 여겨졌다. 그래서 점차 이들 무리 속에 쿠르틀린 작품에 등장하는 프티부르주아,[62] 동네 정치꾼, 내적인 삶과는 담을 쌓은 기술자들이 생겨났다. 그들을 훌륭하게 가르친다지만, 이제 교양은 교육에서 제외되었다. 교양이 공식을 암기하는 데 있다고 믿는 사람은 교양에 관하여 미천한 생각을 가지고 있는 것이다. 고등 수학 과정 수강생이라면 아무리 열등생이라 할지라도 자연과 그 법칙에 관하여 데카르트와 파스칼보다는 아는 것이 많다. 그 학생이 인간 정신에 관해서도 이와 같은 수준에 이르렀을까?

누구나 다소 막연하게나마 탄생의 욕구를 느낀다. 그런데 해결책들이라는 것을 보면 기만적이다. 물론 사람들에게 제복을 입혀 생기를 불어넣을 수도 있다. 그러면 그들은

---

62 Georges Courteline(1858-1929). 투르 출생의 프랑스 희극작가. 본명 조르주 빅토르 마르셀 무아노Georges Victor Marcel Moinaux. 《제330조》(1900), 《우리 집의 평화》(1903) 등의 작품을 통해 프티부르주아의 일상적 진실을 풍자함. 몰리에르의 전통을 잇는 작가로 평가받아 1928년 아카데미 공쿠르 회원으로 선출됨.

군가를 부르며 전우들 틈에서 빵을 씹어 먹을 것이다. 그들은 자신들이 추구하던 보편성의 맛을 발견하지도 모른다. 하지만 그들이 얻어먹은 빵이 그들의 목숨을 앗아갈 것이다.

목제 우상을 흙 속에서 발굴할 수도 있고, 그럭저럭 써먹을 수 있는 해묵은 신화를 부활시킬 수도 있으며, 범게르만주의 혹은 로마제국의 신비스러움을 부활시킬 수도 있다. 독일인으로서 베토벤과 국적이 같음을 내세워 독일인들을 도취시킬 수도 있다. 선박 화부도 그런 도취감으로 취하게 할 수도 있다. 물론 이 화부로부터 베토벤 같은 사람을 키워 내는 것이 더 어려운 일이기는 하지만.

그러나 이 우상들은 사람을 제물로 잡아먹는 식인 우상들이다. 인식의 진보 혹은 질병 치유를 위해 목숨을 바치는 사람은 죽음을 맞이하는 그 순간 삶에 기여하는 것이다. 영토 확장을 위해 목숨을 바치는 것이 어쩌면 훌륭한 일일 수도 있다. 하지만 전쟁으로 살려 내겠다고 우기는 그것을 전쟁 스스로가 파괴하는 것이 오늘의 현실이다. 오늘날 종족 전체를 살리기 위하여 약간의 피를 희생시키는 것을 문제 삼는 경우는 없다. 비행기와 이페리트 독가스로 전쟁을 치르게 된 이래 전쟁은 이제 전쟁이라기보다 유혈 낭자한 외과 수술에 지나지 않는다. 양 진영 모두 시멘트벽으로 둘러싸인 방공호에 틀어박혀, 어쩔 수 없이 밤이면 밤마다 상대 진영의 내부를 붕괴시키고, 그 심장부를 날려 버리고, 그의 생산과 교역을 마비시키는 전투비행중대를 출동시킨다. 먼저 썩는 진영이 패배한다. 그런데 종국에는 양쪽 진영 모두 썩어 버린다.

사막이 되어 버린 세상에서 우리는 동료들과의 만남에 목말라하고 있었다. 동료들과 함께 나눈 빵맛 때문에 전쟁의 가치를 인정하게 된 것이다. 하지만 동일한 목적을 향해 달리면서 옆 사람 어깨의 훈훈함을 깨닫는 데 전쟁까지 벌일 필요는 없다. 우리는 전쟁에 속았다. 증오는 삶의 행로를 고양시키는 데 백해무익한 것이다.

무엇 때문에 우리는 서로 미워하는가? 우리는 같은 지구에 승선한, 같은 배의 선원으로서 서로 굳게 맺어진 사이인데. 그리고 새로운 통합을 이루기 위하여 문명들이 서로 대립하는 것이야 바람직한 일이겠지만, 문명들이 서로를 잡아먹는다면 흉측스러운 일이 아닐 수 없다.

인간의 구원을 위해서는 우리가 우리 서로서로를 연결시키는 하나의 목적을 의식하도록 서로 돕는 것으로 충분한 만큼, 차라리 서로를 하나로 묶어 주는 바로 거기에서 그 목적을 추구해 보자. 왕진을 가는 외과의사는 청진기로 환자의 신음소리를 듣는 것이 아니다. 그는 이 환자의 치료를 넘어서서 인간을 치료하고자 한다. 의사는 보편 언어를 구사한다. 물리학자도 마찬가지이나. 원자와 성운을 동시에 포착할 수 있게 해 주는, 거의 신성에 가까운 방정식을 연구할 때의 물리학자 말이다. 그리고 순박한 목동마저도 이와 다르지 않다. 별들 아래에서 얌전하게 몇 마리 양을 지키던 그가 자신의 역할을 의식한다면 자신이 하인 이상의 존재임을 발견하게 될 것이기 때문이다. 그는 파수병으로 존재하는 것이다. 그리고 각각의 파수병은 제국 전체를 책임진다.

그대는 이 목동이 자신의 역할을 의식하길 원치 않는다

고 생각하는가? 마드리드 전선에 있을 때 나는 참호로부터 500미터 떨어진 언덕 위 자그마한 돌담 뒤에 위치한 학교를 방문한 적이 있다. 하사 하나가 거기서 식물학을 가르치고 있었다. 개양귀비의 연약한 기관들을 뜯어내던 이 하사는 주위의 진흙탕을 빠져 나와 포탄 세례를 무릅쓰면서 순례의 행렬을 이루며 그에게로 기어오르는 수염투성이 순례자들을 끌어모으고 있었다. 일단 하사 주위에 정렬한 그들은 책상다리를 하고 앉아 주먹으로 턱을 괴고 그의 말에 귀를 기울였다. 그들은 눈살을 찌푸리고 이를 악물었다. 그들이 수업을 받고 대단한 것을 깨우친 것도 아니다. 그러나 그는 그들에게 말하였다. "당신들은 짐승이오. 당신들은 짐승 굴에서 겨우 나온 거요. 인간성을 회복해야지요." 그래서 그들은 그 인간성을 회복하려 무거운 발걸음을 재촉했던 것이다.

아주 사소한 역할일지라도 그것을 의식하게 될 때야 비로소 우리는 행복해질 수 있다. 그때야 비로소 우리는 평화롭게 살다 평화롭게 죽을 것이다. 왜냐하면 그 무엇인가 삶에 의미를 부여하는 것은 죽음에도 의미를 부여하기 때문이다.

죽음이 사물의 순리에 따를 때, 프로방스의 늙은 농부의 영향력이 막바지에 이르렀을 때, 그가 염소와 올리브나무를 아들들의 몫으로 물려주고, 이번에는 그 아들들이 또 그 아들들의 아들들에게 그 몫을 전하려 할 때, 그 죽음은 그토록 따뜻한 것이다. 농가의 혈통에 속한 사람은 절반의 죽음만 맞을 뿐이다. 개개의 삶은 차례차례 깍지처럼 터져서 그 씨를 이어 간다.

언젠가 한번 세 명의 농부들 곁에서 그들 모친의 임종을 지켜본 적이 있다. 물론 비통하기 이를 데 없는 순간이었다. 두 번째 탯줄이 끊어진 것 아닌가. 두 번째로 매듭이 풀려 버렸지만, 그 매듭이 한 세대와 또 다른 세대를 이어주고 있는 것이다. 배워야 할 것 천지인 이 세 아들내미들은 명절날 함께 둘러앉을 가족의 식탁도 잃어버리고, 모두 함께 모여들던 중심축을 잃어버린 고독한 자신들의 모습을 발견하였다. 그러나 제2의 삶이 부여될 수 있다는 사실을 나는 이 단절 속에서 발견하였다. 이번에는 그 아들들이 저마다 가장이 될 것이고 구심점이자 수장의 소임을 맡게 될 것이다. 그 지휘봉을 마당에서 놀던 손자들의 손아귀에 넘겨주게 될 순간까지.

나는 그 어머니, 입술을 꽉 다문 채 편안하게 굳어 있는 얼굴을 한 그 늙은 촌부를 바라보았다. 얼굴 모습이 돌 가면으로 변해 있었다. 그 얼굴에서 그 자식들의 얼굴을 읽을 수 있었다. 그 가면은 자식의 얼굴을 찍어 내는 데 쓰였다. 그 몸은 자식의 몸, 그 아름다운 인간의 표본을 찍어 내는 데 쓰였다. 이젠 기진맥진한 채 알맹이를 추출해 내고 남은 껍질처럼 쉬고 있었다. 아들과 딸들도 그들의 차례가 오면 자신들의 살로 자식들을 찍어 놓을 것이다. 농가에 사람의 죽음이 있을 수 없다. 돌아가신 어머니, 어머니여 만수무강 하소서!

그 가시는 길에 백발로 남은 아름다운 잔해를 하나하나 남기며 변신을 통해 알 수 없는 진실로 나아가는 그 가문의 전승은 비통하긴 하지만 참으로 순박한 모습이었다.

그리하여 그날 저녁 시골 작은 마을의 망자를 위해 울리는 종소리는 결코 절망적으로 들리는 것이 아니라 환희를 머금고 있는 듯 은은하면서도 다정한 음악처럼 들려왔다. 장례와 영세를 하나의 목소리로 알려 주던 그 종은 다시 한 번 세대 교체의 여정을 알리고 있었다. 그리하여 한 가엾은 노파와 대지와의 약혼 찬가를 들으며 사람들은 오직 광대한 평화를 느끼고 있었다.

나무가 서서히 성장하듯 세대에서 세대로 전승된 그것은 생명이기도 하지만 또한 의식이기도 하였다. 얼마나 신비로운 상승인가! 녹아내리는 용암에서, 별자리들에서, 기적적으로 발아한 신생 세포에서 우리가 탄생하였다. 그리고 점차 칸타타를 쓰고 은하수의 무게를 측량할 정도로 성장한 것이다.

농부 어머니는 생명 이상의 것을 전해 주었다. 어머니는 자식들에게 언어를 가르쳤다. 어머니는 그토록 오랜 세기에 걸쳐 서서히 챙겨 온 보따리, 자신이 받아서 맡아 온 정신적 유산, 뉴턴이나 셰익스피어를 동굴 속 짐승과 구분해 주는 차이를 이루는 전통들, 개념들, 신화들의 세세한 몫까지 자식들에게 전승한 것이다.

우리가 허기질 때 느끼는 것은, 스페인의 병사들에게 사격을 무릅쓰고라도 식물학 공부를 유도하고, 메르모즈를 남아메리카로 유도하고, 타인을 그의 시로 유도한 그 허기로부터 우리가 느끼는 것은, 인류의 탄생이 아직 마무리되지 않았으며, 우리 자신과 우주를 의식해야 한다는 것이다. 어두운 밤에는 구름다리를 놓아야 한다. 자신들 스스로도 이기적이라고 여기는 무관심으로 자신들의 지혜를 꾸리는 자들만 이 사실을 모른다. 그런데 세상 만물과 이 지혜는 모순관계에 있다! 동료들이여, 나의 동료들이여, 그대들을 증인으로 세우노라. 그런데 우리가 행복을 느꼈던 것이 언제인가?

IV

이제 책의 말미에 이르니, 운 좋게 비행 명단에 오르는 기회를 얻은 우리가 사람들로 변신할 채비를 하던 무렵 첫 우편 비행 새벽, 우리를 호위해 주던 그 늙은 관리들이 생각난다. 그렇지만 그들도 우리와 처지가 같았다. 다만 이들은 자신들이 시장하다는 사실을 전혀 모르고 있었다.

잠들어 깨어나지 못한 사람들이 너무도 많다.

몇 해 전, 긴 기차 여행 도중의 일이다. 사흘 동안 바닷물에 굴러다니는 자갈 소리에 사로잡혀 꼼짝없이 갇혀 있던 마을을 산책하고 싶은 생각이 들었다. 그래서 나는 일어났다. 나는 새벽 1시경에 열차 끝까지 구석구석을 둘러보았다. 침대칸들은 비어 있었다. 일등칸도 비어 있었다.

그러나 삼등칸에는 해고자 신분으로 프랑스에서 고향 폴란드로 돌아가는 폴란드 노동자 수백 명이 자리를 차지하고 있었다. 그래서 나는 사람들의 몸을 건너뛰며 복도를 따라가 보았다. 발걸음을 멈추고 이들을 바라보았다. 내무반 같기도 하고, 병영 막사나 경찰서 냄새를 풍기기도 하는 칸막이 없는 그 객실 안 붉은 야간등불 아래로, 급행열차의 진동에 흔들거리는 혼란스럽고 어수선한 사람들 모두가 내 눈에 들어왔다. 악몽에 잠겨 그들의 가난으로 다시 돌아가고 있는 한 종족 모두가. 목재 좌석 위로는 머리를 박박 밀어 버린 큰바위 얼굴들이 널려 있었다. 남자, 여자, 아이 할 것 없이 모두가 그들의 망각 속에서 그들을 위협하는 그 모든 소음과 그 모든 요동에 공격당하기라도 하듯 좌우로 몸을 뒤척이고 있었다. 그들은 달콤한 잠이라는 환대도 받지 못하고 있었다.

이제 경제적인 추세에 떠밀려 유럽의 이쪽 끝에서 저쪽 끝으로 흔들거리며 끌려가고 있는 이들은, 아담한 정원이 딸린, 예전에 폴란드 광부 집 창틀에 놓인 세 개의 제라늄 화분이 보이던 북방 작은 집을 빼앗긴 이들은, 현재 반쯤은 인간으로서의 품격을 상실해 버린 것처럼 보였다. 그들은 제대로 묶지 않아 내용물이 터져 나온 짐 속에 취사도구, 담요와 커튼만을 챙겨 나온 것이다. 그러나 그들이 쓰다듬어 주며 귀여워해 준 모든 것, 프랑스에서 머무르는 4-5년 동안 성공적으로 길들인 모든 것들, 고양이, 개, 제라늄 모두를 포기할 수밖에 없었기에 부엌살림만을 들고 나온 것이다.

한 어린아이가 무척 힘이 들어 잠에 빠진 듯한 엄마의 젖을 빨고 있었다. 이 여행의 부조리와 무질서 속에서 생명이

전이되고 있었다. 나는 그 아버지를 바라보았다. 돌처럼 묵직한 민머리를 하고 있다. 작업복 속에 갇혀, 잔뜩 구부린 채 불편한 잠을 자는, 울퉁불퉁한 몸뚱이. 그 사람은 마치 점토 덩어리를 닮았다. 이렇게 한밤에 형체조차 없는 낙오자들이 장터 의자에 늘어져 자고 있다. 그래서 나는 생각해 보았다. 문제는 그 가난에, 이 불결함에, 이 추함에 있는 것이 아니라고. 그러나 바로 이 남자와 바로 이 여자가 서로를 알게 된 어느 날 아마도 남자는 여자에게 미소를 던졌을 것이다. 아마도 남자는 일을 마치고 여자에게 꽃을 선물하였을 것이다. 수줍고 서툰 남자는 행여 여자가 자기를 무시할세라 노심초사하였을 것이다. 그러나 여인은 그녀의 천성적 요염함으로 자기 매력을 확신하고 남자를 애태우며 갖고 놀았을지 모른다. 그리고 상대편 남자는, 지금은 고작 땅을 파거나 망치질을 하는 기계에 지나지 않게 된 이 남자는 그렇게 마음속 깊이 감미로운 불안감을 느꼈을지 모른다. 신비로운 것은 그들이 이런 점토 덩어리가 되고 말았다는 사실이다. 도대체 어떤 끔찍한 거푸집에 찍혔기에 이들이 마치 금형 기계에 찍히듯 거푸집에 찍혀 나온 것인가?

한 마리 늙은 짐승도 그 우아함을 간직하는 법이다. 어찌하여 이 훌륭한 인간의 점토는 파멸에 이르렀다는 말인가.

나는 사창가에서의 밤처럼 힘든 잠을 자는 이 사람들 사이로 나의 여행을 계속하였다. 코 드르렁거리는 소리, 알아듣기 힘든 신음소리, 구두 한쪽이 말썽을 부려 다른 쪽을 긁어 내는 소리 같은 어떤 모호한 소리가 떠돌아다녔다. 그리고 바닷물에 떠밀려 다니는 자갈들의 끊길 줄 모르는 소리 없는 반주도.

나는 어떤 부부 앞에 앉았다. 남자와 여자 사이에 어린애가 하나 끼어들어 그럭저럭 자리를 만들어 잠을 자고 있었다. 그런데 잠을 자다 몸을 돌리는 바람에 야간등 아래로 그 얼굴이 내게 드러났다. 아, 얼마나 사랑스러운 얼굴인가! 이 부부로부터 황금 과일이 탄생한 것이다. 그 육중한 누더기 더미가 귀여우면서도 매력적인 성공적 결실을 맺은 것이다. 나는 그 빛나는 이마와 귀엽게 삐죽 내민 입술을 들여다보았다. 그리고 생각해 보았다. 이 얼굴은 음악가의 얼굴이라고. 그것은 어린아이로서의 모차르트란 말이지. 생명의 아름다운 약속이 여기에 있지 않은가. 동화에 나오는 어린왕자들도 이와 다르지 않은데. 보호해 주고, 주위에서 보살피고, 교육시키면, 이 아이에게 불가능한 것은 아무것도 없는 법이다! 돌연변이로 정원에 새 품종의 장미가 피어나면, 이제 정원사들 모두가 감동받지 않던가? 장미는 따로 옮겨 심고, 기르고, 특별히 정성껏 다루지. 그러나 사람들을 위한 정원사는 없어. 어린 모차르트도 다른 어린이들과 마찬가지로 금형 기계에 찍히고 말겠지. 모차르트는 카페콩세르[63]의 악취 속에서 들리는 썩은 음악을 자신의 큰 기쁨으로 즐기게 되겠지. 모차르트가 사형 선고를 받았단 말이지.

그리고 나는 내 객실로 돌아왔다. 나는 생각하였다. 이 사람들은 자신의 운명에 괴로워하지 않는다. 그러므로 지금 나를 괴롭히는 것은 자비심이 아니다. 끊임없이 재발하는 상처를 측은히 여기는 것도 아니다. 그 상처를 가진 사람들은 상처를 느끼지 못한다. 여기서 상처 입고 피해 당한 것은 개인이 아니라 일종의 인류 같은 그 무엇이다.

63 Café-Concert. 음식을 들면서 연주를 감상하는 음악 레스토랑. 18세기 프랑스에서 발생, 루이 필리프 치하에서 번성하여 현재에 이름.

나는 동정을 신뢰하지 않는다. 나를 괴롭히는 것은 정원사의 관점이다. 나를 괴롭히는 것은 무엇보다 나태만큼 쉽게 은신처로 삼아 버리는 그 비참함도 아니다. 오리엔트 세대들은 대대로 곤궁 속에 살면서도 거기에서 기쁨을 얻는다. 나를 괴롭히는 것은 대중들에게 베푸는 급식으로 치유할 수 없는 그 무엇이다. 나를 괴롭히는 것은 그 구멍도 그 혹도 그 지저분함도 아니다. 나를 괴롭히는 것은 사람들 저마다 자신 속에 어느 정도 조금씩 품고 있는 살해당한 모차르트이다.

*

'정령'이 점토에 숨결을 불어넣는다면, 오로지 그러한 정령만이 '인간'을 창조할 수 있다.

|작품 해설|

경험상 우리는 사랑한다는 것이
우리 서로를 바라보는 것이 아니고,
함께 같은 방향을 바라보는 것임을 잘 알고 있다.
—생텍쥐페리, 《사람들의 땅》

제2차 세계대전 막바지 1944년 7월 31일 오전 8시 30분경 생텍쥐페리가 조종하는 미제 쌍발기 'P-38 라이트닝' 정찰기 한 대가 그르노블-안시 지역 정찰을 위해 코르시카 보르고 기지를 이륙한다. 이 정찰기는 그날 생텍스Saint-Ex(생텍쥐페리의 애칭)의 소설을 읽으며 비행사의 꿈을 키운 독일 비행사 호르스트 리페르트Horst Rippert의 기총 사격에 격추당해 지중해 심연의 바닥으로 추락한다. 동료들의 만류에도 불구 정찰 비행에 나선 마흔네 살의 어린 왕자 생텍스가 부활의 무덤 속에 묻혀 버린 것이다.

《사람들의 땅》 속편에 해당하는 《어린 왕자》가 어른을 위한 동화라면—《어린 왕자》는 결코 아이들을 위한 동화가 아니다. 아이들은 그 다양한 직업의 세계를 이해할 수도 없다—《사람들의 땅》은 어른 속에 죽어 있는 아이를 위한 동화이다. 다시 말하자면 경제적 가치의 노예가 되어 버린 어른들에 대한 경고인 것이다. 《사람들의 땅》 마지막 부분, 열차 속 어른들 틈에 끼여 잠든 아이를 발견한 생텍스는 이내 아쉬움에 휩싸여 다음과 같이 독백한다.

> 이 얼굴은 음악가의 얼굴이라고. 어린아이로서의 모차르트란 말이지. 생명의 아름다운 약속이 여기에 있지 않나. 동화에 나오는 어린왕자들도 이와 다르지 않았는데… 모차르트는 카페콩세르의 악취 속에서 들리는 썩은 음악을 자신의 큰 기쁨으로 즐기게 되겠지. 모차르트가 사형선고를 받았단 말이지.

예전에 우리 모두는 '어린 왕자'였다. 우리가 느끼지 못하는 '어린 왕자'가 우리 안에 잠들어 있다. 우리들의 모차르트는 부활을 기대하고 있다. 한탄할 바 없다. 무덤 있는 곳에만 부활이 있기 때문이다. 장미들의 땅에서 장미가 싹을 내듯, '사람들의 땅'에서는 사람을 낳는다. '사람들의 땅'은 사람을 하나로 묶어 주는 사람들(人) 사이(間)로서의 사람-사이 즉 진실의 공간이다. 사이는 이해관계, 혈연관계가 아닌 진실한 거리이다. 하지만 이 진실은 논증적으로 규명할 수 있는 대상노 아니다. 다른 땅이 아닌 이 땅에서 사과나무가 뿌리를 든든히 뻗어 많은 열매를 맺으면 이 땅이 바로 사과나무의 진실인 것이다.

'사람들의 땅'은 '사람들의 진실'이다. '땅'은 어느 누구의 소유의 대상이 아니라 모두를 위한 것이다. 여기서 '땅'은 경작의 대상도 아니다. 사람을 사람답게 하는 그 무엇이 '사람들의 땅'이다. 생텍스가 '땅'이라 부른 것은 다름 아닌 인간 존재의 진실이다. 그렇다면 '사람들의 땅'으로서 진실은 어디에 있는가. 진실은 예기치 못한 난관에 빠져 죽음과의 굴복할 수 없는 노력을 기울이는 그 순간에만 태어나는 그 인간이다. 불시착한 메르모즈가 안데스 산맥을 넘으며 사경을 헤맬 때, 자신 안에서 탄생한 인간이 진실이듯이.

하지만 인간은 직업을 통한 연대감을 통해서만 '사람들의 땅'을 발견할 수 있다. 비행사로서 직업을 통하여 위험을 감수할 때 비로소 생텍스가 태어나는 것이다. 직업을 가지고 그 직업에 최선을 다하고 어려운 위험을 만나, '나' 자신을 위해서가 아니라 '남'을 위해 위험을 극복하고 살아남은 연대감 solidarité 속에서만 인간이 있다. 이 연대감의 실제가 어린 왕자 생텍스인 것이다. 자신의 직업이 단순한 돈벌이의 수단에 불과하고 사회에 공헌하는 바가 전혀 없다면, 그 사람의 삶 역시 진정한 가치를 지닐 수 없을 것이다. 생텍스는 자신의 직업을 통해서만 자신이 세상에 쓸모가 있는 존재라는 사실을 의식하고 있었다.

> 이러한 것이 메르모즈와 그 동료들이 우리에게 가르쳐 준 교훈이다. 아마도 하나의 직업이 지닌 위대함이란

> 무엇보다도 사람들을 하나로 맺어 주는 것이리라. 사치스러움 가운데 딱 하나 진실한 것도 있으니, 그 진실된 사치란 바로 인간관계라는 사치이다.

메르모즈는 동사의 극한 상황에서 자신을 위해서가 아니라 '남'(부인)을 위해 살아야 한다는 결정을 내리고 심기충전하여 안데스 산맥 넘어 생환한다. 자신을 위한 것이 아니라 남을 위한 '인간'으로 탄생한 순간 진실이 가능한 것이다. 진실이란 이렇게 늘 어니엔가 있는 것이 아니라 순간순간 스스로 만들어 가는 것이다. 진실은 추구의 대상이 아니라 자신의 태도에 의해 가능한 존재이다. 진실 규명의 문제는 관념론자들에게 맡기자. 시인-소설가 생텍스는 그런 논증의 문제는 '논리에 떠맡기자'고 말할 뿐이다. "논리로 어디 인생이나 제대로 설명할 수 있을지 한 번 시켜 보자."

그런 의미에서 생텍스에게 비행기는 목적이 아니다. 비행기는 '땅'의 진실을 발견하기 위한 연장이다. 책과 지도가 아닌 비행기를 통해서 '땅'을 발견하려는 것은, 모든 책보다도 우리 자신에 관해 더 많은 것을 일러주는 '땅'에 가 닿기가 그리 쉽지 않기 때문이다. 이에 가 닿기 위한 도구가 필요한데 바로 그것이 비행기이다. 걸어서 갈 수 없는 멀고 먼 사막 한복판에 불시착하여 한밤중에 깊은 고독을 느끼는 순간 생텍스가 진실한 아이 '어린 왕자'를 발견하듯이. 하지만 진실은 낯설기만 하다. "미지의 상황들이 우리를 풍요롭게 한다는 사실 외에 우리가 알고 있는 것은 무엇인가? 인간의 진실은 과연 어디에 머물고 있는가?" 정원사가 봄을 고대하듯 비행사는 새벽을 고대한다. '약속의 땅'을 고대하듯 착륙장을 고대하는 비사가 찾는 진실이란 별들 속에 있다.

그는 별들 속에서 진실을 찾아낸다. 그리하여 생텍스는 자신의 소설 영어판 제목을 《바람, 모래 그리고 별들*Wind, Sand and Stars*》이라 명명한다. 윤동주가 '하늘과 바람과 별' 속에서 진실을 찾아내듯이. 생텍스와 윤동주 모두 어둠으로서의 밤에 빛나는 별을 노래할 뿐이다. 생텍스 역시 진실을 조건으로 세상의 아름다움을 추구하는 시인인 것이다. 모든 위대한 시와 소설이 그러하듯 《사람들의 땅》 역시 밤의 이야기이다. 생텍스 역시 소크라테스처럼 무지에 대한 고백으로서 밤을 노래하고 있는 것이다. "마치 사원에서처럼 자신을 가두는 시간으로서의 밤이 다가옴을 느낀다… 분명히 말하지만 나는 아무것도 모른다."

하지만 학자들은 생텍스의 문학적 소양을 들추어 내며 대단한 것이라도 발견한 듯 논문을 쓰며 지식을 뽐낸다. 어쩌면 어린 왕자가 만난 학자의 모습을 그대로 따라하고 있는 것인지… 문제는 정작 본인들이 그 사실을 모르고 있다는 데 있다. 그의 글은 자신의 틀에 갇힌 지식소매상들을 위한 글처럼 광명을 추구하지 않는다. 에드거 앨런 포, 보들레르, 랭보처럼 생텍스는 어둠 속에서 진실의 빛을 추구한다. 그의 이야기는 모두 밤의 찬가들이다. 시간으로서 밤이 아닌 노자의 "현지우현 중묘지문玄之又玄 衆妙之門" 즉 진실에 다가가는 문으로서의 어둠의 밤을 노래한다.

생텍스는《사람들의 땅》을 관념적으로 인식하는 현대인들을 위해 다시《어린왕자》를 쓰면서 어둠 속에서만 볼 수 있는 별 이야기를 들려준다. 고호의 〈별이 빛나는 밤〉처럼 생텍스는 우리에게 '어둠 속으로!'라고 조용히 울부짖는다. 마치 우리에게 어둠 속으로 들어갈 신성한 야만이 아직 남아 있음을 기대하는 외마디 단말마처럼. 그는 전업 작가가 아니라 우편 비행사이다. 그는 그 직업 안에서 행복하다. 그는 스스로를 착륙장 농군쯤으로 느낀다. 그는 농군으로 사람들의 땅을 갈고 있다. 학문의 세계란 얼마나 사치스러운가!…

번역은 불가능을 전제로 이루어지는 고난의 작업이다. 다만 20세기의 성인으로서 부활한 생텍스를 함께 느껴 보려 최선을 다했을 뿐이다. *Terre des hommes*, Paris, Gallimard(1939)판을 저본으로 삼고, 장 불레Jean Boulet의 *Terre des hommes*, extraits Classiques Larousse, *Terre des hommes*, extraits Classiques Larousse, édition remise à jour(1973) 두 교과서 판본에 제시된 청소년을 위한 질문을 토대로 제1단계 읽기가 이루어졌다. 이어서 두 종류 플레이아드 판본, *Œuvres*, préface de Roger Caillois, Paris,

Gallimard(1959)와 *Œuvres complètes* I(1994), II(1999), édition publiée sous la direction de Michel Autrand et de Michel Quesnel avec la collaboration de Frederic d'Agay, Paule Bounin et Francoise Gerbod의 주석을 참조로 제2단계 읽기가 이루어졌다. 이 주석들을 통해《사람들의 땅》의 각 장들마다의 불연속성에 대해 제기된 의문을 해소할 수 있었다. 《사람들의 땅》은 한 편의 기획된 소설이 아니라 생텍스가 1932년 이후《마리안*Marianne*》지에 기고해 온 체험기들을 편집한 것이었다. 영역본도 참조하였다. 신비감을 자아내는 영역본의 이미지들은 문장만으로는 짐작할 수 없는 문맥의 분위기를 이해하는 데 큰 도움이 되었다. *Wind, Sand, and Stars*, translated from the French by Lewis Galantiere, illustrated, Reynal & Hitchcock, 1940, *Wind, Sand and Stars*, translated from the French by Lewis Galantiere, illustrated by John O'H. Cosgrave가 많은 도움이 되었다.

특히 안응렬, 박남수, 조규철, 이정림 등 여러 선생님들의 우리말 번역에도 힘입은 바 크다. 번역 개척자로서의 여러 선생님들께 경의를 표한다. 열악한 조건에서서 이루어진 초역의 가치는 상상을 초월하는 것이다. 초역의 정신을 계승하여 더 나은 번역이 나올 수 있는 계기를 마련하는 것만이 보답의 길이리라.

"인간의 대지"라는 제목보다는 사람들 자신이 진실한 땅이어야 함을 호소한 생텍스의 의도를 살리고자 번역서의 제목을 "사람들의 땅"으로 바꾸었다. 우리라는 의식 너머로 존재하는 공동의 목적에 의해 서로 연결되어 있을 때 비로소 사람들은 존재하는 것이며, 생텍스는 이 사람들 사이를 '사람들의 땅'이라 부른 것이다. 또한 사람들 자신이 땅이기도 하다. 이렇게 기존 제목인 "인간의 대지"의 추상성을 더욱 구체화하는 의미에서 "사람들의 땅"이라는 제목이 탄생하였다.

"사람들의 땅"이라는 제목과 관련하여 새로운 시각을 열어 준, 우리 시대의 유마거사, 선지식 신용호 선생에게 고개 숙여 감사드린다. 세상의 모든 스승님들께 감사드린다. 미래의 스승들인 청소년 독자들에게도 감사드린다. 소람하시어 아낌없이 지도 편달해 주시길 염원하는 바이다.

|작가 연보|

1900 6월 29일 앙투안 마리 로제 드 생텍쥐페리Antoine Marie Roger de Saint-Exupéry 리옹에서 출생. 아버지 장 마리 드 생텍쥐페리 자작은 명문가 출신의 보험감독관, 어머니 마리 부아예 드 퐁스콜롱브 역시 프로방스 명문가 출신. 어머니의 정직함과 남에 대한 존중심이 성장에 큰 영향을 끼침.

1902 동생 프랑수아 출생.

1904 7월 아버지 장 마리 기차에 치여 사망.

1908 리옹의 '몽테 생 바르텔미' 학교 입학.

1909 아버지 고향 르망으로 이주, 예수회 운영 '노트르담 드 생 크루아 콜레주' 입학

1912 생모리스드레망에서의 휴가. 앙베리외앙뷔게에 새로 건립된 에어돔의 매력에 빠짐. 조종사 가브리엘 살베즈에게 편지를 보내 어머니가 자신의 비행을 허락해 줄 것을 간

청함. 첫 비행 경험.

1914 여름 제1차 세계대전 발발. 앙베리외앙뷔게 군병원 수간호사인 어머니의 헌신적인 노력을 인정받아 동생 프랑수아와 앙투안 예수회 소속 '노트르담 드 몽그레 콜레주'로 전학.

1915 두 형제가 예수회 교육 방식에 적응하지 못하자, 어머니가 스위스 프리부르의 마리아 형제회가 운영하는 현대식 창의적 교육 기관 '빌라 생장'으로 전학 보냄. 발자크, 보들레르, 도스토옙스키 탐독. 생텍스가 기억하는 유일한 학창 시절을 보냄.

1917 6월 밑바닥 점수로 바칼로레아 합격. 관절 류머티즘으로 동생 프랑수아 사망. 그 슬픔으로 성숙한 청년기를 보냄.

1919 '리세 생루이'에서 해군사관학교 입시 준비, 과학 분야에서 우수한 성적을 얻으나 문학 분야 점수 미달로 탈락. 파리 국립미술학교 청강생으로 입학. 생계를 유지하기 위해 장 노게의 오페라 〈쿠오바디스〉에 수 주간 출연함.

1921 스트라스부르 제2항공부대에 정비사로 입대. 자비로 로베라 아에비로부터 개인 교습. 모로코의 카사블랑카에서 민간 비행 면허증 취득.

1922 프랑스 남부 이스트르에서 육군 비행 조종 생도로서 군용

기 조종 면허 취득.

10월 예비 소위 임관. 장 프레보 추천으로《르 나비르 다르장》(銀船)에 단편〈비행사〉게재. 제34비행연대 전투 중대 중위로 파리의 부르제 공항 근무. 시인 소설가 루이즈 드 빌모랭과 약혼.

1923 1월 부르제에서 추락 사고로 두개골 파열. 바레스 장군의 호의로 그의 꿈인 공군 입대를 이룰 수 있었으나 약혼녀 집안 반대로 3월 소위 예편, 루이즈와의 파혼.

1924 트럭 제조 회사 공장 대표 취임. 몽류송 지방 순회, 18개월 동안 단 한 대의 트럭 매출 올림. 산문 창작 시작.

1926 4월 라테코에르사 입사.《야간 비행》의 주인공 리비에르로 알려진 디디에 도라와의 만남.

11월 개인 비행기 수령.

1927 메르모즈, 기요메, 레크리뱅 등과 툴루즈–다카르 간 우편 비행. 비투항 부족과의 화해 임무를 수령받고, 카프 쥐비 기착지 소장 취임. 주경야독으로〈남방 우편기〉집필. 사막 한가운데서의 고독 체험.

1929 3월 프랑스 귀국. 갈리마르에서 생텍쥐페리의 조종사로서의 사적인 감정과 생활을 표현한〈남방 우편기〉발표.

9월 남아메리카에서 메르모즈와 기요메 만나 파타고니아

까지의 항로 개발에 기여.

1930 소네트 창작 위해 폴 도니의 장서 섭렵. 안데스 산맥 무착륙 비행 중 실종된 기요메의 구조 소식 접함. 그를 비행기에 태우고 멘도사를 거쳐 부에노스아이레스까지 이송. 코모도로 리바다비아-푼타아레나스 노선 개설 임무 수령.

1931 《야간 비행》(앙드레 지드의 서문) 출간.

4월 12일 니스에서 '보쉬에 학교' 교장 모리스 쉬두르 신부 주례로 어머니의 반대에도 불구하고, 사귄 지 7개월 된 콘수엘로 순신과 정식 결혼.

12월 《야간 비행》으로 페미나 문학상 수상. 영어로 번역되어 미국에서 영화화되나 궁핍한 상황을 벗어나지 못해 부인과의 불화 지속.

1932 에어프랑스 통합으로 '아에로포스탈' 해체. 금전상의 궁핍에 따른 정신 불안으로 가장 불안하고 우울한 시절. 시험 비행 및 노선 탐사로 생계 유지. 집필과 기사 송고에도 주력.

1934 신설 에어프랑스 해외 홍보국 입사. 유럽, 북아프리카, 인도차이나 여행. 착륙 장치 개발 특허를 따냄. 《파리 수아르》 리포터로 베트남 취재.

1935 《파리 수아르》 리포터로 모스크바 취재. 에어프랑스 후원

으로 시문기 구입 지중해 연안 탐사.

12월 30일 파리-사이공 비행기록을 세우기 위해 시문기로 이집트로 향하던 중 현지 시간 4시 45분 카이로에서 200킬로미터 지점, 리비아 사막 불시착. 5일 만에 베두인족에게 구조되어《사람들의 땅》을 저술하는 계기가 됨.

1936 《랭트랭지장》 특파원으로 스페인 내란의 중심지 마드리드 전선 및 카탈루냐 지역 취재. 선배이자 친구 메르모즈 사망.

1938 미국-남미 대륙 최남단 항로 개발차 과테말라 기착. 이륙 중 속도 하락으로 추락, 중상 입음

3월 28일 뉴욕으로 돌아가 요양. 이후 프랑스 귀국, 조종사로 일하며 틈틈이 써 놓은《사람들의 땅》 원고 작성.

1939 《사람들의 땅》 아카데미 프랑세즈의 소설 대상 수상. 미국에서《바람, 모래와 별》이라는 제목으로 번역 출간, 이달의 책 선정됨.

9월 4일, 예비역 대위 생텍쥐페리 2차 세계대전 발발로 동원되어 툴루즈 비행대 소속 교육장교로 임명됨. 정보부 제의를 거절하고 정찰 중대로 전속.

1940 제대 후《성채》 집필 계획. 프랑스-독일 간의 '기이한 전쟁' 종식. 지중해 상공에서 기요메 탑승기 격추당해 사망.

12월 뉴욕으로 떠남.

1941 뉴욕 생활, 모국어 감각 상실을 우려하여 영어 사용 거부. 감독 장 르누아르 초청으로 할리우드 방문. 《사람들의 땅》 영화화 계획 발표.

1942 뉴욕에서 《어린 왕자》 집필 시작.

2월 《전시 조종사》 영어판 출간. 프랑스 출간본 판매 금지 조치.

11월 독일의 프랑스 점령에 맞서 미군 북아프리카 상륙.

12월 《뉴욕 타임스》에 〈모든 곳에 있는 프랑스인에게〉라는 공개 서한 발표. 2-33 중대 복귀 노력.

1943 2월 〈어느 볼모에게 보내는 편지〉 발표.

3월 《어린 왕자》 프랑스어 및 영어로 출간.

5월 《어린 왕자》 한 부를 품에 지니고 미국 출발. 연합군의 북아프리카 상륙 작전 성공으로 알제의 2-33 중대 정찰 비행단에 재편입 교섭, 미군 지휘하의 우즈다 주둔 편대 편입.

7월 편대 튀니스로 이동.

7월 21일, 론 계곡 상공 비행 시 미숙함이 드러나 연령 초과를 이유로 미 사령관 비행 금지 조치 내림. 알제에서 미완의 《성채》 수정 작업. 31편대장 샤생 대령 중재로 샤르데뉴 주둔군에 배속. 5회 비행 조건으로 알제 2-33 중대 복귀.

1944 8회 출격으로 약속 위반에도 불구하고 8월 1일 남부 지역 재출격. 이후 탑승 금지 조치당함.

7월 31일 8시 30분, 그르노블-안시 간 정탐 명령을 받고 미국산 쌍발기 'P-38 라이트닝'을 개량한 정찰기를 타고 코르시카 보르고 기지 이륙. 생텍스의 소설 읽으며 비행사 꿈을 이룬 독일군 호르스트 리페르트Horst Rippert의 기총 사격에 격추당해 지중해 추락. 이렇게 동료들의 만류에도 불구, 조정 미숙한 신종 비행기에 탑승 자원 출정한 마흔네 살의 우편 조종사-작가 생텍스 지중해에서 장렬히 전사.

2008 88세의 퇴역 독일군 조종사 리페르트에 의해 생텍스 실종 신비 밝혀져 생텍스 전사자 명부에 오름.

송태효

고려대학교 불어불문학과 박사(〈생트-뵈브의 시와 프랑스 로만주의〉). 《어둠의 방—시와 영화 속 그림자 이야기》(2006년 문화관광부 선정 우수교양도서), 《생트-뵈브와 프랑스 낭만주의 시인들》 등을 저술했다. 프로스페르 메리메의 《콜롱바》, 유진 나이다의 《언어간 의사소통의 사회언어학》, 로제 폴 드롸의 《철학자들과 붓다》(신용호 공역), 에티엔느 라모트의 〈대지도론역주〉(근간) 등을 번역하고, 〈새로운 글쓰기로서의 시네마토그라프〉, 〈동서양 "노자" 번역의 인문학적 비교 연구〉, 〈존재론적 번역비평과 시〉, 〈실존적 선택과 시〉, 〈현대성과 惡〉, 〈수사의 정신과 학문적 글쓰기〉, 〈Sanskrit, 訓民正音, 佛經諺解〉, 〈교본과 수사〉, 〈소유와 언어〉 등의 논문을 썼다. 고려대학교 레토릭연구소 연구교수를 지내고, 현재 숙명여대 교수입학사정관으로 일하고 있다.

사람들의 땅 | 고려대학교청소년문학시리즈 014

초판발행·1쇄 2009년 12월 22일 | 지은이 생텍쥐페리 | 옮긴이 송태효
펴낸곳 고려대학교출판부 | www.kupress.com kupress@korea.ac.kr
136-701 서울특별시 성북구 안암동 | Tel 02-3290-4230, 4232 Fax 923-6311
찍은곳 한국컴퓨터인쇄정보

값 8,000원 ISBN 978-89-7641-701-5 04860 | ISBN 978-89-7641-639-1 (세트)

* 잘못 만들어진 책은 바꿔드립니다.